HOLLYWOOD
É como a escola

CB046110

Zoey Dean

HOLLYWOOD É como a escola

Tradução de
Rodrigo Abreu

GALERA RECORD
RIO DE JANEIRO • SÃO PAULO
2013

CIP-Brasil. Catalogação na fonte
Sindicato Nacional dos Editores de Livros, RJ.

D324h   Dean, Zoey
   Hollywood é como a escola / Zoey Dean; tradução de Rodrigo
Abreu. – Rio de Janeiro: Galera Record, 2013.

   Tradução de: Hollywood is like high school with money
   ISBN 978-85-01-09020-1

   1. Indústria cinematográfica – Ficção. 2. Hollywood (Califórnia, Estados Unidos) – Ficção. 3. Ficção americana. I. Abreu, Rodrigo, 1972-. II. Título.

12-2892   CDD: 813
                                                  CDU: 821.111(73)-3

Título original em inglês:
Hollywood is like high school with money

Copyright © 2009 by Alloy Entertainment

Publicado mediante acordo com a Rights People, London.

Texto revisado segundo o novo Acordo Ortográfico da Língua Portuguesa.

Todos os direitos reservados. Proibida a reprodução, no todo ou em parte, através de quaisquer meios. Os direitos morais da autora foram assegurados.

Design de capa: Marília Bruno
Composição de miolo: Abreu's System

Direitos exclusivos de publicação em língua portuguesa somente para o Brasil adquiridos pela
EDITORA RECORD LTDA.
Rua Argentina, 171 – Rio de Janeiro, RJ – 20921-380 – Tel.: 2585-2000, que se reserva a propriedade literária desta tradução.

Impresso no Brasil

ISBN: 978-85-01-09020-1

Seja um leitor preferencial Record.
Cadastre-se e receba informações sobre nossos lançamentos
e nossas promoções.

Atendimento e venda direta ao leitor:
mdireto@record.com.br ou (21) 2585-2002.

Para minha mãe
que me ajudou a sobreviver aos anos de escola
e a todos os anos desde então

CAPÍTULO UM

*Querido Michael,
Você nunca vai adivinhar onde estou.*

Parei de escrever e virei o cartão-postal para ver a foto do enorme e famoso letreiro branco incrustado no relevo irregular das montanhas de Hollywood. Enquanto mordia a ponta do lápis, percebi, tarde demais, que aquilo basicamente entregava a minha localização. Onde mais Michael Deming ia pensar que eu estava — em Peoria, no Arizona? Dei um suspiro, mas continuei. Afinal, era apenas um cartão-postal.

Consegui o emprego que mencionei da última vez. Eu me mudei de Middletown para cá na semana passada. L.A. é louca e esquisita, eu estou amando!

Hesitei um pouco sobre o que dizer a seguir. Michael Deming nunca tinha respondido, apesar de eu provavelmente ter mandado trezentas cartas e bilhetes para ele num período de nove anos. Algumas pessoas, como a minha amiga Magnolia, diriam que isso me torna algum tipo de perseguidora epistolar, mas eu sabia que significava apenas que eu era uma fã. Uma grande fã, de verdade. Meio que uma fã verdadeiramente assustadora, Magnolia diria, mas é claro que eu não daria ouvidos a ela. E, de qualquer forma, o que ela sabia sobre isso? Apesar do tanto que a amava, ela ainda estava tentando entender o que queria fazer da vida, enquanto aqui estava eu, num estúdio de cinema, me preparando para começar a *fazer* o que realmente queria fazer da minha.

Mandarei notícias.
Com amor, T.

Escrevi para ele. A parte do "amor" pode ter sido um pouco demais, mas eu me sentia como se pudesse dizer qualquer coisa para Michael. É fácil ser você mesma quando ninguém está prestando atenção de verdade. Além disso, nunca assinei meu nome completo — por alguma razão, sempre assinava T —, e o anonimato me deixava ainda mais corajosa.

Coloquei o cartão-postal entre as páginas do guia Fodor´s de Los Angeles que carregava na bolsa e olhei para a elegante recepcionista de cabelo preto que falava baixinho em seu headset. A parede atrás da sua mesa branca em formato de lua crescente era uma cachoeira com montes de água clorada escorrendo para um recipiente coberto de pedras brilhantes. Sininhos de vento tilintavam no canto da sala e, de vez em quando, um aromatizador de ar com perfume de gardênias saía de um duto de ventilação invisível. Alguma equipe de decoração de interiores teve um trabalhão para fazer com que a recepção do departamento criativo dos Estúdios Metronome se parecesse com um spa muito caro. E ficou bem impressionante, apesar de o barulho da água me deixar com vontade de ir ao banheiro, mesmo tendo acabado de fazer xixi.

Michael Deming teria odiado aquilo tudo, tenho certeza disso. Ele havia fugido de Hollywood anos atrás e agora vivia em uma casinha de madeira sem água encanada ou eletricidade nas ilhas San Juan. Pelo menos era esse o boato. Michael Deming — diretor, autor, gênio — era o J. D. Salinger do mundo do cinema, exceto pelo fato de que ele havia feito apenas um filme de estúdio: um fracasso de bilheteria. Mas muita gente era obcecada por *Journal Girl*, inclusive eu. Vi o filme pela primeira vez aos 15 anos, quando ainda era a ingênua aluna nova do colégio Boardman em Cleveland, Ohio. Quando os créditos começaram a subir, eu já tinha descoberto o que queria fazer da vida: filmes.

A princípio, achei que fosse atuar, mas, como acabei descobrindo, tenho um medo terrível de plateia. Também desenvolvi uma gagueira estranha que se manifestava toda vez que tinha que dizer uma palavra que começasse com a letra S. No verão antes do último ano do colégio, meus pais me mandaram, graças à minha insistência, para uma colônia de férias de dramaturgia, mas também não me saí muito bem por lá. Eu era péssima em falar para as pessoas o que deveriam fazer em cena, não tinha uma "visão", como disse meu orientador, e não conseguia mexer na mesa de edição nem que minha vida dependesse disso. Por sorte, comi um camarão estragado, tive intoxicação alimentar e fui mandada para casa antes de a coisa terminar.

Apesar desses contratempos, não desisti. Me foquei em descobrir como fazer filmes sem precisar estar em frente às câmeras nem ter que operar equipamentos pesados. Quatro anos no departamento de cinema da Wesleyan me convenceram de que tinha talento para ir atrás dos meus sonhos; dois anos como estagiária de um professor querido, sendo sua sombra enquanto ele fazia um filme brilhante ao qual apenas um punhado de pessoas acabaria assistindo, me convenceram de que queria trabalhar com filmes que seriam vistos de verdade. E esse é o motivo da minha presença nesta recepção, esperando para começar o meu primeiro dia de trabalho como a assistente de uma assistente em um grande estúdio de cinema.

Obrigada, Michael Deming. Você é a minha inspiração, mesmo que nunca se tenha dado ao trabalho de escrever uma simples mensagem de encorajamento e que, neste exato momento, você esteja usando um macacão sujo e comendo carne de esquilo em um barraco no meio da floresta, amaldiçoando Hollywood como um ninho de cobras, todos falsos e vendidos.

Tomei um gole do mocha gelado que havia comprado no café na esquina do meu apartamento — tecnicamente, o apartamento é da Magnolia, mas ela foi legal o suficiente para deixar que eu e minhas caixas nos alojássemos por lá — e limpei a garganta, esperando que a recepcionista me notasse. Ela suspirou e tirou uma cortina de cabelos negros da frente de suas maçãs do rosto incrivelmente protuberantes.

— Taylor Henning? — disse ela bufando.

Eu fiquei obedientemente de pé, meu coração batendo forte no peito.

— Você pode entrar agora. Aqui está o seu crachá.

A recepcionista jogou na minha direção um cartão laminado onde estava escrito METRONOME STUDIOS em letras maiúsculas intimidadoras. Peguei o crachá e vi uma versão granulada do meu rosto fino e dos meus olhos azul-claros olhando de volta para mim. Meu cabelo estava meio sem volume e meu nariz estava um pouco brilhante, mas eu certamente já tinha visto fotos minhas piores do que essa. Minha carteira de motorista de Ohio, por exemplo, que nem me dei ao trabalho de trocar nos seis anos morando em Connecticut, me fazia parecer uma presidiária.

— Desculpe, onde é mesmo? — perguntei. — Eu não me lembro.

— Último escritório da parte sudoeste.

A recepcionista abriu uma *Us Weekly* em uma foto do Ben Affleck enchendo o tanque do carro. "Famosos: eles são exatamente como nós!" era o que dizia a notícia.

Aham, pensei: exatamente como nós, só que mais ricos, mais bonitos, e constantemente cercados de fotógrafos. Enquanto me afastava, a recepcionista disse meio sem vontade:

— Boa sorte.

Eu me virei e dei o meu melhor e mais agradecido sorriso.

— Obrigada — respondi, mas ela não estava mais prestando atenção em mim.

Passei o crachá na maquininha prateada e as portas de vidro se abriram com um chiado. Se a sala de espera era um spa, o interior do departamento de criação era uma luxuosa estação espacial. Sob o teto branco alto, as paredes iluminadas mudavam gradualmente de cor, como um protetor de tela pulsante, de um laranja vivo para um magenta profundo, depois roxo e azul. Era... não exatamente cafona, mas nada discreto também.

Pelas portas abertas dos escritórios, eu podia ver os executivos de criação, intimidantemente ocupados em seus BlackBerries, laptops ou iPhones. As mesas dos assistentes ficavam do lado de fora do escritório dos EC, tomando conta de suas portas, agindo como secretários, verdadeiros faz-tudo. E, em cinco minutos, eu me tornaria uma dessas pessoas.

O último escritório da parte sudoeste era um elegante cubo de vidro separado do corredor por uma antessala, meio escritório, meio sala de espera. Uma placa brilhante anunciava que eu estava entrando nos domínios de Iris Whitaker, Presidente de Produção. Iris Whitaker, minha nova chefe. Na sala externa ficavam duas elegantes mesas pretas, duas estantes cheias de roteiros, uma impressora a laser que parecia da NASA, um sofá branco baixo e uma única janela que dava para o pátio e a fonte do lado de fora do prédio.

Coloquei minha bolsa na mesa menor, que estava vazia, e olhei em volta, sentindo minha pulsação forte no pescoço. A outra mesa, que ficava de frente para a minha, estava ocupada por um monte de porta-retratos prateados, velas decorativas e um vaso de porcelana com tulipas cor-de-rosa. Devia ser ali que Kylie Arthur, a primeira assistente de Iris, se sentava. Até bem recentemente, Kylie era a segunda assistente, mas, agora, ela era, basicamente, minha chefe, também. Eu não a conheci, mas Iris, durante a nossa entrevista no mês passado, havia me assegurado de que nos daríamos bem.

Eu conseguiria ver o interior do escritório da Iris se não fosse por todas aquelas plantas altas alinhadas contra a parede de vidro que a separava de nós. As plantas eram o xodó dela. Eram vários cactos compridos, algumas samambaias lindas e até uma miniatura de laranjeira. Através da folhagem, eu só conseguia distinguir, ocasionalmente, uma blusa branca. Mas podia ouvir a voz áspera de Iris, e, apesar de não querer escutar a conversa dela, não podia evitar.

— Quinn — disse Iris —, não me importo com o que seu pai diz. Você já sabe de cor e salteado: compras na Third Street só aos sábados. Agora, não me faça falar sobre isto novamente.

Iris pausou, então riu:

— Boa tentativa, filha — disse ela. — Vejo você à noite. Eu te amo.

Esperei mais um momento até ter certeza de que Iris não estava mais ao telefone e então me aproximei da entrada do escritório. Já podia sentir minhas bochechas corando, da forma como sempre coravam quando ficava nervosa. (É por isso que eu nunca usava blush — seria demais.) Relaxei os ombros e o pescoço, ajeitei meu cabelo e tentei pensar em coisas que me acalmassem. Bati na porta.

— Entre — disse Iris, e, normalizando minha respiração, eu entrei.

Iris Whitaker estava sentada atrás de uma mesa coberta de papéis, digitando furiosamente em seu computador. A ampla janela ao fundo do escritório dava para um dos estúdios de filmagem ocre, que ficava na frente dos arranha-céus do centro da cidade, e que estavam, sem nenhuma surpresa, obscurecidos por uma fumaça marrom-alaranjada. Hesitante, eu me movi alguns centímetros para dentro da sala, pisando sobre o tapete de pele de carneiro e admirando a mesa de café feita de mármore e o sofá minimalista cinza-azulado com almofadas de shantung de seda. O escritório tinha o estranho, mas não desagradável, aroma de terra e couro de boa qualidade.

O computador de Iris fez um barulho — e-mail enviado — e, então, ela se virou para me olhar com seus olhos escuros. Cachos acobreados caíam sobre seus ombros, e seus braços eram torneados pelo Pilates. Ela estava na casa dos 40, mas parecia ter 37 — apenas velha o suficiente para ser mãe da Quinn, que Iris tinha me contado que estava no primeiro ano do ensino médio.

— Taylor! — disse ela com animação, levantando-se. — Bem-vinda. Entre.

Eu me aproximei da mesa para apertar a mão de Iris. Os traços dela eram fortes, 1,80m de altura, e seu aperto de mão era tão firme quanto o de um homem.

— Oi — respondi. — Obrigada! — Então, por alguma razão estúpida, desejei a ela uma feliz segunda-feira.

Iris sorriu sem recriminar meu comentário bobo, mas sem respondê-lo também.

— Por favor, puxe uma cadeira. Na verdade, menos essa... ela está segurando aquele cacto naquela posição. Então você chegou inteira aqui, posso ver.

Eu me afundei tanto na cadeira de couro preto que minha cabeça deveria estar pouco mais alta que o tampo da mesa:

— Sim — afirmei. — Já estou aqui, inteira, há uma semana.

Tentei me sentar bem reta, mas o que eu precisava mesmo era de uma cadeirinha de criança.

Iris rodava um grande anel de opala em sua mão direita; fora isso, ela não usava nenhuma joia. Ouvi dizer que ela havia sido casada com um produtor muito poderoso, mas que o relacionamento tinha acabado em um divórcio complicado. Ele havia fugido com uma atriz — alguém jovem e maleável, e não alta e feroz como Iris Whitaker, a sétima pessoa mais poderosa de Hollywood. Foi assim que a *Entertainment Weekly* a chamou; li isso numa viagem de avião para a Flórida para ver os meus avós. Ou, pelo menos, foi o que achei ter lido. Eu havia tomado umas duas vodcas com água tônica — *não* gosto de voar —; então não podia ter total certeza.

Iris estava sorrindo para mim, mas sem dizer nada, e é em momentos constrangedores assim que minha verborragia começa a se manifestar.

— Tenho que dizer como estou feliz por estar aqui — comecei. — Sei que disse o mesmo nas entrevistas, mas isto é tudo o que sempre quis fazer, e não posso acreditar que consegui. Sei como tenho sorte, e quero que você saiba que sou muito grata. Quero dizer... é simplesmente incrível! Então quero dizer obrigada. Obrigada pela oportunidade.

Então consegui me fazer parar, porque mordi meu lábio. Com força.

Iris levantou suas sobrancelhas muito bem-cuidadas:

— É muito bom ouvir isto — disse ela um pouco depois. — De nada.

— Filmes são a minha paixão — continuei a enxurrada —, e pretendo ficar aqui por muito tempo. Não estou nessa só para ficar andando com celebridades ou contar vantagem. Não quero ir para a farra toda noite no Chateau Marmont ou nada assim. Estou nessa porque nunca quis outra coisa senão fazer grandes filmes.

Claramente, eu precisava de uma estratégia melhor que morder meu lábio para me fazer parar. Talvez uma mordaça adiantasse.

Iris sorriu:

— Grandes filmes talvez seja um exagero, você sabe... — disse ela, sem maldade. — *Lucrativos* geralmente é o melhor que podemos esperar. Mas nós procuramos por grandes histórias aqui, é claro. Se eu estiver fazendo o meu trabalho direito, e você estiver fazendo o seu também, isso quer dizer que vamos ler todos os roteiros que estão por aí, além de cada matéria de revista e todo livro e todo blog que pode ser um sucesso. Nós não queremos perder nada que possa ser traduzido para a tela. Estamos à procura de ouro, Taylor, e vamos peneirar cada pedrinha do rio para achá-lo.

Ela fez uma pausa.

— Aí está! Esse é o meu discurso de recrutamento. Não que eu precise persuadir *você* especialmente. Você parece já ter vestido a camisa.

— Com certeza — o que ela disse era verdade: eu não precisava ser convencida.

— Não é um trabalho fácil — continuou Iris, ainda rodando o anel. — Você precisa estar disponível para nós o dia inteiro, que é onde o BlackBerry que você vai ganhar entra — disse ela com uma piscadela.

Minha barriga formigou de excitação. Não que eu estivesse adorando a ideia de receber e-mails no meio da madrugada (*vou precisar daquele roteiro na minha mesa às oito da manhã em ponto!*), mas saber que logo eu teria o meu próprio BlackBerry — como o pager de um médico, pensei — fez com que me sentisse muito poderosa e profissional. E só Deus sabe como meu Nokia velho de guerra estava precisando de um upgrade.

— É claro — acrescentou Iris — que eu conto com as minhas assistentes para me ajudar a descobrir o ouro.

— Sem dúvida — concordei.

Foi por isso que quis tanto esse trabalho. Na Metronome, os assistentes não serviam apenas para trazer cappuccino; as opiniões deles eram solicitadas enquanto entregavam os cappuccinos. Nas agências, você começava na sala do correio.

— Entusiasmo é útil. Mas algumas vezes pode atrapalhar o julgamento das pessoas — continuou Iris, e apontou seu BlackBerry para mim. — Nem todo filme merece ser feito, você sabe.

— Ah, não — concordei —, claro que não. Quero dizer, metade dos filmes que são feitos não merecia ter sido feita, é o que me parece. Como aquele em que Owen Wilson faz o papel de um treinador de cavalos com uma perna só e um macaco de estimação; como é o nome mesmo? Eu gostaria de conhecer quem quer que tenha achado que *aquilo* era uma boa ideia.

— Na verdade — disse Iris levantando as sobrancelhas —, nós consideramos esse roteiro.

— Oh — gaguejei —, desculpe... quero dizer, tenho certeza de que tinha um grande potencial. Eu acho...

Houve uma batida na porta e me recostei na cadeira, imensamente grata pela interrupção. Em mais dois minutos, eu teria falado o suficiente para perder meu novo emprego, e então o quê? Precisaria voltar a Middletown e implorar a Eckert Pinckney, o professor que já tinha me pago com seu próprio dinheiro pelos últimos dois anos, para me aceitar de volta. Não que tenha saído queimada; ele foi, até mesmo, a razão por que consegui este emprego, de qualquer forma. Das poucas pessoas que realmente viram *Gray Area* — o corajoso e bonito filme que o ajudei a fazer —, Iris Whitaker era uma delas. Oportunidades como essa só aparecem uma vez na vida, como minha mãe gostava de me lembrar, e eu não estava pensando em estragá-la.

Uma graciosa loura entrou na sala usando um par de sapatilhas verde-claras.

— Bom dia, Iris — disse ela. — Bryan Lourd marcou às 12h30 no Cut. Eu disse que era muito tarde, mas ele insistiu. Além disso, aquele diretor de fotografia esquisito ligou de novo.

A garota inclinou a cabeça enquanto esperava Iris responder, parada ao lado do cacto, sem olhar para mim. Ela me lembrava Sienna Miller no filme *Uma Garota Irresistível*, fazendo o papel de Edie Sedgwick, a não ser pelo fato de que seu cabelo era comprido, ondulado e dourado-escuro, com luzes cor de manteiga que emolduravam seu rosto. Um emaranhado de correntes prateadas em volta do pescoço dela tilintava enquanto ela mudava o peso do corpo de um delicado pé para o outro. Seu perfume tinha o cheiro de lírios — daqueles bem caros.

— Obrigada, Kylie — disse Iris. — Kylie, esta é a Taylor. Taylor, esta é Kylie Arthur, minha primeira assistente. Ela tinha o seu emprego até a semana passada, quando Christy foi promovida a EC.

Eu conhecera Christy Zeller quando vim de Middletown para L.A. no mês passado. Eu havia ficado apenas dois dias com Magnolia e fiz a entrevista na Metronome. Christy era apenas uma assistente naquela época e agora tinha a sua própria sala e o seu próprio assistente. No Metronome, eles alimentavam o talento e tinham um plano de carreira.

Eu me levantei da cadeira com esforço, mas Kylie não ofereceu nenhuma ajuda. Ela apenas ficou ali de pé com seu jeans *skinny* e sua túnica de seda de bolinhas e sorriu:

— Oi — disse ela. — Bem-vinda.

Seus olhos me percorreram de cima a baixo, observando minha calça de lã mesclada da Banana Republic e minha camisa azul franzida da Forever 21.

— Gostei do seu sapato.

Involuntariamente, olhei para baixo, para os meus sapatos pretos de salto da Nine West, que pareciam do Michael Kors.

— Obrigada — respondi, sem saber se ela estava sendo maliciosa.

— Taylor acabou de se mudar para cá de Connecticut — comentou Iris. — Ela estava trabalhando com Eckert Pinckney naquele filme sobre o qual falei com você, dos amantes sem sorte e violência doméstica.

— Ah — disse Kylie, brincando com uma de suas correntes e finalmente olhando nos meus olhos. — O que está achando de L.A. até agora?

— Bem, tem muita fumaça.

Foi a única coisa que me passou pela cabeça.

— Certo — disse Kylie, olhando para mim sem nenhuma expressão, com seus longos cílios cobertos de rímel.

Houve um silêncio constrangedor, que Iris finalmente quebrou:

— Kylie é uma das melhores assistentes que já tive — disse ela. — Se você tiver alguma dúvida, ela é a pessoa a quem deve recorrer. — Ela se virou para ver seu e-mail. — E acho que nós vamos ter que remarcar meu compromisso de 14h30 para eu não chegar atrasada do Cut.

— Sem problema — disse Kylie, balançando a cabeça energicamente antes de sumir atrás das plantas para a parte externa do escritório.

— Kylie vai ajudá-la a se situar — disse Iris, me liberando. — Boa sorte.

— Obrigada — disse eu.

Achei que talvez devesse apertar a mão de Iris novamente, mas ela já estava ocupada com seu BlackBerry. Enquanto passava pela selva de plantas no caminho para a minha nova mesa, senti uma mistura de orgulho e humilhação. Eu tinha tagarelado como uma colegial, estava usando imitações de sapatos de grife e tudo que consegui falar sobre minha nova cidade foi a palavra *fumaça*. *Mas, ainda assim*, pensei, *aqui estou eu. Consegui.*

Corrigi minha postura e encolhi a barriga. Aos 24 anos, eu estava pronta para começar a viver a minha vida. Mas, antes, realmente precisava fazer xixi.

CAPÍTULO DOIS

— Algumas pessoas dizem que ser o segundo assistente é meio humilhante — disse Kylie, encostando um palito de fósforo aceso em uma de suas velas decorativas —, mas não é. É incrivelmente importante. Eu vou até sentir falta disso um pouco.

O pavio demorou alguns instantes, mas acabou acendendo. Kylie olhou para cima:

— Espero que você não se importe — disse ela, apagando o fósforo com um sopro. — É à base de soja e aromaterapêutico. Ajuda na minha concentração.

— Sem problemas — concordei rapidamente, suprimindo a vontade de fazer uma piada sobre risco de incêndio.

Eu queria perguntar a Kylie do que ela ia sentir falta — de tirar cópias? De trazer os *lattes* desnatados? De se sentar em uma mesa menor? Não me leve a mal, eu estava animadíssima por estar na Metronome, mas sabia que haveria partes do meu trabalho que não seriam exatamente empolgantes. É assim que as coisas funcionam: você rala no começo, e então pode fazer o que veio fazer. A essa altura, eu era a segunda assistente por meia hora, e tudo que havia feito tinha sido acessar meu computador, colocar meu caderno na gaveta da minha mesa e esperar Kylie me dizer o que devia fazer da minha vida.

Kylie jogou a caixa de fósforos sobre sua mesa. "Chateau Marmont" estava escrito nela, em letra corrida.

— Então, esse é o lance de ser assistente da Iris. Nós atendemos todas as ligações dela e fazemos a agenda. Também nos asseguramos de que ela fale apenas com as pessoas com as quais precisa e que nunca seja surpreendida por *nada* — disse Kylie, marcando um item de sua lista imaginária com os dedos. — Se ela sabe de algo, nós também sabemos. Aqui.

Ela segurava um maço de folhas grampeadas e eu me levantei para pegá-las de sua mão fina, de unhas feitas.

— Este livro é a sua Bíblia — disse Kylie —, também conhecido como o manual da assistente da presidente de produção. Ele tem de tudo: senhas para checar as mensagens da secretária eletrônica, os telefones particulares de todos os principais agentes, telefones privados dos restaurantes favoritos de Iris e uma lista de pessoas que, se ligarem, você deve *sempre* transferir a ligação. Tem também os horários da filha dela, algumas instruções sobre como se vestir adequadamente e a receita da vitamina de espirulina dela.

— Uau — exclamei, folheando o manual, que apresentava uma quantidade absurda de listas e diagramas. — Isto é incrível! Uma vez eu vi o manual do empregado de um parque de diversões. Sabe aqueles parques? As regras eram todas do tipo não dormir debaixo dos carros, não ficar muito bêbado para poder atender as necessidades dos clientes, não fazer xixi em público. — Kylie me encarou. Sei que isso é totalmente diferente! Eu estava apenas tentando ser... — pausei — engraçada — completei suavemente.

— Certo. Agora, não sei o quanto de trabalho de assistente de verdade você fez com aquele seu professor — disse Kylie, olhando para a tela do seu Mac Pro.

— Não muito, na verdade — admiti. — Eu era mais uma assistente *criativa* — adicionei, um pouco orgulhosa.

Tudo bem, eu talvez fosse mais uma sombra, ocasionalmente expressando minha opinião sobre a história, o roteiro, a forma como ele podia ser filmado. E, sim, havia algum trabalho sujo: juntar o nosso mísero patrocínio, imaginando como exatamente seríamos capazes de filmar aquilo com um orçamento tão apertado. Mas eu não achava que Kylie precisava saber disso.

— Certo — disse Kylie, arrastando os olhos do monitor de volta à minha direção. — Bem, ser uma assistente em um estúdio é um pouco diferente. Na verdade, ser a *segunda* assistente é um pouco diferente. É mais... — disse ela, com a cabeça balançando de um lado para o outro, como se procurasse a palavra mais adequada — logística. Arquivar, copiar, pesquisar, fazer reservas. Esse tipo de coisa.

— E ler roteiros — comentei.

Abri o manual. *O chá favorito de Iris é o Wild Sweet Orange da Tazo*, alguém tinha escrito na margem, *e, apesar de gostar do chá preto irlandês, ela não gosta do chá preto inglês ou do Earl Grey*.

— Roteiros? — repetiu Kylie.

Quando olhei para cima, Kylie estava me olhando com cara de poucos amigos, uma ruga se formando entre seus olhos verdes.

Por um momento, Kylie me lembrou Melanie Pitts, que fazia todas as aulas de cinema comigo na Wesleyan. Melanie tinha esse jeito irritante de olhar que fazia você se sentir como um pequeno camundongo falando espanhol: pequeno e incompreensível. Um monte de gente nas minhas aulas falava comigo daquele jeito, na verdade, porque ninguém na faculdade de cinema me levava a sério. Apesar de todos os meus colegas usarem roupas pretas, como se estivessem indo a um funeral, fumarem cigarros entre as aulas e se recusarem a ir ao multiplex quando o último sucesso era lançado, eu sempre me lembrava da minha criação no meio-oeste, usava jeans da Gap e tênis Nike, e continuava a assistir a cada filme do Ron Howard que estreava. Mas, quando chegou a hora de todos mostrarem seus curtas no último ano e mostrei a minha obra, uma mistura de Fellini e Judd Apatow, meus colegas subitamente me notaram. Melanie, que só recebeu elogios meus nos quatro anos anteriores, mas que nunca tinha dito mais que um simples *obrigado*, chegou até a me convidar para um café para "discutir a minha obra".

— Sim, ler roteiros para Iris — respondi, buscando na memória. — Ela acabou de me dizer que isso era parte do trabalho.

— Isso é meio que mais parte do trabalho da *primeira* assistente — corrigiu Kylie. — Ela provavelmente quis dizer que, no futuro, você vai fazer isso.

Antes que eu pudesse pedir para ela explicar melhor, o computador fez um barulho de campainha.

— Desculpe, é uma mensagem do meu namorado — disse Kylie, virando-se para responder. — Só um segundo.

Eu me recostei em minha nova cadeira. Ela fez um barulho parecido com o de um carro novo. Mexi num botão para ajustar o suporte lombar.

— Ele trabalha em um estúdio também?

Kylie pareceu hesitar.

— Na verdade, não. Ele não está na indústria.

Eu imaginei um banqueiro, um figurão do setor imobiliário, um publicitário, alguém que pudesse abastecer seu estoque de Louboutins. Ele provavelmente usava camisas lustrosas, um anel de Princeton no dedo e buscava Kylie no trabalho em um Porsche Boxter amarelo.

— O que ele faz?

— Ele ensina tênis em Beverly Hills — disse Kylie, jogando o cabelo de forma desafiadora —, mas certamente poderia ser ator se quisesse — adicionou, deixando-me com a impressão de que estava levemente envergonhada do trabalho do namorado. — Todos sempre dizem que ele é muito carismático.

Eu teria falado algo sobre o meu namorado também, só para ser simpática, mas eu não tinha nenhum. Fiquei imaginando se deveria inventar um — algum rapaz arrojado de cabelo escuro esperando por mim em Middletown. Em vez disso havia apenas o Brandon, que certamente não estava sentindo a minha falta. A não ser que contássemos com o fato de que ele não podia esperar para me ver voltar com o rabo entre as pernas. Brandon Rogers foi outra pessoa que se juntou ao fã-clube de Taylor Henning no último ano da faculdade. Ele passou do gatinho inatingível, cuja nuca sempre gostei de ficar olhando na aula de Teoria Avançada do Cinema Francês, ao meu fã número um. Nós namoramos nos dois anos seguintes à minha formatura, enquanto eu estava trabalhando com o Professor Pinckney e ele era assistente de produção de uma pequena produtora de Nova York que fazia documentários ousados. Nós terminamos quando aceitei o trabalho na Metronome. No meu voo para L.A., eu repetia a cena da nossa despedida na cabeça: o beijo demorado na bochecha, e então:

— Ligue em alguns anos, quando você estiver fazendo o Super-homem 7.

De repente, nossos telefones tocaram simultaneamente. Olhei confusa para todos aqueles botões estilo NASA no meu aparelho.

Kylie botou o headset por cima de suas ondas louras de cabelo.

— Escritório de Iris Whitaker — disse, com a voz suave. — Ah, sim, é claro que ela vai estar presente, com acompanhante. Não, obrigada a *você*.

Ela tirou o headset e sorriu para mim:

— Viu? Nada de mais.

— Um RSVP — comentei brilhantemente, tentando fazer parecer que eu sabia o que estava acontecendo.

— Hum. Um evento para arrecadar fundos para a ONG Women in Film. Drew Barrymore é uma das organizadoras e Iris a conhece praticamente desde *Poltergeist*. Ela costumava ser baby-sitter da filha da Iris. Mas, de qualquer forma, vamos dar uma volta rápida para você conhecer a máquina de Xerox.

Kylie se levantou de sua mesa e fez um movimento que indicava que eu devia segui-la.

— Neste andar estão todos os EC, além de todos os assistentes deles — disse ela, enquanto me levava por um corredor com pôsteres emoldurados de todos os sucessos da Metronome.

Executivos de criação variavam em importância de um executivo júnior recém-contratado até vice-presidentes executivos, e até mesmo eu podia dizer quem era quem pelo tamanho da sala ou pelo valor dos móveis dentro dela. Mas, sendo eles subalternos ou poderosos, todos tinham uma missão única e crucial: achar a matéria-prima para fazer filmes. Uma vez que tivessem conseguido e que um roteiro fosse comprado, carregavam aquele roteiro pelo caminho acidentado da pré-produção: procuravam diretores, incluíam atores, contratavam novos roteiristas para incrementar a história e escolhiam locações. As pessoas do desenvolvimento eram como cartomantes. Eram aqueles que podiam ver — nas páginas em branco de um roteiro, em algumas milhares de palavras de uma matéria de revista ou em um livro ainda não publicado — uma plateia sentada em frente a uma tela de 9 metros, totalmente concentrada. Eram o tipo de pessoa que ajudou Michael Deming a fazer sua obra-prima.

Enquanto Kylie me mostrava o lugar, eu ia absorvendo tudo com entusiasmo. Os escritórios da Metronome eram arrumados como um alvo: o anel de fora tinha os grandes escritórios com janelas que pertenciam aos chefes — pessoas como Iris. O próximo anel era reservado aos assistentes, prontos para responder a qualquer capricho dos chefes. Os EC juniores tinham um grupo de escritórios na parte norte do prédio. E, nas partes internas e privadas de luz natural, estavam a cozinha, a sala de cópias e os cubículos onde trabalhavam vários assistentes com funções mais modestas.

— Aquele é o escritório do vice-presidente de marketing — disse Kylie —, e aquela é a assistente dele, Margie; aquele ali é o Peter. Ele é um scout.

Eu estava tentando guardar todos os nomes, mas podia senti-los sumindo da minha cabeça segundos depois que Kylie os pronunciava, como aquelas equações matemáticas que você decora com pressa logo antes da prova final.

Um rapaz da nossa idade com uma camisa de seda e uma gravata fina estilo retrô passou rapidamente por nós no corredor.

— Ei, Kylie — disse ele ao passar —, manda mensagem para mim. Tenho fofocas.

Kylie ficou visivelmente animada:

— Em um segundo — disse ela com um gritinho, e então sua voz voltou ao normal. — Aquele é Wyman. Ele é outro assistente. Aqui estão a cozinha, os banheiros, a sala de cochilo...

— Sala de cochilo?

— Sim, algum consultor veio aqui e nos disse que cochilos melhoram a produtividade; então, a Metronome fez uma sala do cochilo, onde costumava ser o armário do faxineiro, mas, na verdade, ninguém nunca foi dormir nela. Simplesmente não parece profissional, sabe?

Quando voltamos para nossas mesas, Kylie pegou um roteiro:

— Três cópias, por favor. Terceira porta à sua esquerda, como tenho certeza de que você se lembra.

Peguei as páginas e saí pelo corredor, passando pelas mesas de outros assistentes ocupados que atendiam telefonemas para seus próprios chefes. Uma menina com cabelo preto curto olhou para mim quando passei e, quando sorri, ela mostrou os dentes de volta, mas foi mais uma careta do que um sorriso. Eu tentei sorrir de volta — não é disso que se trata o carma? —, mas não consegui. As pessoas não iam se interromper para me dar boas-vindas; disso eu tinha certeza. Mas, fiz questão de me lembrar, isso não era problema. Eu havia passado quatro anos me sentindo a coitadinha na faculdade, e olhe o que acabou acontecendo. L.A. era diferente, com certeza, mas ganhar a confiança dessas pessoas não podia ser mais difícil.

A sala de cópias era iluminada por uma luz fluorescente, e dentro dela estavam duas máquinas de Xerox, duas máquinas de fax e uma impressora colorida gigante. Coloquei as páginas no alimentador, percebendo, enquanto fazia isso, que aquele era o novo roteiro de Paul Haggis. Senti um pequeno arrepio de entusiasmo. Aqui pra você, Brandon, foi o que pensei. Apesar de todo o discurso de que o cinema americano estava morto, eu sabia que ele secretamente mataria para pôr as mãos em um roteiro de Haggis.

Enquanto a máquina cuspia as páginas, eu as pegava e comecei a lê-las, passando o olho por parágrafos de direção de cena que descreviam longas tomadas. O começo foi meio devagar, mas, lá pela página 25, eu estava completamente absorvida pela história de Jack Tharp, um advogado do interior que aos poucos começa a perceber que a vida que está vivendo é uma completa farsa, e não percebi, por outras dez páginas, que a máquina tinha dado problema.

— Merda — reclamei.

Joguei o roteiro no balcão e comecei a abrir várias gavetas e portas na copiadora, fechando tudo de novo num pânico crescente.

— Hum, você está tentando matar a copiadora? — disse uma voz.

A voz pertencia à menina que tinha feito a careta para mim mais cedo. Seu cabelo preto era cortado na altura do queixo — muito Catherine Zeta-Jones em *Chicago* — e ela estava encostada na porta parecendo vagamente interessada. *Muito* vagamente.

— Quebrou — respondi, desesperada.

— Dá para ver. Aqui — disse a menina, pegando o restante do roteiro do Haggis e alimentando a outra copiadora — esta aqui ainda funciona. Quando voltar à sua mesa, chame o rapaz das cópias.

— Muitíssimo obrigada — disse eu.

— Sem problemas — disse a menina brandamente. — É o seu primeiro dia.

— Isso é tão óbvio?

— Bastante — disse ela, virando-se então sobre seu salto e indo embora, o que tentei não levar para o lado pessoal.

Fiquei de pé com as mãos nas cadeiras esperando o resto do roteiro ser copiado. Por um momento, a copiadora pareceu parar, e a minha respiração também parou. Mas, então, ela voltou a funcionar normalmente, e suspirei aliviada.

✺

— Então é o Ken da CAA? — perguntei.

Era apenas a sexta ligação que eu tinha ousado atender, e podia sentir que Kylie estava me observando. Gostei do headset — ele fazia me sentir como uma agente de viagens ou como uma apresentadora daqueles infomerciais —, mas a conexão não era muito boa, e eu tinha dificuldades para conseguir escutar.

— Não, o *Kent* da *UTA* — disse o assistente do outro lado da linha, levantando a voz. — Quantas vezes mais eu preciso dizer a mesma coisa? *UTA*, não *CAA*. Jesus!

Eu digitei Kent/UTA o mais rápido que pude na lista de ligações de Iris no computador dela; então, bebi de uma vez só o resto da minha Coca-Cola Diet.

— Certo, claro — concordei. — Vou avisar que você ligou. Quer deixar o seu número?

O assistente de Kent fez um som de desgosto e desligou o telefone na minha cara.

— Nós temos o número dele — disse Kylie, quando tirei o headset. — Nós temos o número de todo mundo.

Olhei para ela com cara de culpada.

— Era a coisa errada a perguntar?

Kylie nem se deu ao trabalho de responder, mas, com a chegada da tarde, eu sentia que as coisas estavam começando a melhorar. Eu não havia quebrado nenhuma máquina por umas duas horas, só tinha levado fora de uma pessoa, e Kylie me assegurara de que ele era apenas um roteirista e não muito famoso.

— Nunca irrite um ator ou um diretor — foi o conselho que Kylie me deu enquanto me olhava com o nariz empinado —, mas não se preocupe tanto com os roteiristas. Eles estão acostumados a ser esnobados.

Às vezes eu achava que sentia os olhos da Iris sobre mim, checando o meu progresso, mas era impossível dizer por causa daquela floresta.

O único problema foi que ninguém falou nada sobre o almoço. Kylie sumiu por alguns instantes, mas, se tinha comido ou não, eu não sabia — ela parecia o tipo de garota que vivia de Coca-Cola Diet e aipo com manteiga de amendoim com baixo teor de gordura. Eu já tinha devorado a barrinha de cereal velha que achei na minha bolsa e agora estava contando exclusivamente com a cafeína para me manter funcionando. Mas meus dentes doíam e minhas pernas estavam tremendo mais que uma dançarina com espasmos.

Eu também estava esperando que Kylie falasse mais comigo sobre como era trabalhar na Metronome. Que filmes eles estavam fazendo agora? Ela havia alguma vez se deparado com um grande roteiro entre todos aqueles que recebiam? Quais pessoas famosas eram legais e quais eram babacas? Era verdade que Jack Nicholson tomava banho apenas uma vez por semana? E que Vince Vaughn tinha um estranho fetiche por pés? Mas Kylie geralmente me ignorava e mantinha seu nariz enterrado em roteiros. De vez em quando, no entanto, o computador dela fazia um barulho, o que significava que ela estava trocando mensagens com seu professor de tênis ou fazendo fofoca com os outros assistentes. Durante a última hora, o rapaz de camisa reluzente passou pela sala oferecendo a ela uma piscadela de quem sabia de algo, e uma morena alta e impecavelmente vestida, com cabelo de comercial da Pantene, cochichou algo no ouvido da Kylie e depois saiu, parecendo satisfeita.

Eu estava lendo a lista de ligações para me assegurar de que não havia erros de digitação quando o telefone tocou e Kylie interrompeu uma de suas sessões regulares de cochichos e risadinhas com mais uma assistente (a alta e alegre Cici, que a Kylie até chegou a me apresentar) e disse:

— Oh, Deus, não atenda.

— Quem é?

Kylie fez um sinal com as mãos para eu deixar aquilo para lá e passou o braço no de Cici:

— Volto em cinco minutos.

Então as duas desapareceram pelo corredor, os saltinhos de Cici fazendo barulho no chão brilhante. Eu disse a mim mesma que Kylie devia ser uma profissional realmente eficiente quando se concentrava, porque ela certamente passava muito tempo socializando.

O telefone continuou a tocar, e eu tive a certeza de ter visto uma das samambaias se movendo e um olho escuro me observando. Não podia deixar Iris me ver sentada ali como uma idiota, deixando de fazer uma das funções mais básicas do meu trabalho; então, botei o headset e apertei o botão que dizia *Talk*.

— Escritório de Iris Whitaker — falei, imitando a voz suave de Kylie.

Eu adorava falar aquilo. Tinha até praticado no banheiro: *escritório de Iris Whitaker, como posso ajudar?* Eu poderia falar aquilo o dia todo — o que era conveniente, já que isso era grande parte do meu trabalho. Nesse momento, a samambaia no escritório da Iris voltou para seu lugar.

— Alô, aqui é Dana McCafferty — disse uma menina que parecia ainda estar no colégio, só que eu conseguia sentir uma confiança de adulta somente na apresentação dela. — Estou ligando sobre o meu roteiro. Mandei para Iris algumas semanas. *A Evolução de Evan*. Você pode me dizer se ele foi lido?

— Não tenho certeza — respondi. — Eu comecei a trabalhar aqui agora.

— A última menina com quem falei disse que logo entraria em contato comigo — disse Dana —, e isso foi há uma semana. Então estou apenas checando o andamento.

— Só um minuto — enrolei.

Olhei para a estante de roteiros. Ele podia estar em qualquer lugar.

— Talvez seja melhor eu pegar seu número e ligar de volta.

— Na verdade, seria ótimo se você pudesse apenas dar uma olhada e descobrir se ele foi lido ou se está numa lista de roteiros. Vocês têm uma lista, não tem?

Sim, nós tínhamos, mas eu não conseguia me lembrar onde estava no meu computador. Eu não tinha certeza se achava a insistência de Dana irritante ou admirável. Se eu pudesse apenas achar o roteiro em uma dessas pilhas, poderia dar uma resposta a ela.

— Aguarde um momento — disse eu, sentindo-me orgulhosa da minha iniciativa.

Tirei meu headset e andei até uma pilha de roteiros no chão. Se Kylie não estava interessada em falar com Dana, provavelmente não deve ter se interessado pelo roteiro dela também. Em geral, estúdios não dão muita importância a roteiros de escritores sem agentes. Mas todo mundo tinha que começar em algum lugar, ponderei. Talvez o roteiro de Dana fosse o próximo *Casablanca*. Vasculhei as páginas — cada roteiro ignorado era o produto dos melhores e mais queridos sonhos de alguém. Era triste, mas também um pouco engraçado: *Porcos Assassinos Psicopatas* era o título de um roteiro, e *Duelo Alienígena* era outro (mas nem todo filme podia ser uma comédia indie sensível). Eu estava quase desistindo quando achei: *A Evolução de Evan*, posicionado entre a história de dois guerreiros ninja que não sabem que são irmãos e o que parecia ser uma imitação de *Sideways:* entre uma e outras. Como os outros, ele não parecia ter sido tocado.

Fui até o telefone.

— Achei — declarei. — Acho que ninguém o leu ainda.

— Certo — respondeu Dana calmamente, apesar da informação. — Então você pode lê-lo?

Hesitei. O meu primeiro pensamento foi dizer um não educado e desligar. Mas havia algo de desesperado na voz da menina, e era um desespero que eu reconhecia. Era como eu deveria ter soado se algum dia tivesse tido a chance de falar com Michael Deming ao telefone. E eu queria começar a ler roteiros; não era parte do trabalho? Procurar ouro?

— Por favor — disse Dana. — Eu acho que você pode gostar dele.

— Tudo bem — escutei minha própria voz. — Eu acho...

— Então você vai me dar sugestões? — perguntou Dana.

— Posso ir ao seu escritório na semana que vem. Segunda? Segunda está bom?

Agora isso era outra história.

— Vou ter que checar — comecei.

— Desculpe, eu apenas quero andar com isso. Você precisa entender.

Naquele momento, olhei para cima e vi Kylie voltando ao escritório com outra garrafa de Coca-Cola Diet.

— Está bem, eu a vejo na segunda — concordei, desligando o telefone.

— Não me diga — disse Kylie. — Dana?

Confirmei fazendo um gesto com a cabeça.

— Você tem muito o que aprender — disse Kylie.

Mas, em vez de soar irritada, ela parecia quase feliz.

CAPÍTULO TRÊS

— É oficial — declarei, sacando meu novo BlackBerry que Kylie tinha me dado no final do dia dando de ombros como quem diz "Não é grande coisa" e uma pilha de cartões de visita novos em folha. — Você está olhando para Taylor Henning, funcionária da Metronome com seu próprio cartão e segunda assistente de Iris Whitaker, vice-presidente de produção, munida de um BlackBerry.

— Oh!

No banco do bar ao meu lado, Magnolia pegou um dos meus cartões de visita e ficou rodando entre os dedos. Eu tinha passado os últimos dez minutos contando a ela sobre o escritório, Iris e Kylie, mas havia esperado até agora para dar as notícias bombásticas.

— Você é especial — disse ela, sorrindo. — Então, diga honestamente: numa escala de um a dez?

— Meu dia? Seis — respondi, pegando mais um punhado de salgadinhos de raiz-forte no prato sobre o balcão. — Teria sido um oito se eu não me fizesse passar tanta vergonha.

Magnolia largou o cartão de visita e olhou para seu gimlet:

— Seis não é ruim — disse. — Pelo menos para o primeiro dia. Mas essa tal de Kylie me parece meio alfa. Apenas fique calma e confiante. Alfas podem lidar com isso perfeitamente.

— Mags, você faz parecer que ela é uma cadela que tenho que treinar. No melhor dos casos, é o contrário. Não foi *ela* quem entrou no banheiro masculino.

Magnolia era obcecada por cães, curiosidades sobre cães, treinamento de cães e *O Encantador de Cães*. Ela podia comer um tabuleiro inteiro de brownies de uma só vez e estava feliz por ser alienada do mundo da moda, celebridades e de seu próprio apelo sexual. Nós fomos designadas para dividir um quarto no primeiro ano da faculdade e, apesar de eu sempre ter imaginado o motivo de o comitê de alojamento ter achado que nós nos daríamos bem, eles acabaram acertando. Na faculdade, cada uma de nós tinha o próprio grupo de amigos, mas sempre conseguimos nos manter próximas. Ela cresceu em L.A. com seus pais hippies e se mudou para o seu próprio apartamento depois da formatura. Tinha dois empregos para pagar por ele: de manhã passeava com os cachorros dos ricos e famosos em Sullivan Canyon, e, à tarde, botava um avental rosa e depilava atrizes, estrelas pornôs e eventuais cavalheiros peludos em um salão chamado Joylie. Era meio que uma combinação esquisita, mas Magnolia era meio que uma garota esquisita. Brilhante, certamente, mas esquisita.

— Kylie tem sido prestativa. Sério. Eu acho que ela não quer me paparicar demais. Ela quer que eu aprenda as coisas por mim mesma.

— Certo — disse Magnolia com uma expressão de incredulidade. — Nós tivemos uma garota como ela no Joylie. Ela me cedeu um de seus clientes no meu primeiro dia e eu achei que ela estava sendo simpática, mas foi porque o cara tinha mais pelos nas costas que o abominável homem das neves. Eu usei um balde inteiro de cera nele. Ah, oi, dois hambúrgueres — disse Magnolia para o garçom, um cara que parecia o Vincent Gallo e que estava olhando para ela desde que a gente se sentou —, mais para malpassados, um com salada e o outro com fritas. Nós vamos dividir, certo? Você não vai me fazer comer toda a alface sozinha? — perguntou ela para mim.

Concordei com a cabeça. Eu estava feliz por morar com alguém como Magnolia. Alguém que não tinha medo de comer um hambúrguer ou de usar jeans e chinelos para ir ao bar. Embora ela tivesse crescido aqui, L.A. não tinha transformado Magnolia, e eu admirava isso. Eu não queria que L.A. me transformasse também da forma como certamente havia feito com Kylie — embora eu não me importasse em me sentir um pouco mais confiante. Também não me importaria de ter alguns novos pares de sapato e luzes no cabelo. Ou um Toyota Prius lindinho, mas não vamos ser gananciosos.

— Já volto — disse Magnolia, rindo, enquanto se encaminhava para o banheiro feminino. — Não fique com nenhum cara enquanto estou fora.

Observei Magnolia andar pelo salão e o garçom fez o mesmo.

— Não se preocupe — disse uma voz à minha esquerda. — O primeiro dia é sempre o mais difícil.

Eu me virei e vi um cara surpreendentemente gato num terno risca de giz ao meu lado. Os olhos dele eram de um castanho-escuro caloroso, e ele usava o cabelo daquele jeito meio desgrenhado de quem acabou de acordar que eu não conseguia evitar de gostar, mesmo sabendo que ele provavelmente havia passado meia hora em frente ao espelho para que ficasse daquele jeito.

— Desculpe, não pude evitar escutar a conversa — disse ele. — Estava tentando chamar a atenção do garçom, mas ele estava olhando para a sua amiga o tempo todo.

Ele sorriu e chegou um pouco mais perto, e, de repente, tive bastante certeza de que estava dando em cima de mim. Minhas bochechas coraram e abaixei a cabeça. Eu não flertava com um cara desde Brandon e mal podia me lembrar de como era a sensação.

— Desculpe por ouvir a conversa de vocês, mas foi apenas da maneira mais discreta e educada — disse ele, sorrindo e estendendo a mão. — Mark Lyder. Da Ingenuity. E parabéns. Estar no escritório de Iris Whitaker é bastante impressionante.

Ingenuity era uma das maiores agências de talento de L.A. Demorou um pouco para eu conseguir apertar a mão dele.

— Eu sou Taylor Henning — disse eu. — Mas acho que você já sabe todo o resto sobre mim.

— Não sei, na verdade — disse ele, chegando ainda mais perto —, mas vou tentar adivinhar. Você é do meio-oeste, mas foi para a faculdade na costa leste. Agora está em L.A. e estar aqui meio que a assusta, mas você parece totalmente animada. Você é otimista por natureza e uma pessoa muito legal. Seu namorado, que ficou na costa leste, está morrendo de saudades.

Ele sorriu ao ver a minha reação.

— Cheguei perto?

— Deus, isso é tão óbvio?

Tirei a franja de cima da testa, alarmada por ter sido reconhecida tão facilmente por um desconhecido. Decidi que tinha realmente que fazer as tais luzes, e também pensei na ideia de usar um daqueles sprays de bronzeamento artificial. Talvez até tirasse uma foto nova para minha carteira de motorista, aproveitando o embalo.

Mark riu:

— Esse é um dos meus truques de festa.

Ele fez um gesto mostrando o bar em volta, os sofás de couro e as pessoas supostamente antenadas sentadas neles.

— Este lugar realmente não deveria ser uma de suas primeiras impressões de L.A. Eu só estou aqui porque meu amigo mora ali na esquina e eu não consigo levá-lo para nenhum outro lugar. Nós temos que levá-la a um lugar mais legal — disse ele virando-se para o garçom que finalmente tinha aparecido. — Dois Maker's Marks: um com gelo e o outro puro.

— Nós? — perguntei, tentando manter o clima de paquera.

— Quis dizer eu — disse ele —, imaginando que o namorado não vai se importar com isso.

— Não tem nenhum namorado — entreguei rapidamente.

Ele era tão gato que não liguei de admitir.

O garçom colocou os drinques no balcão e Mark entregou a ele uma nota de vinte.

— O que você acha do Koi?

— Hum, Koi está ótimo.

— Combinado, então. Amanhã à noite — disse ele, procurando no bolso do paletó e achando um cartão de visita grosso e com relevo. — 18h30. Você come sushi, não? — Antes que eu pudesse responder, ele pressionou o cartão contra a minha mão. — Mal posso esperar para escutar sobre o segundo dia — disse ele, indo embora. — Espero que seja um nove.

Magnolia, que até então estava olhando de longe, do outro lado do bar, sentou curiosa em seu banco.

— O que aconteceu? — perguntou ela.

Olhei para seus olhos arregalados e surpresos.

— Eu acho que acabei de ser convidada para sair.

— Por quem?

— Ele está ali no canto. Não olhe agora! — Magnolia ignorou o que eu disse, olhando com dificuldade na luz fraca. — Acho que ele é um agente — disse eu.

Magnolia torceu o nariz:

— Ele é bonito — disse ela —, mas, se é um agente, eu seria cuidadosa. Eles são chacais, você sabe... ou hienas, na verdade. Hienas são maiores. E você, Taylor Henning, é um lindo e pequeno Lhasa Apso.

— Cale a boca — resmunguei, fingindo estar irritada.

Mas, na verdade, eu estava bastante satisfeita comigo mesma. A nota para o meu dia tinha acabado de subir pelo menos um ponto.

CAPÍTULO QUATRO

— Bom dia a todos — anunciou Iris, colocando um óculos com armação de casco de tartaruga sobre seu nariz aquilino. — Podemos começar?

Eram dez horas da manhã de terça-feira e o departamento de criação estava reunido em volta da exuberante mesa de conferência para sua reunião semanal.

Eu esfreguei os olhos — tive dificuldades para dormir na noite anterior. Em parte, era por causa da ansiedade pelo meu segundo dia de trabalho e, em parte, por causa do colchão cheio de protuberâncias que eu tinha comprado com um enorme desconto em uma ponta de estoque de móveis. Mas preparei minha caneta e meu bloco enquanto os executivos paravam de cochichar e guardavam seus BlackBerries.

Iris deu uma olhada na lista de tópicos que eu tinha imprimido para ela.

— Onde estamos com *Pesadelo de Camus*? *Alguém* vai querer dirigi-lo para nós?

Da minha cadeira encostada na parede, eu observava os outros assistentes, que também estavam sentados com blocos de anotações em seus colos, de frente para as costas de seus chefes. Imediatamente à minha direita estava Amanda, a menina de cabelo bem preto que havia me ajudado na sala de cópias, mas que ainda não tinha sido exatamente amigável. Ao lado dela, estava Cici, cujo tio era um roteirista famoso que desistira do cinema para escrever diatribes movidas a rum para o *The Huffington Post*. E, depois de Cici, estava Wyman, que tinha trocado a gravata fininha de ontem por um par de óculos de armação grossa, escolhido justamente por seu visual nerd. Ele era o único dos assistentes com um verdadeiro diploma em cinema. E nunca nos deixava esquecer disso; cada frase que dizia fazia referência à sua época em Tisch.

Tinha ficado claro para mim que Kylie, sentada em uma nuvem de perfume de lírios à minha direita, era a rainha inconteste dos assistentes. Os outros vinham pelo menos uma vez por dia e ficavam em frente à mesa dela fofocando. E, se não tivessem nenhum babado bom sobre que executivo da Columbia estava dormindo com qual executivo júnior da CAA, falavam sobre *Project Runway* ou *Rock of Love: Escola de Charme*. Para mim isso parecia perda de tempo; Kylie dizia que eles estavam "monitorando as mudanças na cultura popular contemporânea".

— *Pesadelo de Camus* tem sido difícil de vender.

Esse comentário veio de Tom Scheffer, um homem careca, mas bastante sarado, de uns trinta e tantos anos. Ele pousou sua vitamina cor de lama sobre a mesa com força, como para pontuar seu discurso.

— O que acontece é que um thriller existencial passado na Argélia não está convencendo o primeiro escalão. Nós andamos sondando Brett Ratner, mas ele parece estar cheio de compromissos. E Ben Stiller parece interessado.

Iris torceu o nariz:

— Ben Stiller?

— Mas ele teria que estrelar — disse Tom.

— Bem, se ele acha que pode fazer o papel de um campeão de jiu-jítsu de 23 anos, então é com ele mesmo — disse Iris seca, e todos riram —, mas vamos pensar nisso seriamente. Que tal Holden? — continuou Iris indo para a direção oposta. — Onde estamos com ele? Lisa?

Holden McIntee era a capa mais recente da *Vanity Fair* e a última obsessão de Hollywood. Depois de estrelar um pequeno filme independente que mostrava seus estonteantes olhos verdes e seu físico apolíneo — sem mencionar seu insignificante talento —, o astro de 23 anos estava nos planos de todo mundo para o próximo sucesso do verão.

— Estive com Kevin ontem — disse Lisa Amorosi, uma vice-presidente executiva de cabelo crespo, com seu sotaque carregado do Brooklyn. — Ele disse que Holden pediu muitas desculpas por cancelar o almoço no outro dia...

— Como deveria — disse Iris levantando as sobrancelhas.

— E ele gosta do roteiro, mas tem certas reservas.

O pessoal do desenvolvimento odiava "reservas". Eles normalmente costumavam prever algum pedido ultrajante, como reescrever o roteiro totalmente ou um camarim adicional para o porquinho-da-índia do astro.

Iris tirou seus óculos de cima do nariz:

— Que tipo de reservas?

— Ele não quer ser estereotipado como, você sabe, um homem-objeto — explicou Lisa, fazendo o sinal de aspas com as mãos.

Iris riu.

— Ele se olhou no espelho recentemente?

Lisa fez uma cara de tédio.

— Você conhece esses garotos. Todos querem ser o Daniel Day-Lewis quando são apenas o Zac Efron.

Todos riram, mas o rosto de Iris mostrava preocupação.

— Isso não é engraçado — disse Iris, séria. — Nós precisamos resolver o próximo verão *agora* — e continuou: — *Não* podemos ser novamente parte de uma matéria da *Variety* sobre como o cinema está morto ou mencionados em alguma história engraçadinha da *New York* sobre como ninguém consegue mais fazer um filme decente, muito menos um de que os críticos gostem e que o público realmente pague para assistir.

— Você leu aquela matéria da Manohla Dargis no *Times*... — começou um jovem num blazer de linho, mas Iris o silenciou com um olhar.

— Não estou pedindo milagres, pessoal, só quero uma porcaria de um filme decente. Na verdade, isso nem é verdade. Eu quero um ótimo roteiro e uma estrela do primeiro escalão, e os quero embrulhados para presente numa embalagem com um grande laço vermelho.

No bloco no meu colo escrevi *ótimo roteiro/estrela*. Isso não pareceu ajudar tanto assim.

Iris botou as mãos atrás da cabeça e suspirou; todas as outras pessoas na sala se ajeitaram na cadeira.

— O que eu *não* quero é um filme sobre um jovem garoto crescendo e confrontando sua sexualidade na Idade das Trevas, um projeto que, por alguma razão estapafúrdia, tem sido o assunto de quase todo mundo que eu conheço e que a Metronome vai recusar com grande satisfação e confiança — disse ela. — Eu não me importo com o quão talentoso como diretor James Foreman é; isso nunca vai dar dinheiro algum. E Andy Marcus, o roteirista, é um demente neandertal. Alguma pergunta?

Eu queria rir, mas Iris não parecia estar no clima para piadas. Escrevi *nada de dementes neandertais* no meu bloco de papel e, embaixo, desenhei uma cara peluda parecida com a de um macaco com um grande X sobre ela para ficar bem claro. O resto da reunião teve a ver com a campanha de marketing para o mais recente filme infantil da Metronome, sobre uma criança de 9 anos, um pônei e uma máquina do tempo e, tenho que admitir, minha cabeça meio que se desligou. Havia algumas partes muito comerciais nesse trabalho, percebi. Mas, ora, Hilary Swank teve que ter seu *Karate Kid: A Nova Aventura* antes de ter seu *Menina de Ouro*.

Depois que a reunião acabou, Kylie, que estava usando um vestido trapézio que parecia muito caro sobre outro par de jeans skinny, veio até a minha mesa.

— Então você vai ter que atender o telefone na maior parte do dia. Iris quer que eu vá à reunião com Wes Anderson — disse ela. — Espero que não tenha nenhum problema.

Sorri e balancei a cabeça, apesar de ser óbvio que eu gostaria de ir à reunião também.

— Claro, sem problemas. Tudo bem se eu sair às seis?

— Seis? Você tem um encontro ou algo assim? — perguntou Kylie, levantando uma sobrancelha com jeito brincalhão.

— Nós... — disse eu, um pouco envergonhada.

Kylie me pegou pelo pulso e me arrastou até a cozinha tão rapidamente que eu quase escorreguei no chão encerado.

— Conte tudo — disse Kylie, sorrindo e com uma voz baixa e persuasiva.

Eu senti minhas bochechas corarem.

— Eu estava em um bar ontem à noite e um cara, ele é agente na Ingenuity, me convidou para sair.

Eu me senti estranhamente orgulhosa de mim mesma naquele momento — não por ter sido convidada por um cara bonito, mas por ter a chance de impressionar Kylie. Não que isso fosse grande coisa, mas, dentro do universo desse escritório, eu não tinha nada de invejável: nenhuma roupa de estilista, nenhuma fofoca para contar. Foi bom ter alguma coisa a meu favor.

— *Quem?* — perguntou Kylie, apertando minha mão com mais força ainda, suas unhas perfeitamente feitas entrando na minha pele.

— Bem, o nome dele é Mark Lyder...

Kylie soltou meu pulso, como se tivesse ficado quente de repente:

— Uau! — disse ela. — Olha só para *você*!

— Você sabe quem é?

— É claro — disse ela, gesticulando, como se esta fosse a pergunta mais estúpida já feita. — Ele sabe que você trabalha para a Iris?

— Sim, ele escutou de longe quando eu falava disso.

— Onde ele vai levá-la?

— Koi.

— *Quel surprise*. Isto quer dizer "que surpresa". Bem, não fique nervosa. Isso vai apenas alimentar o ego dele. Apenas vá lá e fale sobre assuntos de trabalho. E *não* vá para casa com ele, aconteça o que acontecer — disse ela, balançando o dedo como uma mãe superprotetora. — Você nunca mais vai ouvir falar dele.

— Hum, certo.

Sorri de leve. Era meio legal ver Kylie agindo toda como uma mãezona, mesmo que eu fosse um pouco velha demais para conselhos.

— Mas o que você quis dizer com falar sobre assuntos de trabalho?

— Você sabe, besteiras. Troca de informações — disse Kylie, abrindo a geladeira e pegando outra Coca-Cola diet, a quarta do dia. — Diga a ele como nós recusamos o projeto da Idade das Trevas, esse tipo de coisa. Não é a Ingenuity que representa o roteirista?

— Tudo bem falar de coisas desse tipo?

Kylie olhou para mim por cima do seu refrigerante.

— Ao contrário do que você pode pensar, honestidade é quase sempre a melhor política.

— Sério?

Eu tinha assistido a episódios suficientes de *Entourage* para saber que Hollywood tinha seu próprio conjunto de regras que às vezes desafiavam a lógica. Era apenas um pouco surpreendente escutar que honestidade fosse uma delas.

— Taylor — disse Kylie, botando a mão sobre meu braço, seus olhos verdes repentinamente mais suaves —, você *deve* falar sobre as coisas que acontecem por aqui. Especialmente com pessoas como Mark. Você solta uns babados para ele, ele vai te dar alguns babados de volta. É assim que a indústria funciona — disse ela, com uma piscadela. — Além do mais, isso vai fazer você parecer alguém importante, entendeu?

Balancei a cabeça concordando, sentindo-me estranhamente satisfeita. Eu não tinha nenhuma ideia de que Mark podia ser alguém *importante*. Ou que ele podia imaginar que *eu* fosse.

✻

Eu estava observando o relógio com aflição e roendo minhas unhas, arruinando o trabalho de manicure que Magnolia tinha feito para celebrar o meu primeiro dia de trabalho. Eram quase 17h45 e Kylie e Iris ainda não haviam voltado da reunião com Wes Anderson. Hoje não tinha sido um nove, como tanto Mark Lyder quanto eu esperávamos. Fora um sete; talvez um sete e meio. No lado positivo, eu tinha comprado o almoço no refeitório em vez de deixar meu estômago praticamente se digerir como havia acontecido ontem. Mas, no lado negativo, tinha comido meu sanduíche rodeada de mesas com pessoas que se conheciam e que pareciam nem me notar.

Num pedaço de papel, fiz uma lista:

COISAS BOAS
Aprendi a encaminhar ligações para outros ramais.
Incluí a maioria dos roteiros não lidos na lista de roteiros.
   Diminuí a quantidade de Coca-Cola Diet, bebi só quatro (elas são grátis!).
Estou aprendendo a digitar nessas teclinhas do BlackBerry (sério, quem tem mãos tão pequenas?).
Consegui fazer Kylie falar do namorado dela; ela pode estar começando a gostar de mim (nome: Luke Hansen. Signo: câncer. Aparentemente, é "muito doce").
Fiz a vitamina de espirulina da Iris e ela disse que gostou.
Consegui mandar um fax para o agente do Jude Law. Jude Law!

COISAS RUINS
Confundi os Weinstein — o Harvey é o que tem barba no momento.
Mencionei o livro de regras do parque de diversões de novo — Kylie não ficou contente.

Deixei um agente importante esperando por muito tempo; ele contou para Iris, que não ficou feliz.
Não fiz nenhum amigo.
Percebi que ainda não liguei para o rapaz que conserta a copiadora.

Eu estava tentando pensar em mais coisas boas para me fazer sentir melhor quando Kylie e Iris finalmente entraram, parecendo satisfeitas.

Iris desapareceu rapidamente para dentro da selva que era a sua sala, mas Kylie suspirou dramaticamente e caiu em sua cadeira Eames.

— Oh, meu Deus! Wes Anderson fala muito — disse ela. — E ele é tão pequeno! É como se fosse um garoto de 10 anos. *Très bizarre.* — Levantei uma sobrancelha. — Muito estranho — explicou Kylie. — Passei um ano na França e gosto de manter meu francês fresco.

Ela pegou um saco de salgadinhos de soja na gaveta da mesa e o virou, deixando cair uns três na mão.

— Ah.

Francês definitivamente não era o padrão na minha escola em Cleveland, e, apesar de na faculdade eu ter achado que seria legal saber o que os personagens dos filmes do Truffaut estavam falando, as legendas me serviam muito bem, obrigada.

Iris reapareceu de dentro da sua sala com uma bolsa Birkin, que provavelmente custava mais que o meu Honda Civic, pendurada em seu ombro.

— E *agora* estou saindo para encontrar o Paul — disse ela para Kylie. — Queria ter tido mais tempo para falar antes, mas o que você achou?

— Do roteiro? — disse Kylie, ajeitando-se na cadeira. — Bem — disse ela cuidadosamente —, não é *Crash: no limite*, mas ao menos não é um filme de guerra.

— Oh, o roteiro do Paul Haggis? — comentei sem pensar, percebendo do que elas estavam falando.

As duas se viraram para olhar para mim.

— Esse mesmo — disse Iris. — Por quê?

— Eu li o primeiro ato enquanto estava tirando cópias — expliquei, imaginando se estava fazendo bem em admitir aquilo.

— E?

Olhei para Kylie, que parecia não piscar:

— Para começar, é muito longo — continuei. — A preparação não acaba nunca. Vai precisar de sérios cortes. A começar pela direção de cena. Que diretor quer todos os planos já descritos para ele? Ou ela, claro. E eu não acho que o rapaz paraplégico seja um personagem muito simpático. Quero dizer, tudo bem, ele teve azar, mas não precisa sair por aí jogando pedras em filhotes de cachorro.

As duas olhavam fixamente para mim e meu coração batia forte no meu peito. Será que eu tinha dito a coisa errada de novo?

Então Iris sorriu.

— Engraçado, eu achei a mesma coisa — disse ela. — Se você tiver alguma ideia de como eu posso dizer isso educadamente para ele, ligue para o meu celular — pediu ela. — Boa noite, meninas.

Mais um item para minha coluna de Coisas Boas, pensei, enquanto meus batimentos cardíacos diminuíam aos poucos. Desliguei meu computador e me levantei.

— Bem — eu disse para Kylie —, acho que tenho que ir também.

Kylie me olhou com uma cara estranha.

— Por quê?

— Eu tenho um encontro, lembra?

Kylie deixou cair mais dois salgadinhos de soja na mão, botou-os na boca e então parou enquanto mastigava, com um olhar preocupado em seus olhos verde-escuros.

— Oh, meu Deus! — disse ela. — Oh, meu Deus!

— O que foi? — perguntei, largando minha bolsa.

— Esqueci completamente! O motorista da Quinn está doente e alguém tem que levá-la para a aula particular de matemática hoje — disse Kylie, voltando a mastigar lentamente, ainda em choque. — Não acredito que esqueci!

— Ela não tem 16 anos? — perguntei. — Já não devia ter sua própria Mercedes?

— Ela ainda não tem carteira de motorista. Ah, Taylor, você pode...?

Ela deixou o resto da frase para a minha imaginação.

— Mas — disse eu, desesperada — eu tenho que encontrar Mark...

Kylie apontou para o bloco de páginas amarelas em sua mesa.

— E eu tenho que digitar todas estas notas para o café da manhã da Iris com o presidente da empresa amanhã. Ele vai perguntar a ela sobre essa reunião — disse Kylie, passando as páginas com os dedos. — Olhe para tudo isso — disse ela, desanimada. — Taylor, eu sinto muito por ter esquecido. Mas você pode desmarcar um encontro, e eu não posso desmarcar a reunião de amanhã. Quero dizer, é apenas uma daquelas coisas...

— Certo — disse eu baixinho. — Tudo bem, acho.

— Apenas ligue para o Mark e diga que você vai se atrasar um pouco — disse Kylie. — Ele vai entender isso. Além do mais, vai deixá-lo menos confiante.

Ela acendeu a vela em sua mesa e respirou bem fundo com os olhos fechados.

— E veja tudo no Google Maps antes de sair — disse ela. — Para uma pessoa nova aqui, não há nada pior do que se perder em L.A.

CAPÍTULO CINCO

Quando consegui chegar à casa da Iris em Beverly Hills, já eram quase sete horas. Mesmo com os mapas impressos, acabei saindo na Santa Mônica Boulevard e precisei fazer o retorno para voltar, com todo mundo buzinando para mim porque tive a audácia de dirigir no limite de velocidade em vez de me manter trinta quilômetros por hora acima disso. Mas fiquei orgulhosa de mim mesma por não ter me perdido muito; como meu pai gostava de dizer, eu tinha o senso de direção de uma criança de 4 anos.

A casa de Iris era no estilo mediterrâneo e se espalhava à minha frente com o exterior recentemente pintado com estuque e um telhado de terracota. O ar era doce com o aroma de flores de setembro. No centro do jardim frontal havia uma fonte majestosa no formato de três ninfas muito bonitas e muito peitudas. Rodolfo Valentino teria aprovado, pensei, saindo do meu Civic e me encolhendo quando a porta do motorista fez seu habitual barulho irritante.

Eu havia comprado o carro, um modelo 1999, por dois mil dólares de um cara no Craigslist, e, até então, tirando aquele barulho (e o fato de que não tinha um sistema de GPS, o que seria muito útil para mim), estava muito feliz com ele.

Segui o caminho de pedras até a porta da frente, passando por uma verdadeira orgia de rosas e pela fonte borbulhante. Toquei a campainha e esperei. Achei que estivesse escutando música vindo lá de dentro, mas ninguém veio atender a porta. Depois de mais dois toques e quase três minutos comecei a ficar irritada. Se Quinn tinha realmente que ir para sua aula particular de matemática, ela não deveria estar pronta ou pelo menos em algum lugar onde pudesse ouvir quando alguém tocasse? Fiquei batendo o pé em frente à porta. Respirei fundo e virei a maçaneta.

— Olá? — chamei.

Quando, ainda assim, ninguém apareceu, fui andando na ponta dos pés por uma antessala, passando por desenhos em preto e branco em molduras folheadas a ouro, seguindo a música, que soava suspeitosamente como Salt-N-Pepa. Eu quase sorri. Quinn gostava das coisas old school! Embora ela provavelmente só as tivesse conhecido pelo programa *I Love the '80s* no VH1.

Por fim, acabei chegando a uma grande sala de TV iluminada com luz baixa. Grandes sofás cor de creme ficavam em volta de uma enorme lareira emoldurada por ladrilhos italianos. No canto, *The Hills* passava na TV de tela plana, e, de alto-falantes invisíveis, vinha o inconfundível refrão de "Let´s Talk About Sex".

— É *totalmente* brutal — dizia uma menina. — Ele ia, tipo, falar com ela sobre isso ou aquilo, mas então ela disse pra ele na lata: é, eu fiquei mesmo com o Chas e quero fazer isso de novo. Então ele caiu pra dentro do gim do pai dele e do Vicodin da mãe, entende o que quero dizer?

A voz estava chegando mais perto e então fiquei ali, esperando ser descoberta, torcendo para não matar a menina de susto.

— Eu sei, ele estava totalmente acabado. Eu falei para ele, tipo, desculpa, sei perfeitamente como está se sentindo, mas você tem que virar macho... Não foi grosseiro! Ela obviamente é uma piranha de primeiro grau.

A menina, quando apareceu no canto da sala, percebeu a minha presença e seu queixo caiu. Como sua mãe, Quinn era muito alta e tinha a mesma cor de cabelo, que estava preso no alto da cabeça de qualquer jeito com um lápis. Mas ali acabava a semelhança. Seus olhos eram de um tom de azul-claro arrebatador, seus lábios eram grandes e carnudos e seu nariz era... a palavra que vinha à minha mente era *feroz*. Ou *orgulhoso* — isso era mais simpático, não? Ela não era exatamente bonita, mas tinha algo de dominador, algo muito mais velho que 16 anos.

Levantei minha mão em um breve aceno. Do outro lado da sala, os olhos arregalados de Quinn encontraram os meus com um desgosto intenso que parecia instintivo. Ela esfregou um pé descalço contra sua panturrilha, mostrando unhas do pé pintadas de azul-marinho.

— Hum, posso ligar de volta para você? — sussurrou em seu iPhone. — Tem alguém, hum... *aqui*. Certo. Até mais.

Ela desligou.

— Oi — disse eu. — Sua mãe...

— Quem é você e como entrou aqui? — perguntou Quinn, segura e com a cabeça bem erguida sobre o longo pescoço.

— Eu sou Taylor, a nova assistente da sua mãe. Toquei a campainha e ninguém atendeu a porta, então eu a abri e entrei. Disseram que eu tinha que levá-la para sua aula de matemática.

Os olhos de Quinn me examinaram friamente e ela pôs uma das mãos na cintura.

— Onde está a Kylie?

— Ela não pôde vir hoje — expliquei. — E me mandou no lugar dela.

— Certo, ela não é mais a segunda assistente. Tenho certeza de que ela está amando isso — disse Quinn, com maldade.
— Então você gosta de ouvir a conversa dos outros? Isso agora é requisito para ser assistente?

Iris parecia brilhar toda vez que mencionava sua filha, então eu levei um susto com o tom agressivo de Quinn.

— Sério, eu não escutei nada — assegurei.

A não ser que o amigo dela, Chas, gostava de misturar gim com Vicodin. Quando eu estava no colégio, a combinação mais maluca que tentei foi Bud Light e cigarros de bali.

Quinn parou de se equilibrar em um pé, entrou na sala e se jogou em um dos sofás cor de creme.

— Você não parece muito o tipo da Metronome.

— Bem, nem todas nós podemos parecer uma top model — retruquei, dando de ombros.

Então me preocupei que Quinn fosse ficar ofendida com aquilo — como se eu estivesse querendo dizer que nenhuma de nós duas era bonita. Porque, na verdade, Quinn podia ser uma daquelas top models com um rosto estranho.

Quinn fez uma expressão de tédio.

— *Kylie* — disse ela. — Pessoalmente, eu não suporto a Kylie.

Fiquei surpresa. Ela e Quinn pareciam ser feitas uma para a outra.

— Por que não?

— Porque minha mãe a ama e hoje eu odeio tudo que a minha mãe ama. E também porque eu acho que, secretamente ela é uma grande piranha — disse ela, mexendo em seu telefone rapidamente. — A maioria das pessoas é, você sabe.

Não consegui me segurar:

— Você é um pouco amarga para alguém que ainda está na escola.

Quinn levantou os pés e balançou as unhas do pé pintadas de azul.

— Sou apenas realista.

— Não sei. Quando eu tinha a sua idade...

— Poupe-me — disse Quinn, sua mão com unhas compridas cortando o ar. — Por favor.

Pisquei, levemente chateada. Bem, não era Quinn quem eu tinha que impressionar, disse para mim mesma; era a mãe da Quinn. E Mark Lyder, se um dia eu chegasse ao meu encontro. Tudo o que eu tinha que fazer agora era levar Quinn para a casa do seu professor particular.

Dei um passo em direção à porta.

— Podemos ir agora? Seu professor está esperando.

Quinn balançou a mão novamente, dessa vez com indiferença.

— Talvez eu cancele a aula — falou ela.

— Você não pode — disse eu. — Agora é tarde.

Quinn se levantou do sofá e então passou saltitante ao meu lado em direção à porta da frente, onde calçou um par de chinelos com estampa de margaridas e colocou no ombro uma bolsa de couro branca com tachas prateadas.

— Você vem? — perguntou ela. — Meu Deus...

Do lado de fora, ela cheirou meu carro de forma desaprovadora e se sentou no banco de trás. Eu tinha pensado que havia superado toda aquela insegurança colegial, mas, ao que parecia, ser esculhambada por uma espertinha de 16 anos ainda era um jeito perfeito para se sentir um lixo. E Quinn não era nem nascida quando o Salt-N-Pepa era popular. De alguma forma, aquilo me fez sentir ainda pior.

O trânsito estava ruim na Santa Mônica Boulevard. Na maior parte do tempo, Quinn estava ocupada com seu telefone, interrompendo a digitação das mensagens apenas para me pedir para mudar a estação do rádio ou reclamar que estávamos indo muito devagar. Eu tentei começar uma conversa amigável, mas ela me fez entender rapidamente que não tinha muito a me dizer. Ela não era rude, exatamente; apenas deixava claro que achava que eu era uma total e completa ninguém. Era muito *Meninas Malvadas*.

Mas, quando chegamos ao destino, ela repentinamente se aproximou e tocou meu ombro.

— Obrigada — disse. — Você é bem melhor que a Kylie.

Eu não sei como ou por que ela chegou àquela conclusão, mas fiquei feliz de escutar aquilo e poder ir embora o mais rápido possível.

CAPÍTULO SEIS

— Bem-vinda ao Koi. Posso...

Antes que ele pudesse terminar a frase, joguei minhas chaves na mão muito bronzeada do manobrista e passei correndo por ele em direção ao restaurante. Quando liguei, Mark não tinha parecido se incomodar em atrasar nosso tête-à-tête, mas eu havia dito a ele 19h30 e agora eram 20h.

Passei correndo pela corda de veludo e pelo segurança, e subi os degraus até o pátio todo em teca e bambu. Um bando de meninas com saias mínimas ria com seus drinques de cores pastéis em copos altos. Eu sabia que o Koi não era mais o lugar da moda que um dia fora, mas ainda parecia bem diferente das lanchonetes na rua principal de Middletown. O restaurante lembrava um jardim japonês imaginado por um escultor modernista, seus tetos flutuantes e ambientes arejados de alguma forma ainda aconchegantes, com iluminação baixa e bastante verde. Velas oscilavam em cada superfície plana, iluminando todos (incluindo eu mesma, espero) com um brilho encantador.

Em frente ao balcão da recepcionista, três meninas bronzeadas com cabelos cor de caramelo e lábios carnudos estavam encostadas contra a parede, atraindo olhares carnívoros de dois rapazes com camisa de colarinho desabotoado bebendo cervejas importadas no bar. À esquerda dos rapazes estava Mark, empoleirado em um banco, ocupado digitando em seu iPhone. Eu tentei passar sem que ele me notasse indo até o banheiro, para ter certeza de que parecia menos acabada do que me sentia — ele podia esperar por mais três minutos para eu passar um pouco do Creme de la Femme da MAC, não podia? —, mas ele olhou para cima e me viu.

— Ei, atrasada — disse ele, ao se levantar.

Juro que os olhos castanhos dele brilharam quando me viu, e um sorriso com covinha apareceu em seu rosto. Ele se aproximou e me beijou uma vez em cada bochecha, e eu podia sentir as cócegas causadas pela barba que nascia no rosto dele contra a minha pele. Ele era ainda mais bonito do que eu lembrava, e parecia mais novo também. Em seu terno um pouco grande, parecia menos um agente e mais um estudante de faculdade que tinha se vestido todo chique.

— Finalmente consegui chegar — suspirei, limpando o suor imaginário da minha testa. — Obrigada por esperar.

— Eu estava começando a me preocupar que você tivesse achado outro guia turístico.

Ele inspecionou o ambiente atrás de mim como se estivesse procurando por esse guia turístico imaginário. Vi que ele notou as três garotas perto do balcão da recepcionista.

— Acha que elas são trigêmeas? — perguntei, apontando com a cabeça para as garotas. — Ou têm apenas o mesmo cabeleireiro e o mesmo cirurgião plástico?

— Você é engraçada, atrasada — disse Mark.

Ele olhou para a sósia da Barbie atrás do balcão.

— Uma jarra de saquê gelado e um pouco de edamame. — Ele sorriu de volta para mim. — Você bebe saquê, né?

— Neste momento, eu beberia qualquer coisa — disse eu, ao me recostar em meu banco de bar.

— Achei que nós tínhamos combinado que hoje ia ser um nove. Diga ao Dr. Mark o que aconteceu — brincou ele, ajeitando-se em seu banco. — O que foi animador?

Ele tomou um último gole da cerveja e a empurrou para longe.

Olhei para o rosto acolhedor e sorridente dele. Parecia genuinamente interessado e eu estava grata por isso.

Tentei me lembrar o que tinha feito no dia. Ainda estava me sentindo abalada pela viagem de carro com Quinn, e o trabalho parecia ter sido anos atrás.

— Eu atendi os telefones sozinha, enquanto Kylie estava em uma reunião realmente longa.

— Bem, isso já é alguma coisa — disse ele —, mas não é exatamente o que eu chamaria de *animador*.

— Nem eu — admiti.

A garçonete colocou uma jarra e dois copos de cerâmica entre nós. Mark derramou um pouco de saquê em cada um e erguemos os dois em um brinde. Inclinei minha cabeça para trás e deixei o líquido claro descer pela garganta. O saquê tinha gosto de álcool puro e descia queimando. Tive que me controlar para não fazer cara feia — eu não queria que Mark soubesse que eu nunca tinha tomado saquê antes. Eu era uma menina mais do tipo de vinho e vodca. Mas realmente, pensei, por que alguém beberia isso? A vitamina verde nojenta da Iris provavelmente tinha um gosto melhor.

— Saúde — disse Mark. — Agora você tem que me contar alguma coisa interessante. Deve ter pelo menos uma boa história.

Tomei outro gole do saquê. O gosto não tinha melhorado nada, mas pensei que, se continuasse bebendo, talvez quem sabe. Isso geralmente acontecia com vinho tinto barato, de qualquer forma, e eu tinha as fotos com o tampo do abajur na cabeça para provar.

— Bem, tem esse projeto com o qual você deve estar familiarizado...

Eu podia notar que tinha atraído a atenção do Mark pelo jeito como ele se recostou no banco, parecendo apenas vagamente curioso. Uma poker face ruim, pensei. Ou talvez apenas não estivesse preocupado em me enganar.

Contei a ele o que a Iris tinha dito sobre o projeto da Idade das Trevas e sobre o roteirista terrível.

— Na verdade, eu fiz um desenho de um neandertal com um X em cima — contei rindo —, como se eu pudesse me esquecer.

Mark riu, mas eu poderia dizer que ele estava surpreso, e talvez um pouco chateado, com as notícias — afinal de contas, se a Ingenuity representava Andy Marcus, Mark provavelmente devia alguma lealdade a ele. Encheu meu copo novamente, perdido em seus pensamentos. Para mudar de assunto, perguntei a ele em que estava trabalhando.

Ele empurrou a tigela de edamame na minha direção.

— Aqui, coma um pouco de proteína. Eu não posso comer muita soja. Faz crescer seios masculinos.

Olhei para as pequenas cápsulas verdes deitadas inocentemente dentro da tigela de cerâmica.

— Você está mentindo.

— Palavra de escoteiro.

Ele botou a mão sobre o peito de risca de giz, e a engraçada, porém simpática, visão de Mark Lyder como um escoteiro surgiu em minha mente.

— Mas, de qualquer forma, como você perguntou tão educadamente, vou dizer que estou trabalhando no próximo *Missão Impossível*.

— Literalmente? Ou, tipo, você está trabalhando em um projeto que é impossível?

— É mais como *Missão Impossível*, misturado com 007: *Cassino Royale* e *Onze Homens e um Segredo*. Pense em Will Smith, os Afflecks, Jake Gyllenhaal, Colin Farrell e George Clooney — disse Mark, riscando os nomes de uma lista imaginária.

Eu mastiguei um pouco de edamame.

— Tem alguma mulher no filme?

— Mulher? — disse Mark, levantando as sobrancelhas.

— Sim. Você sabe, pessoas sem o cromossomo Y?

Ele pegou um pouco de edamame da tigela, inspecionou as pequenas cápsulas verdes e então as colocou sobre o guardanapo.

— Jessica Biel tem um papel pequeno, eu acho. Mas é um filme de roubo e sequestro. Não precisa de mulheres, a não ser que você conte figurantes com peitões e vestidos tão apertados que elas ficam felizes de tirá-los. O filme precisa de boas explosões e veículos de fuga rápidos, o que tem de sobra. Eu prevejo duzentos milhões de dólares na bilheteria.

— Parece... um sucesso.

Não pude evitar pensar em *Journal Girl*, que não tinha nenhum grande astro, com um orçamento de sete milhões de dólares e cenas que ainda podiam me fazer chorar mesmo que eu já tivesse visto o filme cinquenta vezes e soubesse cada frase dos diálogos de trás para a frente.

— Esse é o plano. Então, por que você se atrasou tanto hoje? Quebrou a copiadora de novo?

Os olhos dele estavam sorrindo, mas um sorriso de flerte.

— Ah, não — disse eu, tomando outro pequeno gole do saquê e desejando que eu pudesse mandar um e-mail para mim mesma do meu BlackBerry, pedindo para chamar o rapaz que conserta a copiadora. — É que a Kylie se esqueceu totalmente de que tinha de fazer algo e acabou passando a tarefa para mim em cima da hora.

Mark estava olhando através de mim na direção da porta novamente. As trigêmeas cirurgicamente melhoradas tinham ido embora, mas foram substituídas por duas garotas que poderiam ser primas delas.

— Tenho quase certeza de que ela não esqueceu.

— O que você quer dizer?

O BlackBerry dele — sim, eu percebi que ele tinha um BlackBerry *e* um iPhone — tocou no balcão. Depois de uma olhada rápida, Mark desligou o aparelho, mas a luz vermelha da mensagem piscava sem parar, como um aviso.

— Ela fez isso de propósito — disse ele suavemente. — Ela não esqueceu.

Meu rosto entristeceu; para mim, era difícil imaginar Kylie sendo tão desonesta. E, na verdade, ela realmente tinha aquelas notas para digitar.

— Como você tem tanta certeza disso?

Mark sorriu, como se eu fosse extremamente divertida.

— Hollywood é como a escola — disse docemente.

— Do que você está falando? — perguntei, confusa.

Afinal de contas, de acordo com Hollywood, nem a escola era como a escola. Quero dizer, garotos bonitos como o Zac Efron dançavam mesmo nos corredores entre as suas aulas?

— Esse é um daquele clichês que é realmente verdade — disse Mark. — Os atletas e as líderes de torcidas mandam na escola. Eles são aqueles que conseguem que seus filmes sejam feitos. Acham os melhores projetos, assinam os melhores clientes e acabam no topo.

Levantei minhas sobrancelhas. Eu ainda não estava convencida.

— E o que acontece com o resto das pessoas?

— Não sobrevivem. Acabam podadas.

Ele tomou um longo gole do saquê.

— Então você está dizendo que pessoas não progridem porque não são cool?

— Porque elas não são duronas — corrigiu Mark, enquanto servia para nós dois mais daquele álcool rascante que eles estavam tentando fazer passar por uma deliciosa bebida japonesa.

— Mas e o talento? — perguntei. — Não é com isso que as pessoas progridem?

Mark balançou a cabeça.

— Na maior parte do tempo, talento não é tão importante, Taylor. Algumas vezes, não tem nenhuma importância mesmo. Atitude é o mais necessário. E um senso de estilo também não faz mal.

Ele olhou, como se quisesse explicar o que dizia, para minhas humildes roupas de shopping.

Eu pensei na argumentação dele e rapidamente a recusei:

— Mas na Wesleyan... — comecei, pronta para expor minha teoria do "eles aparecem de vez em quando", mas Mark me cortou com uma risada.

— Sei o que você vai dizer, e sim, eu estudei em Vassar, mas Hollywood é um mundo completamente diferente. Essa palhaçada de ética e moral não funciona aqui. Você fez faculdade com pessoas que eram perdedoras na escola. Agora você está com as pessoas populares, e elas dão importância para outras coisas além de talento.

Ele pronunciou a palavra *talento* como se fosse uma noção ridícula e fora de moda, como se eu tivesse acabado de perguntar sobre a fada do dente.

— Você está apenas sendo cínico — disse eu, finalmente.
— Além do mais, fala sério... E os nerds do audiovisual? Eles não acabam sendo operadores de câmera ou algo assim?

Mark riu novamente.

— Olha, você parece ser uma pessoa boa, Taylor, e isso vai apenas machucá-la. Você tem que ser mais durona e muito menos boazinha. Escute isso de um cara tipo capitão do time de futebol americano.

Levantei uma sobrancelha, surpresa. *Então é isso que você pensa que é?* E, se ele era o capitão do time de futebol americano, o que eu seria?

A questão é que eu nunca fui tão cool assim. Eu não era um desastre completo, mas também não era a rainha do baile. Na verdade, eu nem tinha ido ao meu próprio baile de formatura. Se existiam dois tipos de garotas no mundo — as que eram boazinhas e aquelas que não eram —, eu sempre pertenci ao primeiro grupo. Eu me dava bem com quase todo mundo nas minhas aulas na escola, até mesmo os góticos, os solitários e o garoto que ia de terno para a escola porque investia na bolsa de valores online em seu tempo livre.

— Acabei de ter uma ideia. Eu moro bem perto da esquina da Mulberry Street. A melhor pizza de L.A. Você quer sair daqui?

Os olhos de Mark procuraram os meus como se ele estivesse nervosamente estudando minha reação. Mas o olhar por trás deles dizia que ele não tinha nenhuma dúvida de que eu ia dizer sim.

— Obrigada — agradeci, cuidadosamente —, mas seria melhor eu ir para casa. Tenho outro dia puxado pela frente. Espero que seja um nove — brinquei, com um sorriso confiante.

A ideia de ir para a casa do Mark — ou mesmo estar nos arredores da casa dele — era tão atraente para mim nesse momento quanto ficar sentada durante duas horas vendo cada astro dos filmes de ação do planeta explodir coisas. Com um cachorro molhado no meu colo.

— Certo — disse ele seco, levantando-se. — Faremos isso uma outra hora.

Ele me beijou novamente, mas, dessa vez, achei forçado. E ele beijou apenas uma bochecha. Enquanto eu abria caminho pelo meio das pessoas, já estava imaginando a carta que pretendia escrever para Michael Deming. *Lembra daquela piada que você contou no programa do Letterman? De que a diferença entre um pitbull e um agente de Hollywood são apenas as joias? Eu pensei nisso esta noite. Não que o cara fosse um pitbull, na verdade. Ele era mais como um labrador — sabe, meio entusiasmado e sem noção — misturado com um...*

Meu Deus, disse para mim mesma, você está parecendo a Magnolia.

Enquanto saía do Koi e o ar fresco de setembro batia no meu rosto, eu quase — *quase* — senti pena do Mark. Não devia ser muito comum para o capitão do time de futebol americano ser rejeitado pela presidente do comitê do anuário da escola.

CAPÍTULO SETE

— Escritório de Iris Whitaker, pode esperar um minuto?

Apertei o botão laranja de colocar a chamada em espera e rasguei com os dentes um pacote de Advil. Minha cabeça doía como se alguém a tivesse colocado em uma prensa e, aos poucos, fosse lenta e cruelmente girando a manivela para apertá-la. Saquê, ao que parece, é terrível para beber e ainda pior para se recuperar. Eu só tinha tomado uns dois copos, mas deveria ter comido algo além de um punhado de edamame se quisesse evitar uma ressaca.

Ainda era cedo — antes de 8h30 e Kylie ainda não tinha chegado. Eu voltei à ligação:

— Obrigada por esperar, posso anotar seu recado?

O telefone estava mudo.

— Merda — resmunguei.

Perder uma ligação era ainda pior que dizer que a Iris estava fora do escritório. Eu soube de gente que perdeu o emprego por isso, embora talvez tenha sido apenas a Cici tentando me assustar.

Então ouvi o barulho de saltos vindo pelo corredor na minha direção. Iris. Ela tinha chegado cedo — normalmente, chegava às 9h30 —, e, pelo som, estava com muita pressa.

Coloquei um belo sorriso no meu rosto enquanto Iris entrava pela sala como um furacão bem armado.

— Bom dia — disse eu, o mais animada possível.

Iris não sorriu de volta.

— Você pode vir até a minha sala, por favor? — ordenou de forma seca, desaparecendo atrás da sua parede de plantas.

Entrei em pânico, imaginando que ela podia ter descoberto, de alguma forma, que eu tinha perdido a ligação. Mas como? Talvez a sala estivesse sendo monitorada por câmeras de segurança ou talvez ela tivesse um superpoder que a alertasse toda vez que uma de suas assistentes fizesse algo estúpido. Mas a verdade é que, se isso fosse verdade, ela teria me chamado à sua sala muito antes. Além do incidente com a copiadora, eu também tinha: a) entrado no banheiro masculino *novamente*; b) perdido metade de um roteiro que eu havia convencido Kylie a me deixar ler, o que acarretou uma ligação levemente constrangedora para o agente que representava o roteirista; c) chamado Tom Scheffer de Tim para desalento dele. De qualquer forma, eu me levantei com alguma dificuldade — o Advil ainda não tinha surtido efeito — e entrei na floresta do escritório de Iris.

Ela estava sentada atrás de sua mesa lendo o *Los Angeles Times*.

— Feche a porta — disse ela, sem expressão, seus olhos no jornal.

Eu a obedeci, fechando a porta com um suave, mas ameaçador, estalo.

— Por alguma razão, os telefones estão uma loucura hoje de manhã — disse eu —, mas anotei quase tudo na lista de chamadas.

Iris olhou por cima do jornal para mim. Seus olhos pareciam especialmente brilhantes essa manhã, frios e duros como ágatas.

— Sou uma executiva nesta companhia há 15 anos — disse ela, cuidadosamente dobrando a seção Calendário. — Há mais tempo do que eu mesma esperava. Você sabe quantos assistentes tive em todo esse tempo?

Ela inclinou um pouco a cabeça.

Era uma pergunta retórica, mas o tom soturno na voz de Iris a fez parecer importante. Eu tentei fazer as contas:

— 25?

— Quase 32 — disse Iris, com um sorriso amarelo por causa do número.

Então ela se inclinou para a frente e juntou as mãos como se estivesse prestes a compartilhar um segredo.

— Algumas vezes, eles saem por vontade própria. Mas, na maioria das vezes, são *convidados* a sair.

Eu engoli em seco e quase podia sentir o Advil ainda alojado na minha garganta. Eu não gostava mesmo do rumo que essa conversa estava tomando.

Iris se levantou e andou até a janela, olhando para os estúdios de filmagem, dando as costas para mim. Vestindo um terninho escuro, a silhueta dela era esbelta.

— Você contou para alguém na Ingenuity que eu falei que Andy Marcus era um macaco perturbado ou o que quer que eu tenha falado?

Demente Neandertal, pensei, mas não falei. E, sim, eu tinha falado. Oh, meu Deus. Mark Lyder. Aquele rapaz bonito bebedor de saquê com cabelo da Aveda e seu terno grande demais. Ele contou para todo mundo o que eu disse.

— Este negócio é baseado em relacionamentos, Taylor — disse Iris, gelada, ainda sem olhar para mim. — Nós temos que manter boas relações a todo custo. Nós nunca, *nunca*, dizemos a alguém que odiamos seu projeto. Nós dizemos que ele é ótimo, mas que estamos com compromissos demais. Nós dizemos que amamos, mas que temos algo parecido sendo feito. Nós dizemos que achamos genial, mas que não temos coragem suficiente para realizá-lo. Mas nós, de maneira alguma, dizemos às pessoas coisas que vão deixá-las chateadas. Nós não insultamos as pessoas na cara delas, e, quando as insultamos pelas costas, esperamos que aquele insulto permaneça confidencial. Isso ficou claro?

Concordei com a cabeça, mas então percebi que ela não podia me ver.

— Sim, Sra. Whitaker — sussurrei.

— Você é minha assistente, Taylor. De todo mundo aqui, eu preciso confiar em *você*. Achei que entendia a sua responsabilidade.

— Eu sinto muito — lamentei. — Não tive a intenção. Eu não... — gaguejei.

Eu não sabia mais o que falar.

Iris ainda estava de frente para os estúdios, suas mãos cruzadas atrás das costas. E, enquanto eu esperava ali de pé, aguardando que ela se virasse e me despedisse, senti um pouco de vontade de me defender. Eu *sou* uma pessoa boa, pensei. Eu nunca teria falado aquelas coisas cruéis sobre Andy Marcus... se a Kylie não tivesse me dito para fazer isso. *Kylie*. Seu momento de conselho de irmã mais velha na cozinha ficou se repetindo na minha mente. *Troque informações. Honestidade é quase sempre a melhor política.* Eu me encolhi involuntariamente.

Mas o que me doía mais naquela lembrança não era a manipulação da Kylie — era como eu tinha feito de mim mesma um alvo fácil. Ela havia me dado a corda, mas eu fiz o laço e levei meu próprio banquinho. Como pude ter sido tão estúpida?

— Sabe... — disse eu, com a voz mais forte. Era simples: eu só tinha que explicar para Iris o que Kylie falou para mim, e nós voltaríamos ao começo. — Não foi minha ideia. Kylie...

— Eu não quero ouvir — disse Iris, logo me cortando, com a mão firme levantada. — Eu não sou uma juíza, Taylor. E, se vocês duas não podem se dar bem, isso não vai funcionar — avisou ela, soltando um longo suspiro e, finalmente, se virando para olhar para mim. — Mas eu não vou despedi-la — afirmou ela calmamente.

Meu coração parou assim que ela disse isso, como um carrinho de montanha-russa descontrolado que, no último segundo, não bate.

— Mas, se cometer mais um erro desses, vou mandar você embora sem pensar nem mesmo por um segundo. Está claro?

Concordei com a cabeça. Claro como *cristal*. Fiquei de pé, imóvel, sobre o tapete de pelo, com medo de me mexer, como se estivesse literalmente sobre gelo fino.

— Vou ter um longo dia consertando os estragos — disse Iris.

Uma breve careta se formou em sua bela boca quando ela provavelmente imaginou toda a babação de ovo pela qual teria de passar hoje.

Então veio uma batida suave e educada na porta.

— Sim? — disse Iris.

O rosto de Kylie apareceu na moldura da porta.

— Iris, Quinn está na linha dois — disse ela, quase piando.

Seus olhos verdes, alertas e traiçoeiros, focavam em Iris e em mim, mudando constantemente. Não era difícil entender o que tinha acabado de acontecer. Por um segundo, ela quase pareceu sorrir.

— Muito bem, diga a ela para esperar um momento — ordenou Iris, passando a mão por seu cabelo perfeitamente penteado.

Kylie saiu e, se eu tivesse alguma coisa em minhas mãos, juro que teria jogado nela. Eu nunca havia sentido tanta raiva na minha vida — nem mesmo quando o dachshund da Magnolia fez xixi no meu laptop no primeiro ano da faculdade. Kylie tentou me *arruinar*.

— Taylor, estamos entendidos? — perguntou Iris, seus olhos finalmente mais suaves.

— Sim — disse eu.

— Você pode ir. Eu tenho que falar com a minha filha agora.

Então eu pensei na Quinn e em sua atitude arrogante de adolescente. Quinn chamaria Andy Marcus de demente neandertal na cara dele, se tivesse vontade — eu não tinha dúvidas disso. Ela gostaria de esmagar o ego dele. Mas ela jamais cairia em uma armadilha como a que Kylie armou para mim. Ela ainda estava na escola, mas mesmo para o ensino médio ela era muito esperta. Demorou apenas uma hora sentada no trânsito, tentando levá-la à casa do seu professor particular, para que eu percebesse.

Mas, então, talvez fosse exatamente isso. Hollywood é como a escola. Eu andei na direção da minha mesa, minha mente voando. O Advil estava começando a fazer efeito e eu estava começando a formular um plano.

Caro Michael, escrevi num cartão-postal imaginário. *Estou começando a aprender as coisas.*

CAPÍTULO OITO

Não foi difícil achar o Pinkberry; uma fila de meninas adolescentes e mães vestindo calças de ioga saía pela porta e continuava na calçada. Cheguei a pensar em me juntar a elas — um lanchinho não me faria mal. Mas lembrei a mim mesma que: a) eu não estava aqui para comer; e b) eu nem gostava de Pinkberry. (Todo aquele oba-oba quando você podia simplesmente botar um iogurte no congelador.) Então andei lentamente ao longo da fila, procurando um rosto familiar.

Era mais um lindo dia de setembro, e os majestosos carvalhos e os prédios de tijolinho de Larchmont Village fizeram eu me sentir, por um segundo, como se estivesse de volta em Connecticut, na época em que nem ousava imaginar me mudar para L.A. Mas também sentia uma ansiedade que nunca tive naquela época. As apostas eram mais altas agora.

Algumas meninas na porta do Pinkberry me olharam de cara feia; elas provavelmente acharam que eu estava tentando furar a fila. Finalmente, achei o que estava procurando: três meninas com óculos escuros de estilista e kilts cinza extremamente curtos — uma loura, uma morena, e a outra, a ruiva que eu estava procurando.

— Ah, meu Deus, estou apaixonada por aquele atendente — disse a loura, jogando o cabelo por cima do ombro.

— Uma graça — disse a morena, ajeitando a bolsa de couro surrada em seu ombro. — Ele tem o quê, uns 22 anos?

Quinn deu um sorriso entediado. Ela usava um óculos escuro Chanel gigantesco e uma camiseta roxa apertada com um coração explodindo sobre o peito. Eu tinha quase certeza de que aquilo não era parte do uniforme da Escola Carleton Para Meninas.

— Fala sério... — disse ela, com uma voz grave e sem expressão. — Você vai sair com um cara que trabalha no Pinkberry?

Ela misturou o que parecia um ensopado branco de Oreos esfarelados e cereais e botou uma colherada na boca.

De acordo com o horário descrito no meu manual de assistente (também conhecido como bíblia, agenda e lista de informações aleatórias, mas ainda cruciais: os nomes dos filhos da irmã da Iris, por exemplo, e seu lugar favorito para comprar cupcakes), Quinn Whitaker saía de sua aula na Escola Carleton Para Meninas às 15h30. Então, na maioria dos dias, ela vinha para Larchmont Village, um elegante conjunto de lojas, estúdios de ioga e restaurantes, para comer no Pinkberry e fazer compras. Às 5h, seu motorista — desde que ele não estivesse doente, claro, fazendo então com que eu tivesse que cumprir suas funções — vinha buscá-la e a levava para casa. Depois de dizer à Kylie que tinha uma consulta no médico, eu vim aqui hoje numa missão. Mas, agora que eu estava na mesma vizinhança de Quinn, parte de mim queria que eu rastejasse de volta para o meu Civic e me escondesse no porta-malas. É agora ou nunca, eu disse a mim mesma, e tomei coragem.

— Ei, Quinn — chamei. — Podemos falar um segundo?

Quinn se virou na minha direção e congelou. Suas amigas fizeram o mesmo.

Tirei meu óculos de sol.

— Sou eu, Taylor — disse eu. — Nós nos conhecemos ontem à noite.

Quinn ainda estava inerte e não me deu nenhuma indicação de que tinha me reconhecido. *Lembra como você sacaneou meu carro?*, eu poderia ter perguntado. *Lembra como você se sentou no banco de trás e ficou suspirando a cada sinal vermelho?* Suas amigas estavam com as mãos na cintura e, provavelmente, mandavam olhares de Medusa na minha direção por baixo de seus enormes óculos D&G.

A morena chegou mais perto e cochichou:

— Ela estava na Hyde?

Quinn aparentemente decidiu que ficar se fazendo de boba não era a resposta.

— Isso é a assistente da minha mãe — disse ela, com um suspiro exasperado.

Brinquei com o zíper da minha bolsa, tentando ignorar o fato de que uma menina de 16 anos tinha acabado de se referir a mim como "isso".

— Você está me espionando? — perguntou ela.

— Não — disse eu, com a voz tão firme quanto era possível.

Mas, na verdade, o meu interior estava tremendo como uma pessoa que não tolera lactose sendo forçada a comer um pote de Pinkberry.

— Só preciso te fazer uma pergunta.

Quinn me olhou de cima a baixo lentamente. Com um meneio de cabeça desconexo ela foi andando até uma banca de jornais a poucos passos dali enquanto suas amigas foram se sentar em um banco próximo. Um voluntário da Help for the Homeless com cara de aluno de faculdade e vestindo um colete vermelho a seguiu com os olhos, momentaneamente esquecendo a petição que estava tentando fazer com que os transeuntes assinassem.

— O que é? — perguntou ela, levantando seu óculos escuro até o topo da cabeça.

Seus olhos eram mais frios que os de sua mãe quando estava analisando a ideia de me despedir.

Corrigi minha postura, minha apresentação tinha que ser boa.

— Certo, é o seguinte — comecei. — Ontem à noite você disse que eu não era o tipo da Metronome. E você está certa. Eu não sou. Não sou *tanto* que quase fui mandada embora hoje de manhã.

Quinn levantou uma sobrancelha cuidadosamente feita, e eu pensei ter visto o brilho de um sorriso aparecer em seus lábios. Enquanto isso, suas amigas no banco olhavam fixamente para nós.

— Você disse que conhece a Kylie, certo? — argumentei. — E você não exatamente, bem... a ama?

— Sim — disse Quinn, parecendo bem mais interessada. — O que ela fez?

— Ela armou para que eu fizesse algo, não vou entrar nesse assunto, mas acho que quer que eu seja despedida. Ela certamente está tentando. E eu não posso deixar isso acontecer. Simplesmente não posso.

Eu estava torcendo para a minha voz continuar firme enquanto eu pensava em como tinha chegado perto daquilo hoje. Não podia perder meu emprego. Havia trabalhado muito e esperado muito tempo para consegui-lo.

Quinn cruzou os braços.

— O que isso tem a ver comigo?

Eu respirei fundo.

— Você já ouviu aquele ditado "Hollywood é como a escola"? — Quinn olhou para mim como se eu tivesse acabado de me levantar do divã do Dr. Phill. — Certo, isso não importa. A questão é que existem algumas habilidades que meu trabalho requer, habilidades que não têm nada a ver com digitar ou atender telefones, que eu não tenho. Habilidades de interação com outras pessoas, mas não são habilidades para tratar *bem* outras pessoas. Acho que você podia me ensinar a sobreviver neste lugar. Como ser... eu não sei. Cruel.

Quinn deu uma risada curta e forte que mais parecia um latido:

— Cara — disse ela —, você deve estar desesperada.

Concordei com a cabeça. Não adiantava fingir que não.

Ela olhou para seu iogurte que estava derretendo rapidamente e o misturou, contemplativa.

— Você entendeu tudo errado — disse ela, depois de um minuto. — A questão não é ser cruel. A questão é ser confiante. Não levar desaforo de ninguém.

O que ela disse certamente mostrava um lado mais positivo daquilo tudo.

— Certo — concordei. — É disso que estou falando.

Quinn ainda estava brincando calmamente com seu Pinkberry, mexendo os pedaços de Oreo em volta do pote. Finalmente, ela disse:

— O que eu ganho com isso?

Mordi a ponta da armação de casco de tartaruga de plástico do meu óculo escuro. Eu realmente não estava esperando aquilo, mas talvez devesse ter esperado. Quero dizer, essa coisa de ajudar as pessoas de coração não era muito popular aqui em L.A. Não sabia o que dizer. Eu realmente não podia oferecer dinheiro a ela — porque, primeiro, eu não tinha nenhum, e, depois, ela tinha *muito* —, e não podia me oferecer para ser assistente dela também. Uma Whitaker era o suficiente. E tinha quase certeza de que ela não precisava de mim para comprar cerveja para ela ou ajudá-la a entrar num filme para maiores. O que uma garota de 16 anos que tem tudo poderia querer?

— Não tenho certeza. Talvez se você precisar alguma dia que eu leve você a algum lugar... — sugeri eu toscamente.

Quinn fez uma cara de tédio.

— Por favor... — disse ela... — Eu tenho um motorista *de verdade* para isso! — Ela fez uma pausa. — Posso pensar em algo melhor. Que tal a gente combinar que você me deve um favor? Para quando eu precisar de um.

Isso parecia razoável.

— Alguma ideia de que tipo de favor?

Quinn deu de ombros.

— Eu ainda não sei. Mas te conto assim que descobrir.

Ouvi uma pequena voz em meu cérebro sussurrando um aviso, mas a calei alegremente.

— Combinado — disse eu, estendendo minha mão.

Quinn ignorou minha mão e puxou de volta o óculos gigante sobre o rosto, como uma máscara.

— Nós precisamos deixar uma coisa bem clara — falou ela. — Ninguém sabe disso. *Ninguém*. E você não pode aparecer do nada quando quiser alguma coisa. Isso parece coisa de psicopata.

— Certo — disse eu, apenas levemente ofendida.

Não era como se eu quisesse andar com ela. Eu tirei meu cartão de visita da bolsa e passei o dedo sobre o logo em relevo da Metronome, o ponteiro pulsante do metrônomo sobre o austero M. Entreguei o cartão a ela.

— Aqui tem meu e-mail, telefone celular, endereço, tudo. E você?

Quinn mostrou a palma da mão.

— Eu ligo para *você* — disse, deixando o cartão de visita cair dentro da sua bolsa Hervé Chapelier verde-maçã.

Então ela andou até uma lata de lixo e jogou seu Pinkberry derretido fora.

— Terminou aqui? — perguntou ela, e, antes que eu pudesse responder, saiu saltitando em suas sapatilhas de volta para junto das amigas, que estavam agora em frente à loja da LF, parecendo esnobes e entediadas.

Eu apertei os olhos sob o sol forte de setembro com uma nistura de alívio e medo. Quinn tinha concordado em me ajudar, mas será que esse plano não era meio louco demais, para começo de conversa? E se Iris descobrisse? Eu não podia pensar nisso agora, porque, nesse momento, podia ver uma pequena bolha de esperança flutuando no horizonte.

Olhei para a banca de jornal, onde cópias da *Vanity Fair* preenchiam de ponta a ponta a prateleira que ficava à altura dos olhos. Vinte Holden McIntees sem camisa com quarenta olhos verdes deslumbrantes me olhavam de volta. Atrás de mim, o voluntário do Help for the Homeless estava praticamente implorando para que uma mulher assinasse uma petição.

— É um mundo cruel aí fora, minha senhora — disse o rapaz —, e todo mundo precisa de um pouco de ajuda!

Coloquei de volta meu óculos escuro de cinco dólares do camelô. Eu tinha que voltar ao escritório logo ou Kylie ia começar a pensar que o médico tinha descoberto algo realmente errado comigo, como sífilis. Não que ela fosse se importar com isso, pensei. Na verdade, ela provavelmente ficaria satisfeita.

— Vamos lá, nos ajude — gritou o voluntário, enquanto a mulher ia embora. — É um mundo louco!

Marchei até meu Civic azul com tanta confiança quanto fui capaz de juntar. Nenhum lugar era tão difícil e louco como Hollywood, pensei. Eu apenas esperava que a ajuda que tinha recrutado fosse suficiente.

CAPÍTULO NOVE

— Magnolia! — gritei.

Um pequeno cachorro corria em círculos no carpete azul desbotado do meu quarto. Parecia que uma bola de poeira ou um esfregão imundo tinha ganhado vida, embora não fosse tão fofo quanto qualquer um dos dois. Quando gritei por Magnolia, ele parou por um momento, olhou para mim curioso, e então voltou a correr pelo meu quarto com uma de minhas meias na boca.

— Magnolia! O que diabos é isso?

O pelo cinza era longo e seboso. Da direção dele, vinha um cheiro tão repulsivo que eu quase fiquei impressionada. Nosso prédio não era o mais limpo em que eu já havia estado — a entrada tinha uma grama sintética velha e suja, e alguns mendigos de West Hollywood ocasionalmente dormiam na nossa soleira —, mas isso estava levando as coisas a um novo nível.

Magnolia apareceu na porta do meu quarto em seu roupão, seu belo rosto em forma de coração ainda rosado por causa do banho.

— Ah, esse é o Repolho! Ele não é fofo? — disse ela, rindo para ele com um olhar que só podia ser descrito como amor.

— Repolho?

— Sim, ele foi achado na boleia de um caminhão de repolho. Não é uma loucura? Ninguém sabe como ele entrou ou de onde veio. Acabei de pegá-lo no abrigo. Desculpe, eu pensei em mandar um e-mail para você sobre isso. É só até o fim de semana — disse ela, pegando-o no colo casualmente —, até a feira de adoção da minha amiga.

Ela fez carinho na cabeça fedida dele, que parecia a de um rato.

— Você quer um banho, moço? Hein? Quer?

Peguei um vidro de perfume no armário e espirrei um pouco no quarto. *Eau de parfum* da Kate Spade misturado com o *eau* de rato-cachorro da Magnolia.

— Mas o que ele está fazendo no meu quarto?

Magnolia olhou para mim por cima da cabeça fedorenta do Repolho:

— Acho que ele gosta daqui — disse ela, como se aquilo explicasse tudo.

Ela se virou para levar o cachorro que esperneava em seus braços para fora do quarto.

— Eu tive um dia terrível — disse eu, tentando conquistar um pouco de pena.

Magnolia estava assobiando perto do pelo do Repolho:

— Você sabe o que dizem por aí — começou ela. — Um dia você é o cachorro; no outro, o hidrante. Ah, e as suas caixas chegaram. — Talvez isso não demonstrasse muita compaixão, então ela completou: — E tem comida mexicana na geladeira.

Eu caí em minha cama, que o Repolho tinha, por sorte, evitado. Eu ia ter que procurar o spray desinfetante que eu havia comprado na semana passada, mas, naquele momento, estava cansada demais. Desde quarta, quando quase fui mandada embora, eu me sentia cada vez mais como uma estranha na Metronome. Ninguém falava comigo ou sorria para mim. Toda vez que eu ia pegar um Red Bull na cozinha ou ia até o banheiro (a última cabine era um bom ponto para uma choradinha rápida), sentia os olhos dos outros assistentes me observando silenciosamente, me avaliando, procurando a confirmação de que meus dias estavam contados. Eu me sentia como um tipo de fantasma. Como se, em breve, um xamã ou algo assim fosse vir me exorcizar do escritório. Kylie apenas observava minha luta da mesa dela, olhando suavemente por cima de suas velas de aromaterapia e, de vez em quando, sussurrando com falsidade coisas simpáticas em francês. *Tant pis*, eu a escutei dizer uma vez, quando perdi um recado que tinha anotado em um pedaço de papel solto em vez de escrevê-lo no meu computador. *Que pena.*

Vesti um short da Wesleyan e a camiseta sem manga que eu usava para jogar tênis e me arrastei até a sala para atacar minhas caixas. Que maneira de passar uma noite de sexta-feira... Não eram tantos pacotes, na verdade — eu tinha julgado impiedosamente meus pertences. Enquanto abria as caixas com uma faca de pão, de repente me veio à mente que não tinha enviado coisas suficientes nem para fazer meu quarto parecer de fato meu. Havia alguns livros que achei que podiam acabar sendo úteis (*Independent Feature Film Production: A Complete Guide*; *Woody Allen on Woody Allen*; *The 101 Habits of Highly Successful Screenwriters*; *Leonard Maltin's Movie Guide* etc.), algumas lembranças (um *still* emoldurado de *Gray Area* que o professor Pinckney tinha me dado; algumas fotos do meu pai com cara de brincalhão e da minha mãe com cara de paciente

— expressões típicas dos dois), alguns itens de decoração (cortinas da Ikea, travesseiros novos e fofos da West Elm), e o resto das minhas roupas, todas elas parecendo baratas e fora de moda depois de uma semana na Metronome.

Enquanto me esforçava para pendurar minhas alegres cortinas amarelas, pensei em como meu dia havia sido ruim. Kylie tinha passado para mim a tarefa de fazer ligações de conferência para que ela pudesse ter um almoço agradável com um executivo de produção júnior. Ligações de conferência eram uma das tarefas mais enervantes de um assistente. Você precisava ficar sentada em outra mesa na sala da Iris preparando as ligações para ela responder uma após a outra, sem intervalos ou espera entre elas, porque executivos na indústria do cinema não tinham tempo nem paciência para intervalos ou espera. Enquanto falava com uma pessoa, Iris se comunicava, por estranhos e algumas vezes frustrantes sinais com as mãos, para me dizer quando eu devia deixar a próxima ligação pronta. Um pulso circulando significava *pronta para acabar*. Uma das mãos balançando significava *coloque a próxima ligação em espera*. Dedos tremendo significavam algo como *não falta muito para eu mandar essa pessoa calar essa maldita boca*. Era incrivelmente estressante, e eu me sentia como um juiz que não sabia os sinais corretos. E Deus me ajude se alguém ficasse entediado por ficar esperando e desligasse o telefone. Isso só aconteceu uma vez. Iris disse simplesmente "Não tem ninguém na linha, Taylor", e se virou para seu computador. Mas é claro que eu me senti horrível. Iris quase não me olhava mais. Era como se eu fosse um cachorro burro e mal-educado em quem não adiantava nem dar bronca.

Eu tinha feito uma lista de Coisas Boas e Coisas Ruins, mas é claro que aquilo não me fez me sentir melhor. Como poderia?

COISAS RUINS
Kylie e Cici claramente falando sobre/rindo de mim.
Os olhos de Iris estavam como na música do Foreigner: frios como gelo.
Quebrei a copiadora outra vez.
Chorei duas vezes. Botei a culpa do nariz vermelho em alergias.
Fui obrigada a admitir que nunca tinha escutado a expressão "corte final". Eles não podiam dizer "filme acabado"?

COISAS BOAS
A moça da sopa no refeitório é legal comigo. (Obviamente ela não sabe de nada.)

Guardei o resto das roupas que eu tinha mandado para mim mesma, quase nem me preocupando em dobrá-las, e coloquei os novos travesseiros fofos no alto de uma estante de livros, para o caso de o Repolho aprender a pular na minha cama. Porque, honestamente, ele parecia o tipo de cachorro que ia tentar cruzar com as minhas almofadas.

Então sobrou a caixa em que estava escrito DVD. Pensei em como estava feliz enquanto os empacotava. Lá estava eu, endereçando este pacote para mim mesma, tão animada, tão esperançosa, tão inacreditavelmente ingênua. Eu tinha até mesmo me imaginado dirigindo na Sunset Boulevard em um carro conversível com o vento soprando em meus cabelos. Quão inacreditavelmente estúpido era aquilo? Era como se eu achasse que fosse viver em um filme em vez de tentar aprender a fazer um.

Desembalei os poucos filmes que considerava essenciais. O resto — eram centenas — ia juntar poeira no meu antigo quarto em Cleveland, para onde mandei meus demais pertences. Tinha *Digam o que Quiserem* (porque eu amava aquele filme, mesmo com a música melosa do Peter Gabriel), *Conte Comigo* (porque nem todas as histórias de amor são romances), *Brilho Eterno de uma Mente Sem Lembranças* (porque nem todos os romances fazem sentido), *Quanto Mais Quente Melhor* (porque quem não ama Marilyn Monroe e um homem vestido de mulher?) e, claro, *Journal Girl*. Eu também tinha um pôster surrado do filme — embora não fosse muito grande — e o prendi com fita sobre a parede desbotada cor de pêssego do meu primeiro apartamento, no meu segundo ano, na Warren Street.

Não preciso nem dizer que a Quinn não havia ligado. É claro que tinha se passado só um dia, mas deu pra ela não ver como eu estava desesperada? Eu me sentia como se estivesse de volta na escola, esperando minha paixão do segundo ano me ligar depois que nós fomos designados para fazer um projeto de história juntos. (Ele nunca ligou. Mas nós tiramos um A, e não foi graças a ele.) Sério, como eu era patética, esperando uma menina mimada de 16 anos vir me salvar.

Ironia das ironias, eu tinha combinado de encontrar Dana McCafferty na segunda de manhã. Como eu poderia dar conselhos a ela, quando obviamente não sabia nada de nada? Como foi que consegui estragar tudo em uma simples semana?

Olhei por um tempo o pôster de *Journal Girl*. Michael Deming teve uma visão e não havia deixado nada impedi-lo de realizá-la, disse a mim mesma. Tentei permitir que aquilo me animasse. Para isso, eu precisava ignorar a parte mais recente da história de Michael, em que ele fica maluco e foge para virar um eremita no noroeste dos Estados Unidos.

❋

— Tá vendo o quê? — perguntou Magnolia, um pouco depois, quando saiu do banheiro com Repolho enrolado em uma toalha.

— *Journal Girl* — disse eu.

Eu estava atracada com um pote de sorvete de chocomenta.

— Eu devia ter imaginado — disse Magnolia, com um sorriso amarelo enquanto se jogava no sofá ao meu lado. — Uma garota escreve tantas cartas para uma pessoa imaginária que acaba o trazendo à vida, certo?

Concordei com a cabeça. Eu tinha assistido a esse filme por tantas vezes no primeiro ano de faculdade que era um milagre a Magnolia não saber o filme de cor até hoje. Ela começou a secar o cachorro, esfregando tão forte que o pelo ficou todo arrepiado. Parecia que ele tinha enfiado o nariz em uma tomada.

— Eu meio que fiz a mesma coisa com o diretor — admiti. Nunca havia falado sobre isso com ninguém na época da escola ou da faculdade, preocupada em parecer ridícula, mas, na verdade, o que eu tinha a perder a essa altura? — Ou tentei. Michael Deming. Ele era meio que meu amigo por correspondência. — Menos a parte do amigo, pensei, mas não disse. — Na época em que eu ainda possuía ilusões de que teria uma carreira.

Eu enviei para ele aquele primeiro cartão-postal com as letras brancas gigantes, mas, depois disso, nada. Havia acabado de imaginar que podia escrever *Querido Michael, eu não tinha ideia de que podia ser tão ingênua*.

— Para de ser tão dura com você mesma — disse Magnolia, espremendo o cachorro com a toalha até que os olhos dele parecessem ainda mais esbugalhados. — Aquela coisa do roteirista não foi culpa sua. A Kylie armou para você.

— Eu só queria saber como fazer isso diferente — disse, enquanto continuava escavando meu pote de sorvete. — Durante o dia inteiro assisto a essa menina fingir que é uma assistente incrível, quando sei que ela está nesse ramo pelas razões erradas.

— E por que ela está nesse ramo?

Eu pensei nisso.

— Não sei dizer. Mas acho que ela é totalmente sem alma. Acho que ela só quer fofocar com os outros assistentes, puxar o saco da Iris, ir a festas, conhecer gente famosa e vestir sapatos bonitos. Eu nem acho que ela gosta tanto de cinema assim.

Magnolia bateu de leve no meu joelho.

— Vai melhorar. Apenas lembre: fique calma e confiante. Uma armadura positiva para comportamentos desejados. Não é mesmo, Repolho?

O cachorro lambeu o nariz da Magnolia, então olhou para o meu. Eu balancei minha cabeça para ele.

— De jeito nenhum, Lixeira — disse eu.

Magnolia deu uma cheirada nele.

— Ele está bem mais limpo agora — disse ela. — E vou levá-lo para um passeio.

Depois que Magnolia e seu monstro saíram do apartamento, ele esfregando os pelos eletrificados contra uma das minhas caixas fechadas, voltei para o meu filme e deixei seus diálogos familiares me embalarem até que eu chegasse a um tipo aprazível de estupor. Claro, eu ia precisar de um milagre para ter sucesso em Hollywood, mas só me preocuparia com isso amanhã. Neste momento, ia me preocupar em tirar cada molécula de sorvete daquele pote.

Eu estava quase dormindo quando a campainha tocou. Pulei do sofá com o coração na garganta e o pote vazio de sor vete ainda na minha mão e fui em direção à porta. Eu a abri rapidamente, esperando que não fosse um serial killer. Mas, pensando bem, serial killers provavelmente não iriam tocar a campainha.

Usando uma túnica com estampa de zebra, jeans skinny preto e sapatos de salto alto de camurça que deixavam os dedos à mostra, Quinn estava de pé na entrada do apartamento com a mão na cintura. Ao lado dela, no chão, estava um saco de lixo gigante.

Ah, meu Deus, pensei meio grogue. Eu sou um lixo e ela está me trazendo *mais* lixo.

— Estou interrompendo seu lanche? — perguntou Quinn com desdém, ao olhar para minha colher e a mancha de chocolate na minha camiseta.

— Não, não, não — disse eu. — Entre.

Fiquei imaginando como estava o meu cabelo, mas percebi que não havia nada a ser feito naquele momento.

Quinn passou cuidadosamente pela porta como se tivesse lixo tóxico em meu apartamento.

— Você estava no meu caminho para a Hyde — explicou ela, arrastando o saco de lixo atrás de si. — Então pensei em parar e deixar algumas coisas.

— Você quer, hum, beber alguma coisa?

Abri a geladeira. Na porta, havia apenas uma caixa de leite semidesnatado aberta e uma garrafa de chá gelado. Vi um grampo em cima da mesa, e o usei para prender meu cabelo para trás, esperando que isso o deixasse mais apresentável.

Quinn fez um gesto com a mão, afastando a ridícula ideia de que ficaria ali por muito tempo.

— Eu não vim ficar de bobeira — disse ela. — Meus amigos estão me esperando lá embaixo.

Mexendo no saco de lixo, ela tirou uma túnica com estampa de leopardo. Eu li a etiqueta: Cavalli. Depois disso, ela pegou um tamanco preto Manolo Blahnik e, então, um top vinho de veludo brilhante, que colocou em cima da TV. Por fim, ela simplesmente virou o saco e vestidos transparentes, skinny jeans escuros, bolsas brilhantes e sandálias douradas com fivelas caíram sobre o sofá. Era como se Quinn fosse o Papai Noel, só que mais alto e bronzeado, mas em vez de brinquedos estava me trazendo *estilo*.

— Oh, meu Deus! — exclamei, ao me abaixar para tocar um vestido cinza-prateado com franjas da Stella McCartney. — Estas coisas...

— São minhas — disse Quinn, de pé ao lado da pilha de roupas com as mãos na cintura. — E algumas são das minhas amigas. Estas coisas são todas muito do ano passado.

Eu estava tentando mergulhar na pilha de roupas e beijá-las. Passei a mão em um vestido-camisa da Doo. Ri, quase sem conseguir falar.

— Tem certeza?...

Quinn tirou aquele lustroso cabelo cor de cobre da frente dos olhos, já olhando para o relógio na parede.

— Primeira lição — anunciou ela. — Finja até conseguir.

Olhei para ela, ainda muito chocada por causa das roupas para entender o que ela estava dizendo.

Ela suspirou, exasperada:

— *Roupa é igual a atitude*. Sei que as pessoas estão sempre dizendo isso, mas é a mais pura verdade. E não existe *nenhuma* forma de você ter atitude usando roupas da Gap ou de qualquer loja de shopping onde você compra as suas — disse ela, apontando para o vestido da Stella McCartney. — Experimente aquele ali.

Cegamente, eu a obedeci, colocando o vestido por cima da minha camiseta e do short. Estava um pouco apertado no peito, mas, tirando isso, cabia perfeitamente. Olhei para mim mesma no espelho e quase engasguei. Eu já parecia uma pessoa diferente. Decidida. Importante. Talvez até — se não fosse pela mancha de chocolate que não estava só na minha camiseta, mas também *no meu queixo* — sensual. Sabe, como quando Julia Roberts tem aquela transformação em *Uma Linda Mulher*. Eu me sentia daquele jeito, talvez até melhor.

— Nada mal — disse Quinn, chegando mais perto de mim e ajeitando uma das alças. — Você vai ter que experimentar tudo. Pode ser que acabe achando algo ainda melhor.

Ela espremeu um tubo de gloss cor de chiclete sobre os lábios.

— Muito bem, eu tenho que ir agora — disse ela. — Mas não esqueça: finja até conseguir — repetiu ela.

— Obrigada — sussurrei, ainda boquiaberta.

Corri minhas mãos pelo corpo de seda do vestido da Stella e suspirei.

— Me dê uns dois meses, e você vai ser uma nova pessoa — disse ela. — Ah, e aqui.

Ela pegou um iPhone cintilante da bolsa e entregou-o para mim.

— Eu tinha um extra guardado lá em casa. De agora em diante, vou mandar mensagens de texto para você, e tenho certeza de que o telefone que você tem é de 2001 ou algo assim.

Eu não queria que a Quinn soubesse como estava certa — meu velho Nokia, agora aposentado, estava guardado em uma caixa de sapatos debaixo da minha cama —, então peguei orgulhosa o meu BlackBerry na minha bolsa.

— Na verdade, eu tenho... — comecei, mas Quinn me cortou com um aceno de mão.

— Não; não quero que você tente falar comigo e, acidentalmente, acabe falando com a minha mãe. Isso tem que ser escondido. Em *off*!

Ela levantou suas sobrancelhas quando me viu olhando para ela, perplexa.

Quinn foi andando animada em direção à porta, evitando minhas caixas e fazendo o possível para não tocar em nada.

— Você *sabe* que esta casa cheira como se um mendigo morasse aqui, não?

Eu abri a boca para explicar sobre o cachorro molhado, mas ela já tinha fechado a porta atrás de si.

Inspecionei a pilha de roupas no sofá e, então, o iPhone brilhante na minha mão. Eu me senti exatamente como a Cinderela. A desvantagem entre mim e minha meia-irmã malvada já tinha diminuído um pouco.

CAPÍTULO DEZ

— Bom dia — disse alegremente para Shara, a recepcionista da Metronome, enquanto se debruçava sobre sua *Us Weekly*. — Boa segunda!

Shara puxou para trás os lustrosos cabelos negros e ficou olhando para mim por um longo tempo.

— Bom dia — disse finalmente, mas pareceu confusa.

Aquilo me obrigou a fazer uma pausa. Será que eu tinha derramado meu *latte* desnatado triplo sem espuma em mim mesma? Será que o vestido Stella estava muito apertado no peito? Será que eu parecia esquisita, como um urso vestindo uma saia de balé? Corri pelo corredor até a minha mesa, joguei minha bolsa dentro da gaveta e corri para o banheiro.

E lá, na luz fria, azul e nada amigável, vi o que Shara tinha visto: o vestido cinza-prateado fez meus olhos ficarem com um tom azul-acinzentado, em vez do usual azul-claro; as linhas clean do vestido abraçavam minhas curvas perfeitamente; eu estava classuda, elegante e estilosa. Eu estava tão bonita que quase não me parecia comigo mesma. Dei um grande suspiro de alívio e ofereci um silencioso *obrigado* a Quinn. Poderia ter até mandado uma mensagem para ela, mas não quis abusar da minha sorte. E, além do mais, ainda não tinha me acostumado a digitar na pequena tela do meu iPhone e provavelmente escreveria *obrugsda* por acidente.

Às oito horas em ponto, Shara ligou da recepção para dizer que Dana McCafferty tinha chegado, e, alguns momentos depois, a própria roteirista veio apressada até a minha mesa, cheia de sorrisos e gratidão. Ela era baixa e o que a maioria das pessoas chamaria de normal: seu cabelo castanho liso era cortado na altura do queixo, e os óculos de armação fina, de alguma forma, aumentavam os seus já grandes olhos castanhos.

— Muito obrigada — disse ela para mim, nem mesmo esperando para se apresentar. — Sério, é um alívio simplesmente saber que alguém leu meu trabalho.

— Sente-se — ofereci, apontando para a cadeira que posicionei ao lado da minha mesa.

Ela se sentou agradecida, cruzou os tornozelos e escorregou seus All Star para baixo da cadeira. Seus pés mal tocavam no chão.

— Belos escritórios — disse ela. — Eu gosto desse negócio de a parede ir mudando de cor.

Eu sorri — aquilo também tinha me impressionado.

— Gostei muito do seu roteiro — comecei, indo direto ao assunto. Eu tinha pegado o roteiro para ler antes de dormir na noite anterior, pensando que leria apenas o primeiro ato, mas havia gostado tanto dele que fiquei acordada até tarde para terminar de ler. — Mais do que achei que fosse gostar — comentei, folheando o volume. — Ele me lembrou de Cameron Crowe com um pouco de Diablo Cody.

O rosto de Dana corou com o elogio, mas ela abriu seu caderno em espiral e preparou a caneta. Parecia uma aluna aplicada no primeiro dia de aula.

— A premissa é ótima — continuei. — Um rapaz precisa ajudar seus pais a se desapegarem dele, antes que se desapegue deles. E você tem ótimos diálogos. Mas tem que focar a história. Neste momento, não sei com quem tenho que me identificar: se com os pais ou com o filho.

Tomei um gole do meu *latte* enquanto ela escrevia, apreciando o silêncio do escritório no começo da manhã. Fiquei imaginando se, entre todas aquelas pilhas de roteiros sem representação não lidos na estante, existiriam outros tão bons quanto o de Dana.

— E seu segundo ato meio que dá uma caída — continuei —, mas essa é sempre a parte mais difícil. Aumentar as apostas, ao mesmo tempo que passamos a conhecer os personagens. Sabe, como em *Juno*? Ela precisava continuar conhecendo o casal melhor a cada vez até a cena final, quando eles se separam.

Dana concordou com a cabeça, ansiosa. Sentada ali, seus tênis All Star balançando, ela parecia uma menina de 10 anos — a camiseta do George, o curioso era um exagero — tentando desesperadamente tirar um A. Algumas vezes, ela me interrompia para fazer perguntas, mas, na maior parte do tempo, apenas escutava e escrevia. Quanto mais eu falava, mais confiante eu ficava — era um alívio ser capaz de falar de cinema com alguém que estava realmente escutando. Isso me trouxe de volta para o conforto de horas passadas em pequenas salas de aula na Wesleyan, analisando cada detalhe dos nossos filmes favoritos em vez de decompor a complicada teoria do cinema. Eu disse a Dana que o encontro casual do casal não estava funcionando muito bem, que o personagem do melhor amigo não era muito interessante e que a sequência do sonho era um pouco parecida demais com *Quero Ser John Malkovich*. O tempo todo ela anotava furiosamente.

Por fim, ela olhou para cima e ajeitou os óculos sobre seu pequeno nariz.

— Uau! — disse ela. — Isto é tão incrível! Não vou conseguir te agradecer o suficiente por gastar seu tempo para se encontrar comigo. Tenho certeza de que é extremamente ocupada.

— Você tem algo bom — disse a ela, e eu realmente achava aquilo —, e acredito que pode fazer algo ótimo.

Ela ruborizou e abaixou a cabeça. Ocorreu a mim que ela achou que eu fosse alguém bem mais importante do que eu era. Ah, meu Deus, disse para mim mesma, o *finja até conseguir* estava funcionando!

Eu estava me sentindo bastante satisfeita comigo mesma, até que ouvi o barulho das vozes de Iris e Kylie vindo pelo corredor. De repente, pareceu prudente mandar Dana embora o mais rápido possível.

— Na verdade, Dana, eu realmente preciso ir — desconversei, apontando com a cabeça para o meu computador. — Muitos e-mails para responder...

Iris e Kylie entraram na sala. Elas pararam instantaneamente ao ver Dana McCafferty, cujas bochechas ficaram vermelhas como um rubi.

— Olá — disse Iris.

Ela se virou para olhar para mim e sua expressão era suspeitamente alegre:

— Estou interrompendo algo?

— Iris, esta é Dana — expliquei educadamente, como se fosse a anfitriã de um coquetel-surpresa. — Ela mandou um roteiro e eu estava passando a ela minhas considerações.

— Ah — disse Iris, olhando fixamente outra vez para Dana. — Que bom.

Eu podia ver Dana engolindo, talvez tentando criar coragem de falar sobre seu roteiro para Iris. Eu esperava com todas as forças que ela não fizesse aquilo — sério, estávamos ambas sobre gelo fino —, mas, se era essa a ideia dela ou não, perdeu a sua chance quando Iris se virou e entrou em sua sala. Kylie se apoiou em sua mesa e ligou o computador, mas eu podia sentir que ela estava olhando para a minha nuca.

Dana observou a porta fechada da sala da Iris por um momento e, então, pegou sua mochila.

— Então, posso mandar uma nova versão? — perguntou ela. — Incorporando suas sugestões?

— Claro — respondi.

Com Kylie ali, fiquei repentinamente com medo de falar mais que isso.

— Certo, ótimo — disse Dana, colocando a mochila nos ombros. — Obrigada mais uma vez.

No momento em que Dana foi embora, Iris saiu de seu escritório de novo. Kylie estava me olhando com aquela cara de nojo que ela parecia reservar para mim, mas o rosto de Iris parecia sem expressão.

— Desculpe por isso — disse eu. — Ela ligou na semana passada eu realmente não sabia o que dizer...

— Falei para você se livrar dela no telefone — comentou Kylie, ajustando o cinto dourado que usava sobre um vestido drapeado de jérsei.

— Até tentei, mas ela foi meio persistente e eu realmente não me importei...

Iris levantou a mão.

— Taylor, você sabe que nós não estamos aqui para dar sugestões em roteiros que nos mandam. Isto aqui não é uma oficina de roteiristas.

Balancei a cabeça. Meu coração mergulhou na minha barriga.

— No entanto, tenho que dizer que estou impressionada com o seu dinamismo — disse Iris, dando uma piscadela para mim. — Mas não vamos botar o carro na frente dos bois. Esta é apenas a sua segunda semana.

— Entendo.

Iris entrou em sua sala novamente, deixando-me sozinha com Kylie.

— Você tem sorte de ela estar de bom humor hoje — disse Kylie. — Isso poderia ter sido feio.

Ela se sentou delicadamente em sua cadeira e cruzou uma perna bronzeada por cima da outra. Então acendeu sua vela de aromaterapia com os palitos de fósforo do Chateau, fechou os olhos e respirou fundo.

Eu me levantei casualmente, permitindo que ela tivesse uma visão total do meu novo modelito, e, exatamente quando ela estava pronta para abrir a boca e dizer alguma coisa, peguei meu iPhone e olhei para a tela.

— O dia hoje vai ser quente — comentei, mostrando para ela a página da previsão do tempo e sorrindo.

Kylie fechou a boca novamente e, por um momento, parecia que nós tínhamos mudado de posição.

Eu não sabia muito francês, mas conhecia a palavra *victoire*.

CAPÍTULO ONZE

— Hum, onde você está exatamente?

Mesmo no telefone, a voz fria e imperativa de Kylie me dava calafrios.

— Quando eu disse para correr para o Whole Foods, quis dizer o da Fairfax, e não o de Bundy, pelo amor de Deus!

Eu estava equilibrando meu iPhone entre a orelha e o ombro.

— Estou chegando neste momento — disse eu, enquanto contornava os portões de ferro preto com arabescos. — Estarei no escritório em dois minutos.

— E você se lembrou de comprar a espirulina Toujours Jeune, e não a genérica, certo?

— Como eu poderia esquecer? — perguntei, enchendo de sarcasmo a minha voz, como açúcar no café.

Sério, ela precisava ser tão parecida com a Shannen Doherty em *Atração Mortal*? Naquela manhã, às oito horas, uma mensagem tinha chegado em meu celular:

Precisa comprar spirulina no WF antes do trabalho!
Desculpe eu ter esquecido!! ☺ K

Aquela carinha sorridente me fez ter vontade de fazer um buraco no meu telefone novo, apesar de eu amá-lo, amá-lo, amá-lo.

Alguns minutos depois, cheguei suada e irritada à recepção do departamento criativo, cujos aparelhos de ar condicionado funcionavam a todo vapor, agradecida pela temperatura polar.

— Ei, Shara — chamei, enquanto passava o meu crachá —, o que a Britney tem feito ultimamente?

Shara mastigou o final do seu lápis e parecia ainda mais confusa do que havia ficado no dia anterior. Mas, depois de um minuto, ela sorriu, o que foi encorajador; foi o mais simpático que alguém já tinha sido comigo por aqui.

— Até mais — disse eu, enquanto abria a porta de vidro.

Wyman, o nerd metido a besta de Tisch, saiu cambaleando do escritório com uma pilha de roteiros em uma das mãos e um café tamanho família na outra. Ele quase me atropelou, mas, mesmo com meus novos tamancos Weitzman, consegui me desviar do caminho dele.

— Desculpe — disse ele, sem olhar para cima.

Mas então olhou e deu uma boa conferida em mim.

— Bem — disse ele, olhando para a minha camisa xadrez Marc by Marc Jacobs e a saia carvão —, muito Vanessa Redgrave, 1966. Sabe, em *Depois daquele beijo*?

Ele não esperou uma resposta, claro, mas esbarrou em mim ao passar.

Tomei isso como um elogio. Eu não conseguia me lembrar do que ninguém vestia em *Depois daquele beijo,* claro, mas era difícil imaginar Vanessa Redgrave malvestida. Depois daquilo senti mais uma inflada no meu ego. Caminhei leve pelo corredor, a bolsa da Whole Foods balançando na mão, praticamente morrendo de vontade de encontrar outros assistentes. Mas nem mesmo Cici olhou quando passei; ela estava muito ocupada flertando com alguém no telefone.

Quando entrei na área do nosso escritório, Kylie estava em sua mesa, debruçada sobre um roteiro, e, tão rápido quanto se pronuncia Shu Uemura, meu humor mudou.

— Nós temos uma reunião de ideias em dez minutos — disse ela, o nariz ainda enterrado no roteiro. — Ponha espirulina na sua mesa desta vez. Além disso, espero que você tenha guardado o recibo.

Talvez fossem as roupas novas ou talvez fossem as três doses de espresso que mandei colocar no meu mocha gigante, mas tive uma vontade súbita de enforcar Kylie com as lindas correntinhas que ficavam em volta do pescoço dela, até que ficasse roxa.

Como não respondi, Kylie olhou para cima. E, sim, ela também me olhou com os olhos esbugalhados. Aparentemente, pensava que meu sucesso visual de ontem tinha sido um golpe de sorte. Pense de novo, Kylie, eu disse para mim mesma.

— O que foi? — perguntei, lutando contra o sorriso que ameaçava se espalhar pelo meu rosto.

— Nada — disse Kylie abruptamente, voltando os olhos para o roteiro.

Peguei minha própria cópia, balançando de propósito minhas pulseiras de ouro da Me&Ro. Eu podia perceber que Kylie estava lutando contra a vontade de olhar para mim novamente — a garota realmente apreciava joias. Ela era como um corvo, atraída por coisas brilhantes.

A batida familiar de uma música do Timbaland começou a tocar na minha bolsa. Então mergulhei a mão dentro da confusão que era o interior dela, passando por cabos do iPod, lenços de papel e minha carteira. Tirei meu iPhone e fui saudada pela imagem de metade do rosto da Quinn. Mesmo borrados, seus traços fortes e orgulhosos chamavam a atenção. Virei minha cadeira para longe dos olhos curiosos da Kylie e apertei o botão verde na tela para ler a mensagem de texto que ela havia me enviado:

Lição #2: Dê sua opinião na aula.
Quando fica calada, você fica invisível.

Fiquei um pouco perplexa. Eu tinha dificuldades em imaginar Quinn levantando a mão na aula de geometria, mas, ainda assim, o que eu sabia?

— Meninas, estamos prontas? — perguntou Iris, saindo de seu escritório em um terninho cor de cacau e segurando um bloco de páginas amarelas e seu BlackBerry. — Taylor, quero que você esteja nessa reunião; então, arrume um dos estagiários para cobrir os telefonemas — ordenou, sem diminuir o passo ao sair pela porta.

Botei o iPhone de volta na minha bolsa, torcendo para que Iris não tivesse me visto escrevendo a mensagem.

— Estagiários? Nós temos estagiários aqui?

— Amanda tem um e Wyman também — disse Kylie exasperadamente, como se eu tivesse acabado de perguntar se o prédio da Metronome tinha teto ou chão.

Ela ligou para um ramal no telefone.

— Oi, você pode mandar a Julissa aqui agora mesmo? Obrigada.

— Nós sempre tivemos estagiários? — perguntei estupidamente.

Porque eles seriam de grande ajuda na sala da copiadora, pensei. Aquela máquina acabava comigo.

Kylie me olhou com um jeito de cansada.

— É *claro* que nós sempre tivemos — respondeu ela. — Tudo o que você tinha que fazer era pedir.

Um momento depois, uma menina sardenta com bochechas rosadas e grandes olhos amendoados entrou na sala. Eu já a havia visto andando para cima e para baixo no corredor com seus tênis Puma vermelhos e o rabo de cavalo castanho brilhante balançando. Eu sempre tinha achado que ela fosse a filha de um dos VP ou algo assim.

— Oi, eu sou a Taylor — disse eu.

— Eu sou a Julissa — falou ela, com seus grandes olhos brilhando.

Ela esticou uma pequena e ansiosa mão para mim.

— Julissa, você pode cobrir o telefone da Iris? — perguntou Kylie distraidamente, apontando na direção da minha mesa.

Julissa balançou a cabeça afirmativamente.

— Estava esperando que vocês me dessem algo para fazer — disse ela, dando a volta em mim para se sentar na minha cadeira —, mas achei que parecia que tinham tudo bem sob controle.

— Sim, quase tudo — menti, mandando um olhar raivoso para Kylie.

Eu não podia acreditar que ela nunca havia me contado que a ajuda estava a apenas um telefonema. De agora em diante, prometi a mim mesma, Julissa faria as vitaminas de algas da Iris.

✳

Estávamos na sala de conferências para nossa reunião semanal da equipe, assistindo a uma apresentação de Lisa Amorosi, a VP executiva do Brooklyn com cabelo crespo. Uma visita de Ken Paves faria muito bem a ela, pensei, ou pelo menos uma aula de como usar a chapinha.

— Líderes de torcida zumbis — disse Lisa, prendendo um elástico em seu cabelo volumoso. — Um vírus se espalha em uma cidade pequena. Todo mundo é infectado. Exceto a equipe da escola. Elas lutam contra os zumbis e também ganham o campeonato estadual. Então é como *Extermínio* misturado com *As Apimentadas*.

Iris fez anotações rápidas em seu bloco. Eu escrevi também: *Kirsten Dunst! Nunca velha demais para representar uma Líder de torcida. Casey Affleck como chefe dos zumbis? Que tal Gary Busey?*

Da minha cadeira encostada na parede, procurei, no rosto da Iris, algum sinal de que ela sabia da colaboração de Quinn comigo. Por exemplo, existia alguma chance de ela ter reconhecido minha camisa? Mas Iris nunca olhava para mim. Ela, como todos os outros, estava debruçada sobre suas anotações.

— Então isso é uma comédia? — perguntou Iris, olhando para cima com uma expressão confusa.

— Uma comédia de humor negro — corrigiu Lisa. — Você sabe como os filmes de zumbi são. São sempre irônicos.

Tom Scheffer pigarreou e pareceu flexionar seus grandes músculos por debaixo da camisa Thomas Pink.

— Eu não me lembro de ter nada engraçado em *Extermínio* — disse ele.

— Então qual vai ser o tom? — perguntou Iris, brincando com sua caneta-tinteiro preta. — *Buffy*? Ou *A Bruxa de Blair*?

Kylie, que, como primeira assistente, tinha a honra de se sentar à direita de Iris, se aproximou.

— Eu não acho que você vai querer fazer como *Buffy* — advertiu. — Acho que isso precisa de uma ironia mais sutil.

Iris absorveu a informação, mas procurou na sala por mais opiniões.

— Tom? — perguntou ela. — O que acha disso?

— Eu diria que não é o tipo de filme da Metronome — interrompeu Kylie. — Nós não somos conhecidos por sangue e tripas. Nosso catálogo é muito mais sofisticado que isso.

Iris concordou com a cabeça e Kylie olhou em volta da sala toda orgulhosa, como se o que tinha acabado de dizer fosse brilhante. E então a mensagem de Quinn veio à minha mente. *Dê sua opinião na aula.*

Eu me ajeitei na cadeira e me inclinei para a frente para chegar mais perto da mesa.

— Na verdade, parece que existe uma saída para contornar isso — disse eu —, se nós realmente gostarmos do projeto.

Iris e o resto da equipe se viraram para mim em expectativa.

— E se a Metronome criasse uma divisão especial para esses filmes? — perguntei, inspecionando o rosto deles por sinais de interesse. — Vejam o quanto de dinheiro que filmes como *Jogos Mortais* e *O Albergue* estão trazendo para a Lionsgate. Verdade, eles não são a Metronome, mas a Miramax fez a mesma coisa com a Dimension Films. A Dimension lançou os filmes da série *Pânico*, que faturaram mais de cem milhões de dólares. E então eles usaram aquele dinheiro para fazer seus filmes mais artísticos, para concorrer ao Oscar, pela Miramax.

Havia aproximadamente vinte pessoas na sala, e todas estavam olhando para mim. Wyman, por exemplo, concordava com a cabeça, e eu quase sorri de gratidão para ele. Quanto aos outros, quem poderia saber? Respirei fundo e continuei:

— Bem, se nós quisermos criar uma série dessa ideia de zumbis e líderes de torcida, o caminho seria criar uma divisão separada e menor para esse gênero. Ou se quiséssemos transformar isso para um programa de televisão, como *Buffy*... A Metronome não está abrindo sua própria divisão de produção para TV? Acho que li isso alguns meses atrás na *Variety*.

Dei uma olhada de relance para Iris, que parecia tanto surpresa quanto satisfeita, como se eu tivesse acabado de completar uma coreografia de sapateado. Ela se virou para o Tom.

— Vale a pena voltar a falar sobre isso, você não acha? — questionou ela, olhando depois para mim. — Eles já falaram disso antes, e não é realmente revolucionário. Mas, ainda assim, é um bom tema para manter em mente.

Minhas bochechas, que eu podia sentir que estavam vermelhas e brilhando, começaram a esfriar, e soltei um suspiro de alívio. Kylie, por outro lado, parecia que tinha acabado de comer uma bala extremamente azeda.

— Então, será que devemos ligar para alguns agentes e fazer algumas sondagens? — perguntou Lisa.

A voz dela parecia bem mais animada agora que seu projeto talvez tivesse alguma chance.

Iris olhou para mim:

— Sim, claro.

Ela fez um pequeno aceno com a cabeça, como sinal de aprovação, e tirou seus cachos cor de cobre da frente do rosto, como alguém que acabou de sentir uma brisa fresca da primavera.

Certo, talvez eu não tenha tirado um A, mas atraí a atenção da professora. Enquanto o resto das pessoas esvaziava a sala, mergulhei a mão na minha bolsa para pegar um Trident e meu telefone. *Consegui*, escrevi na mensagem que mandei escondida para Quinn.

CAPÍTULO DOZE

Se você quiser fazer uma entrada memorável em algum lugar, pode descer lentamente uma escada em espiral, como Norma Desmond em *Crepúsculo dos Deuses*, ou pode simplesmente cair do seu Civic, horrorizada, com as mãos cobrindo a boca, enquanto observa o manobrista que você acabou de atingir com a porta do carro levar a mão ao joelho machucado. Nem é preciso dizer que eu escolhi a segunda opção.

— Oh, meu Deus, me desculpe! Você está bem? — perguntei, olhando para o rosto agonizante do homem. — Posso fazer alguma coisa?

Ele tirou a mão do joelho e a estendeu.

— Quinze dólares.

Peguei uma nota de dez e uma de vinte — um extra pelos estragos — de dentro da minha bolsa clutch dourada Anya Hindmarch, outro presente da Quinn. Ele pegou as notas e minhas chaves e pulou para dentro do meu carro. Eu me senti melhor, vendo que ele mostrava agilidade ao sentar no banco de couro falso do meu carro; claramente eu não o havia machucado tanto assim, apesar da reação dramática. Provavelmente era mais um aspirante a ator.

Ajeitei o decote do meu top Ella Moss preso atrás do pescoço que terminava sobre a minha saia preta godê. *Certo*, sussurrei para mim mesma, *agora não tem mais volta*.

Alguns metros ao meu lado, o tapete vermelho se estendia como um fogo cruzado, indo da porta da frente do Social Hollywood até a boate na esquina. Os cliques das câmeras e o brilho dos flashes eram mais altos e brilhantes do que eu poderia imaginar, e eram tantos fotógrafos, cinegrafistas e jornalistas que não dava nem para ver quem estavam perseguindo. Poderia ter sido a JLo ou a Gwyneth, Tom Cruise ou Daniel Craig. Acima daquela confusão, a fachada *art déco* se fazia presente como a fortaleza de um conto de fadas.

Apesar do meu nervosismo, eu estava animada. Era a minha primeira estreia de filme. O mais perto que eu tinha chegado disso antes desse dia tinha sido ver o Billy Bush na TV.

Do outro lado do tapete vermelho havia outra entrada — para aqueles de nós que não éramos dignos dos paparazzi, claro —, e então foi para lá que me encaminhei. Olhei para meu iPhone.

Lição #3: Faça um amigo cool.

Tive que pedir para a Quinn me explicar isso melhor, porque, na verdade, se ninguém na Metronome falava comigo, como eu faria amizade com alguém? Eu podia sentir a impaciência da Quinn em sua resposta por mensagem de texto, meu iPhone quase suspirando exasperado. *Conheça alguém em uma festa*, ela escreveu. Não fui convidada para nenhuma festa, escrevi de volta. *Entre de penetra em uma, então*, foi a resposta dela, e, depois disso, não escreveu mais nada.

    Enquanto eu ia até a porta lateral, uma garota magra usando um headset futurístico e segurando uma prancheta se colocou entre mim e a entrada. O headset tinha umas luzes piscantes azuis e rosas — muito *2001: Uma Odisseia no Espaço*.

— Nome? — perguntou ela tranquilamente.

— Henn... hum, Arthur — corrigi a tempo.

    A menina do headset olhou para a prancheta. Por sorte, não havia nenhuma possibilidade de Kylie realmente aparecer. "Argh, eu não aguento mais James Bond", ela havia dito à tarde, ao ver o envelope. Ela jogou o convite no nosso lixo comum. Além disso, esta noite era a festa de aniversário do namorado dela no El Coyote, o que descobri escutando uma conversa entre ela e Cici sobre o que iam vestir. Não preciso nem dizer que não fui convidada. Esperei enquanto a menina do headset futurístico procurava meu nome na segunda página da lista. E se ela pedisse a minha identidade? Ela não faria isso, faria?

— Ah, aqui está você — disse ela finalmente.

    Ela riscou o nome de Kylie com uma caneta vermelha e soltei um suspiro de alívio enquanto um segurança fortão com um curativo no nariz deu um passo à frente para carimbar minha mão. Ele mal olhou para mim enquanto eu passava para entrar na boate. Eu estava *dentro*.

    Eu já havia lido In Style e assistido ao *E!* o suficiente para saber que os estúdios não poupavam despesas quando davam uma festa para um filme, especialmente quando ele poderia ganhar um Oscar ou — melhor ainda — faturar uma inimaginável quantidade de dinheiro. Mas, ainda assim, quando cheguei ao topo da escada, vendo as festividades abaixo de mim, praticamente tive que pegar meu queixo no chão. O Social Hollywood, um ginásio construído nos anos 1920 e reencarnado como uma mistura de restaurante marroquino e boate extremamente caros, havia sido transformado no Havaí, o cenário do último filme da série James Bond. Areia branca cobria o piso principal rebaixado, e coqueiros balançavam em uma brisa artificial. Um vulcão gigante esculpido em chocolate amargo entrava em erupção no canto, derramando ondas de lava de chocolate ao leite de dar água na boca. As luzes em azul e rosa caíam sobre a multidão como um pôr do sol tropical.

Desci as escadas lentamente, pensando em fazer uma entrada mais invisível do que triunfal. A pista de dança estava tomada de pessoas lindas e confiantes, e todas elas pareciam se conhecer. Abri e fechei minha clutch, nervosa. Por que pensei que seria uma boa ideia vir aqui sozinha?

— Mai tai? — Uma garçonete usando uma saia de grama e duas cascas de coco sobre peitos que desafiavam a gravidade me ofereceu um drinque decorado com um guarda-chuva.

Quem está na chuva..., pensei, e entornei metade do drink em um gole. Então peguei meu iPhone. Eu não queria parecer o Luke Skywalker, chamando Obi-Wan a toda hora ou algo assim, mas realmente precisava de conselhos.

Estou aqui dentro, escrevi. *Qual é o meu alvo?*

Um momento depois o iPhone vibrou.

A pessoa que parecer mais importante no lugar. No seu nível.

Fiquei olhando para a mensagem como se, da mesma forma que Obi-Wan, Quinn tivesse segredos que ainda não tinha revelado. *Qual é o meu?*, digitei.

Vá até o bar. Atraia a atenção e diga: essa festa está uma droga. Sempre funciona.

Botei meu telefone de volta dentro da bolsa e fui na direção em que achei que ficaria o bar, abrindo caminho entre homens de camisa florida e mulheres em minúsculos vestidos cintilantes. Não era fácil andar na areia e quase derramei o resto do meu mai tai em um cara baixinho de terno branco que parecia que tinha acabado de sair de *A Ilha da Fantasia*.

O bar de bambu, decorado com luzes coloridas e tochas de plástico, estava cheio de gente. Como Kylie diria, *Quel surprise*.

Eu me posicionei no fim do que parecia ser uma fila, perto de um gatinho, com cara de menino e jaqueta de linho, segurando um copo de martíni. Ele não era muito mais alto que eu, com cabelo preto ondulado, um nariz proeminente e olhos azuis brilhantes.

— Esta é a fila? — perguntei.

— Esta *era* a fila — respondeu ele — há uns dez minutos, antes de as pessoas perceberem que eles têm Grey Goose. Agora é cada um por si. Bebida de qualidade traz à tona o pior das pessoas.

Ele esticou a mão. Suas unhas eram mais limpas, mais lustrosas e mais bem aparadas que as minhas jamais seriam.

— Brett Duncan — disse ele, apertando minha mão. — Sinto a presença de uma colega assistente.

— Taylor Henning — disse eu, sorrindo. — Você sentiu certo.

Brett tomou um gole do seu coquetel de Chartreuse de aparência alarmante.

— E o que Taylor gostaria de beber?

— O que é bom depois de um mai tai? Eu sempre esqueço aquelas regras.

Para depois me arrepender, quase completei, lembrando da vez em que troquei a ordem entre destilado e cerveja e acabei com meus sapatos nas mãos, vomitando do lado de fora do Chi Psi.

Brett acenou para um garçom que passava carregando uma bandeja de espetinhos de frango e pediu um gimlet de Grey Goose e um gomo de limão. O garçom balançou a cabeça e saiu.

— Amigo meu — confessou Brett, com uma piscadela. — Vale a pena vir a vários eventos deste tipo.

Eu levantei as sobrancelhas. Considerando a facilidade com que ele me conquistou, imaginei que Brett Duncan era amigo de muita gente. O garçom voltou com meu drinque em tempo recorde e Brett me levou até um banco de couro vermelho, onde recostou confortavelmente e me disse que era assistente do setor de desenvolvimento numa empresa de produção independente do grupo Paramount.

— Nós somos muito artísticos — disse ele.

Ele foi criado em Kentucky, estudou na Brown e sua obsessão da cultura pop atual era o bombeiro hidráulico da Flórida que cantava versões country de músicas do Journey no *American Idol*. Eu ri e o deixei falar; ele era charmoso. Toda hora alguém passava por nós e acenava dizendo algo como "Tudo bem, cara?" ou "Vamos tomar alguma coisa", o que só servia para provar que minha hipótese inicial estava correta: Brett era uma linda e brilhante borboleta social.

Ele me contou, assim que soube onde eu trabalhava, que a Iris tinha o melhor gosto na indústria.

— Então, quais roteiros ela está avaliando?

— Infelizmente eu não saberia dizer — disse eu, olhando para meu gimlet.

— Ah — disse Brett me imitando, olhando para seu coquetel verde —, então você é a segunda assistente.

— Como descobriu? Por causa do meu sarcasmo ou das minhas olheiras?

— Eu já estive lá, querida. E, em alguns momentos, desejei estar vendo sapatos na Nordstrom. Mas — disse ele, colocando seu copo vazio na bandeja de um outro garçom que passava — ainda assim é trabalho. E, nas palavras imortais de você sabe quem, você tem que *fazer acontecer*. Está em alguma *tracking board*? — perguntou ele, estreitando seus olhos azuis.

Atrás dele, alguém preparava uma vareta que estava debaixo de um dos coqueiros. Certamente ninguém ia usar aquilo, pensei. Quero dizer, sério, estávamos no set de filmagem de *Coquetel*? Será que o Tom Cruise ia surgir atrás da vareta com um grande sorriso de pateta e duas coqueteleiras nas mãos?

— Uma o quê? — perguntei, arrastando os olhos para longe das preparações em volta do coqueiro.

— Uma *tracking board*.

Eu balancei a cabeça, imaginando algum tipo de quadro com... bem, com algo que eu não fazia ideia.

— É uma *message board* — disse ele, acenando para alguém do outro lado do salão — para pessoas da área de desenvolvimento. É onde as pessoas comentam sobre quais roteiros apareceram, quais são bons e quais são uma completa perda de tempo. É essencialmente uma maneira de dizer às pessoas como pensar, e isso pode arruinar um roteirista em um instante. Mas, para nós, elas são ótimas. A minha *tracking board* tem um encontro para drinques uma vez por mês no Tiki Lounge e ficamos muito doidos.

— Então como entro em uma? — perguntei, percebendo que Kylie devia fazer parte de uma dessas. Eu havia pensado nisso ontem mesmo, quando Kylie entrou na sala da Iris para um tête-à-tête sobre um drama de guerra que eu nunca tinha ouvido ela mencionar. Seria essa a arma secreta da Kylie?

— Vou dar um jeito nisso, querida — disse Brett, percebendo meu desespero.

Levantei meu gimlet e fiz um brinde a ele, muito grata porque, além de ser uma borboleta social, ele também era o tipo de pessoa que ficaria feliz em ajudar uma coitada de uma segunda assistente. As roupas da Quinn claramente não enganaram Brett — ele sabia que tudo isso era demais para mim.

Do outro lado do salão, vi uma garota de cabelo escuro que reconheci da Metronome. Ela não trabalhava no nosso andar; então, eu não sabia o nome dela, mas reconheci o seu jeito de Joan Crawford — ela era toda ombros e peitos — e a bolsa que sempre carregava, e que agora eu reconhecia como sendo uma Fendi. Senti um pequeno arrepio; ela era amiga da Kylie. As chances de ela me notar e me delatar para Kylie eram pequenas, mas, ainda assim, existiam.

— Por que o arrepio, bonequinha?

— Aquela menina trabalha no meu escritório — disse eu, apontando tão sutilmente quanto podia —, e é tão má quanto todas as outras, tenho certeza.

— Ah, ela? Aquela é Andrea. Ela é legal. Não é a pessoa mais inteligente do mundo, mas sinceramente, bonita daquele jeito, quem se importa? Você a conhece? Não? Bem, se algum dia se encontrarem, apenas elogie o cabelo dela. Andrea é extremamente orgulhosa dele. Dá para imaginá-la estrelando um comercial da Pantene ou algo assim.

— Obrigada pela dica — agradeci, observando Andrea começar a chacoalhar seu quadril estreito.

O famoso cabelo dela estava preso num penteado bagunçado, mas, na verdade, eu já tinha reparado nele e achei exatamente a mesma coisa.

— Olha — disse Brett, olhando para o meu rosto por cima da borda do copo de martíni —, minha última amiga como você teve um ataque nervoso e se mudou para Wisconsin para comer queijo o dia inteiro enquanto usava calça de moletom e assistia a reprises de *Judge Judy*. Mas você... você parece ser mais forte do que ela. Tem uma chama de maldade em seus olhos; posso ver isso. Então, o que me diz? Vai deixar essa cidade levá-la à loucura também? Ou vai vencer? E, mais importante — continuou ele. — Você quer um novo amigo gay ou o quê? Porque eu tenho certeza absoluta de que posso ajudá-la.

Joguei minha cabeça para trás e ri. Ele passou o braço por dentro do meu e eu peguei dois drinques da bandeja de um garçom que passava, entregando um para ele.

— A nós! — brindei.

— A nós — concordou ele.

Viramos nossos drinques e então ele pegou a minha mão.

— Agora vamos para a festa de verdade. Você nunca vai conhecer ninguém importante aqui em baixo.

— Tirando você, claro — disse eu.

Ele riu.

— Só eu.

Ele me puxou pela multidão passando pela areia e pela dança improvisada, que tinha acabado de começar em volta do coqueiro. Uma banda de calipso começou a tocar "Stir it up". A primeira participante era uma mulher bronzeada usando uma microssaia que deixaria Amy Winehouse orgulhosa.

— Não sei quando o velcro se tornou o novo acessório da moda — cochichou Brett enquanto passávamos.

No andar de cima, um segurança enorme que era a cara do Refrigerator Perry tentou nos impedir de entrar, mas Brett acenou para ele.

— Ela está comigo, Ruben — disse ele, enquanto me conduzia para um lounge com luz baixa.

Eu tinha saído do agito do Havaí para um bar de ópio do Marrocos, ao que parecia. As luzes eram fracas e vermelhas, e, por todo lado, pessoas descalças estavam sentadas em sofás baixos de veludo ou em almofadas gordas em volta de mesinhas iluminadas por velas. Mosaicos de ladrilhos com cor de joias decoravam o chão e as paredes, que se pareciam com as de uma gruta.

— Melhor, não é? — perguntou Brett, enquanto me levava para dentro. — Vamos, meus amigos estão nos fundos.

Enquanto andávamos pela sala, vi alguém que eu conhecia reclinado em um sofá, mas não sabia bem de onde. Ele tinha cabelo castanho levemente ondulado e era bonito daquele jeito natural, familiar. Usava um suéter cinza canelado e falava animadamente com uma menina que também parecia vagamente familiar. Eu não conseguia lembrar o nome dele, mas acenei discretamente de qualquer forma, só para ser simpática.

— Como você conhece James McAvoy? — cochichou Brett.

Quase engasguei com o final do meu drinque. Quando fui olhando melhor em volta, percebi que todo mundo era familiar para mim, não porque eu os conhecesse, mas porque eram *famosos*. Havia atores, personalidades da televisão, estrelas de reality shows — se é que se pode chamá-los de estrelas, claro — e modelos que eu tinha visto em incontáveis anúncios da *Vogue*. Era o sonho de qualquer paparazzo.

Finalmente, chegamos a uma mesa onde me recebeu outro rosto familiar e bonito, mas não tão bonito assim.

— Taylor — disse Brett —, Tobey. Tobey, Taylor. Ela trabalha com Iris Whitaker na Metronome.

Sorri, momentaneamente apavorada, quando cruzei meus olhos com os do Homem-Aranha.

— Oi — disse eu, parando por aí.

Tobey Maguire estava sentado ao lado de Jessica Biel, que estava chamando Justin Timberlake do outro lado da sala.

Cheguei perto de Brett tão sorrateiramente quanto pude.

— Estas pessoas são os seus amigos? — perguntei.

— Apenas pergunte a eles sobre eles mesmos. É o assunto favorito deles — sussurrou Brett, puxando uma cadeira para que eu pudesse me sentar.

— Acho que consigo fazer isso — sussurrei de volta.

Talvez tivesse sido com seis anos de atraso, mas eu me senti como se finalmente estivesse indo para o baile de formatura — na limusine da galera popular.

CAPÍTULO TREZE

— Isso é o que eu quero saber.

Peter Lasky, o carismático, mas temperamental chefão da Metronome, vociferava ao telefone. Sempre soava autoritário, mas, quando estava com raiva — como neste exato momento —, a voz dele fazia você se sentir como se devesse pedir desculpas por simplesmente existir. Embora ele estivesse falando com Iris, e não comigo, eu queria tirar meu headset e me esconder embaixo da mesa.

Ele respirou fundo, provavelmente para recuperar a voz, e então continuou:

— Eu quero saber por que seis meses atrás você me disse que esse filme ia ser o nosso *Desejo e Reparação*, e agora a Liga Muçulmana Antidifamação ou quem quer que seja quer arrancar as minhas bolas. Quero dizer, estou tentando curtir uma partida de golfe aqui e meu telefone celular não para de tocar!

— Bem, Peter, não vamos nos deixar levar — começou Iris calmamente.

— Não fale comigo como fala com sua filha adolescente, Iris! Esse devia ser o nosso filme do Oscar, cacete!

Eu me encolhi e afastei o headset das orelhas por um segundo. Às vezes, participar das ligações da Iris me fazia imaginar se a minha carreira dos sonhos era realmente um sonho no fim das contas. Quero dizer, e se um dia eu conseguisse me tornar tão poderosa quanto a Iris e, uma vez por semana, tomasse esporro de alguém que era mais poderoso que eu e que me ligava de um campo de golfe porque era importante demais para ficar em seu escritório?

— Nós estamos trabalhando para isso, Peter — disse Iris suavemente. — Estou procurando vários candidatos para reescrever a história enquanto estamos falando...

— Oh, Cristo, algum idiota está tentando passar a minha frente, eu tenho que ir — disse Peter. — Você é cego, porra? Eu estou nesse buraco! — gritou ele, antes de a ligação cair.

Em algum lugar do campo de golfe do Hillcrest, em Beverly Hills, Peter Lasky estava descontando sua raiva causada pelo *Pesadelo de Camus* em um colega golfista qualquer.

Tirei meu headset. Pelo menos aquilo havia acabado até a semana seguinte. Olhei para a ainda relativamente arrumada superfície da minha mesa. Tinha alguns roteiros, algumas edições antigas da *Variety* e, claro, minhas listas de coisas Boas e Ruins dos últimos dias. Na verdade, eu tinha feito um trabalho decente ultimamente. Estava aprendendo a fazer as ligações de conferência, já sabia de cor o número do telefone dos restaurantes favoritos da Iris e havia decorado os horários de suas reuniões semanais regulares como se fosse um texto sagrado.

COISAS BOAS
Brett Duncan, meu novo amigo gay.

Discussão com Jessica Biel sobre astrologia; ela diz que todos os taurinos são malucos!
As roupas da Quinn.
Meu iPhone. (Desenhei um monte de corações depois disso.)
Finalmente aprendi a ordem das bebidas: destilado antes de cerveja pode; cerveja antes de destilado vai dar errado.
Não quebrei a copiadora porque mandei a Julissa fazer as cópias.
Não sinto que a demissão esteja iminente.

COISAS RUINS
Repolho ainda tem cheiro de esgoto.
Kylie ainda é uma piranha de salto alto.
Kylie ainda é uma piranha de salto alto.
Kylie ainda é uma piranha de salto alto.

O engraçado é que, embora só houvesse duas coisas na lista das Ruins, ela parecia ofuscar a das Boas. Pelo menos agora, Kylie tinha saído para fofocar com Cici e Amanda. Sem ela por perto, o ar no escritório parecia mais fácil de respirar. E não era só porque, toda vez que ela saía, eu apagava aquela vela horrorosa.

Naquele exato momento, meu amado telefone vibrou. Era outra mensagem de texto da Quinn, e essa era ainda mais misteriosa que a última:

Lição #4: O almoço é um campo de batalha. Bons aliados são a chave.

Eu teria respondido para ela naquele exato momento — algo realmente eloquente, como "Hein??" —, mas achei que tinha que cumprir as minhas obrigações do trabalho antes. Bati educadamente na porta da Iris.

— Estou com aqueles roteiros da Endeavor que você queria — disse eu.

O sol do meio da tarde entrava inclinado pela janela do escritório, em um ângulo que me fazia apertar os olhos à medida que me aproximava da mesa dela. Ele iluminava a selva de plantas perto da janela, fazendo com que ficassem com um tom verde-jade brilhante, e adornava as pontas dos cabelos da Iris, que eram mantidas longe do rosto por um par de palitos de madeira folheados a ouro.

— Aqui estão eles — disse eu, colocando os roteiros sobre a mesa preta envernizada, entre o *The New York Times* aberto e uma pilha de *Varietys* antigas.

Iris contorceu o rosto, abriu a boca e, então, soltou um retumbante espirro.

— Malditos Santa Anas — disse ela, pegando um monte de lenços da caixa sobre a mesa. — Todo mês de outubro.

Os olhos dela estavam irreconhecivelmente empapados e úmidos.

— O que isso significa? — perguntei, correndo o risco de parecer burra. — Quero dizer, eu sei que são ventos, mas por que todo mundo os odeia tanto?

Iris riu.

— Às vezes eu me esqueço de como você é nova por aqui — começou ela, secando o nariz. — Nós adoramos reclamar dos Santa Anas em L.A. Eles são o nosso segundo trânsito — disse ela, fazendo uma bola com o lenço e jogando-o na lata de lixo a seus pés. — Eles vêm do leste e nós os odiamos porque eles empurram poeira, pólen, mofo e todo tipo de coisas terríveis bem na nossa cara, fazendo a gente ficar assim. — Ela apontou para o próprio rosto. — Mas posso ver que eles nao incomodam *você*.

— Talvez ano que vem? — comentei, confiante.

— Melhor torcer para que isso não aconteça — riu Iris.

Dei outro passo na direção da mesa.

— Tenho lido algumas coisas — eu me aventurei — e acredito que posso ter achado a pessoa perfeita para reescrever o *Camus*.

Iris abriu uma caixa de Claritin na sua mesa.

— Por que decidi comprar aquele filme eu nunca vou saber — disse ela, tirando outro comprimido da embalagem.

— Bem, eu li um roteiro de um autor ontem à noite e fiquei muito impressionada. O nome dele é Steven Udesky.

Obrigada, Brett Duncan, pensei comigo mesma. No dia seguinte ao que nos conhecemos na estreia, ele me mandou por e-mail uma senha para o Story Tracker, a *tracking board* mais exclusiva de Hollywood, com um recado: *Aqui está um presentinho para minha garota favorita de Cleveland! Lembre-se: nada de Judge Judy! XXXOOO*.

O Story Tracker era um mundo completamente novo. Graças aos informativos, eu não precisava mais me sentir como uma criança no fundo da sala de aula com o chapéu de burro na cabeça — eu finalmente sabia do que as pessoas estavam falando. Podia ler que um EC da Warner Bros. tinha adorado uma comédia tipo *Legalmente Loura*, e podia observar a sorte oscilante de um roteirista chamado Adam Johnson, cujo delicado e irônico retrato de um casal que se divorcia era adorado por metade das pessoas do fórum e tratado como lixo fedorento pela outra metade. Eu não conseguia botar as mãos em todos os roteiros que queria ler, mas, pelo menos, o Story Tracker me deixava saber o que estava por aí, e, se por acaso eu estivesse no telefone com o assistente de um agente que representasse muitos roteiristas, tudo o que tinha que fazer era perguntar.

Foi assim que descobri o roteiro de *Echo Park*, para o qual Iris olhava agora, fungando.

— Kylie já me falou dele — disse ela — há uns dois dias. Não li ainda, mas ela disse que valia a pena dar uma olhada.

— Ah — disse eu, desanimada. — Bem, isso é bom.

Kylie entrou confiante na sala naquele exato momento, como se quisesse comprovar a expressão *falando do diabo*. Estava usando um minivestido flutuante vermelho-alaranjado que mostrava suas panturrilhas torneadas e parecia incrivelmente satisfeita com alguma coisa.

— Aqui está a análise da produção dos relatórios do outono — disse ela, passando suavemente por mim, como se eu não estivesse ali. Colocou um dossiê grosso e preto na mesa de Iris. — Pedi que mandassem o mais rápido possível para você.

Iris o abriu e olhou rapidamente a primeira página, seus olhos verde-acinzentados movendo-se para a frente e para trás enquanto apoiava o queixo na mão.

— Ótimo — disse ela, olhando para cima. — Obrigada, Kylie.

— E você me pediu para lembrá-la de escrever o discurso para o seu prêmio de reconhecimento da Women in Film na cerimônia da semana que vem. E está tudo certo para hoje às 18h30 com a Drew Barrymore no Mozza — completou, sorrindo beatificamente.

Então ela se virou para mim, como se tivesse acabado de me notar.

— Você reservou a mesa, certo, Taylor? — murmurou ela.

— Eu pretendia fazer isso agora mesmo — disse calmamente, fechando minha mão direita.

— Bem, você provavelmente deveria ligar logo — disse Kylie, de bom humor. — Sabe como é difícil conseguir a Nancy depois das três horas. *C'est impossible!*

Olhei para Iris, mas ela estava ocupada com o dossiê. Saí da sala sem fazer barulho, imaginando Kylie no papel de Drew Barrymore em *Pânico* — quando ela é arrastada para fora de casa e atacada com um facão.

Enquanto eu reservava a mesa favorita da Iris, Kylie veio saltitando até a minha mesa.

— A janela — sussurrou ela.

Lutei contra a vontade de fazer uma careta.

— E a mesa da janela está disponível?

Quando desliguei, Kylie aninhou sua pequena e ossuda bunda na ponta da minha mesa.

— Acho ótimo que você esteja tão interessada nos aspectos criativos deste trabalho, Taylor — disse ela, brincando com seu relógio de prata Raymond Weil —, mas você não deveria estar apresentando roteiros. Não quando tem outras coisas para fazer.

Ela balançou a cabeça de uma forma sincera e preocupada, como se tivesse acabado de fazer aquele discurso por pura bondade do seu coração.

Contei até cinco enquanto ela tomava fôlego.

— Vou manter isso em mente.

— Muito bem — disse ela, levantando-se e saltitando de volta para a sua mesa. — Ah, e acabei de mandar um e-mail para você sobre as reuniões de almoço da Iris do resto da semana. Só para você não se esquecer.

Rangi os dentes, fazendo de tudo para ignorá-la, e tentei parecer ocupada enquanto abria as palavras cruzadas do *New York Times*. Isso era um hábito desde a faculdade; sempre fazia palavras cruzadas quando estava para baixo. Fazia muito bem a mim quando me sentia um pouquinho inteligente (e era por isso que nunca fazia as palavras cruzadas do sábado — muito difíceis, iam me deprimir ainda mais). Mas, antes que eu pudesse me acalmar com o padrão branco e preto ordenado e as dicas previsivelmente misteriosas, uma mensagem piscou na minha tela.

Auteur85: oi estranha

Auteur85: como vai tudo?

Eu me encolhi. Brandon. Ele provavelmente estava em sua mesa na produtora, bebendo café preto, uma cópia cor de salmão do *Observer* no cotovelo.

JournalGirl07: Bem. Como você está?

Eu me ajeitei na cadeira e decidi que ia digitar com a pontuação correta, o que pelo menos fazia com que me sentisse superior.

Auteur85: bem, o de sempre.

Auteur85: vc já odeia sua vida? pronta para voltar?

Olhei para a tela, meus dedos sobre o teclado prontos para digitar. Brandon era um babaca; isso estava claro. Mas, se ele fosse digno de uma resposta sincera, o que eu diria? Minha vida aqui era uma batalha constante, uma subida de ladeira, mas eu não estava pronta para desistir ainda, estava? Encostei levemente no teclado com as pontas dos dedos, sem escrever nada ainda.

E então fechei a janela de diálogo. Já comentei que sou boa com conflitos?

❅

— Oh. Meu. Deus. Ele disse para você que eram as calças do Vince Vaughn?

Kylie estava quase que dobrada de tanto rir da história que Andrea contava para ela. Eu realmente não queria escutar porque estava ocupada com os gastos da Iris, organizando tudo em relatórios semanais, mas ouvi o suficiente para entender aquilo: depois da estreia do novo James Bond, quando a vira, Andrea tinha ido para o Villa, onde foi abordada por um maquiador tatuado. Esperando impressioná-la, aparentemente, ele disse mentiras que iam desde o sexual (alegava ter feito um *ménage* com Cameron Diaz e Lucy Liu — muito *As Panteras*) até o visual (apesar de medir pouco mais de 1,70m, jurou sobre o túmulo de seu poodle que estava vestindo o que até muito recentemente era a calça de couro favorita de Vince Vaughn).

É claro que Kylie e Andrea não estavam me deixando participar nem um pouco da diversão, mas não liguei muito; ao contrário de algumas pessoas, *eu* estava fazendo o meu trabalho.

— É claro que você deu seu telefone para ele — gargalhou Kylie.

— Nem pensar!

Andrea balançou a cabeça e riu. E, nesse movimento, suas brilhantes mechas castanhas foram envolvidas pela luz.

E foi então que eu me lembrei do que Brett Duncan havia dito sobre Andrea. Juntando toda a minha coragem, limpei a garganta.

— Eu amo o seu cabelo — elogiei Andrea, sorrindo alegremente.

Era verdade, ela realmente tinha um cabelo castanho muito bonito e lustroso. Ele caía em ondas suaves sobre os ombros dela e emoldurava perfeitamente suas feições levemente masculinas.

— Sei que deve parecer algo estranho para falar, já que não fomos apresentadas ainda — falei, dando nesse momento uma olhada para Kylie —, mas, sério, ele está sempre lindo... Qual é o seu segredo? Produtos ou genética?

Acabou soando um pouco mais meloso do que eu pretendia, mas um largo sorriso logo se formou no rosto de Andrea.

— Os dois! — disse ela alegremente. — Bumble and Bumble ajuda, mas, na verdade, eu tenho que agradecer à minha mãe. Você devia ver o cabelo dela! Vai até a cintura!

— Bem Frida Kahlo — comentei.

— Totalmente — concordou Andrea. — É claro que a minha mãe não tem uma monocelha.

— Bem, se ela tivesse, eu saberia aonde mandá-la — disse eu. — Minha colega de apartamento é uma fera da depilação. Na verdade, nesse caso, acho que ela chamaria de designer de sobrancelha.

Andrea riu novamente e senti um jato de orgulho.

— Por falar nisso, eu sou a Taylor — disse eu. — O Robin para o Batman da Kylie. Ou algo assim.

— Andrea — disse ela, sorrindo e ajeitando as mechas.

Ela olhou para o relógio.

— Oh — exclamou ela —, já está na hora do almoço.

Oh, meu deus, pensei. *O almoço é um campo de batalha.* Sorri alegremente.

— Na verdade, eu estava pronta para ir para o refeitório.

— Ótimo! — exclamou Andrea, mexendo no cabelo novamente, um pouco orgulhosa desta vez. — Você devia mesmo vir conosco.

Sorri vitoriosa e peguei minha bolsa, mas Kylie foi mais rápida que eu.

Ela se levantou e pendurou em seu ombro sua bolsa com o monograma LV.

— Na verdade, Taylor, você precisa ficar aqui e cuidar dos telefones — disse ela, com o tom de uma megera de sangue puro.

Nesse exato momento, Iris saiu de seu escritório, a caminho de seu compromisso de almoço com o chefe do marketing. Percebi minha chance.

— Oh, Kylie — disse eu docemente —, estou morrendo de fome. Você não pode tomar conta dos telefones para mim só desta vez?

Iris olhou para Kylie curiosa, esperando a resposta dela. Com Iris bem ali, Kylie não poderia recusar.

— É claro — disse ela, rangendo os dentes.

Mas, é como se dizer, se olhares pudessem matar, esta que vos fala já teria sido mandada para o necrotério.

❋

O refeitório da Metronome é um ambiente amplo e esparsamente decorado com paredes brancas reluzentes e janelas que vão do chão ao teto no seu lado leste ensolarado. Era uma da tarde, a hora de pico do almoço. Então, a maioria das brilhantes mesas cromadas estava ocupada por pessoas da equipe falando de compras. Sentada aqui sozinha, como já havia feito em muitas ocasiões, eu tinha ouvido sobre a obsessão de Kate Winslet por donuts, os pobres hábitos higiênicos de Pete Doherty e o transtorno dimórfico corporal de que sofria o nosso próprio Tom Scheffer. Fora um tipo de aprendizado.

O bufê de saladas ocupava um grande espaço no centro do salão e, como de costume, havia uma meia dúzia de meninas magrelas caindo de boca na alface. Você poderia pensar que elas ficariam tentadas pelo risoto de açafrão ou pelos filés de peito de frango grelhados — certamente eu sempre ficava —, mas não; isto era L.A., onde todo mundo estava de dieta. Então elas faziam pilhas de verduras mescladas em seus pratos e completavam com alguns fiapos de cenoura, um punhado de tomates-cereja e talvez uma fatia de beterraba ou duas. Havia cookies do outro lado do bufê de saladas, mas, até hoje, eu nunca tinha visto uma única fêmea comer nenhum.

Andrea era uma das garotas da salada, claro, embora quase fosse longe demais ao botar um ovo cozido sobre as folhas, sem se importar com os seis gramas de gordura. Em homenagem à nossa amizade que desabrochava, abri mão das pizzas e a segui pelas bandejas de vegetais. Descobri que nós duas gostávamos de vinagre balsâmico, mas aquilo não me fez pensar que fôssemos irmãs ou algo assim.

Apoiamos as bandejas em uma mesa perto das amplas janelas de vidro polido que davam para o grandioso portão de entrada da Metronome. Andrea correu para pegar uma Coca-Cola diet e me ocupei com meu prato de comida de coelho. Pela janela, os fortes raios de sol proporcionavam uma sensação boa de calor em meu rosto, e fechei os olhos por um momento, deixando-me atingir pelo brilho. Embora o clima quente de L.A. tivesse aparecido na minha lista de prós e contras antes de deixar a costa leste (contras: deixar Brandon; prós: deixar Brandon), eu quase não tinha passado nenhum tempo fora de casa desde que me mudei.

Escutei uma bandeja sendo apoiada do outro lado da mesa e abri os olhos. Cici estava olhando para mim, curiosa. Mas o fato de ela ter escolhido sentar na minha frente era ao menos encorajador.

— Desculpe, eu não tenho saído muito — expliquei, meio envergonhada.

Ótimo. Meu début na hora do almoço e eu estava tomando sol no meio do refeitório como uma maluca que saiu de uma caverna.

— Entendo perfeitamente — concordou Cici, sorrindo, para minha surpresa, como se ela realmente entendesse. — Ultimamente, Gould tem me obrigado a ficar aqui até muito tarde todas as noites. Não tenho tomado minha vitamina D.

Andrea voltou com seu refrigerante e, então, Amanda apareceu também. Se pareceu surpresa de me ver sentada com as meninas cool, não demonstrou. Ela me ofereceu um sorriso amigável, como se nossas interações normalmente ocorressem dessa forma. Isso fez ela parecer um pouco maluca, se não completamente falsa, mas, na verdade, eu não estava no clima para reclamar.

— Então — começou Amanda, olhando em volta para cada uma de nós, como se estivesse pedindo ordem em um tribunal —, o que vocês todas...

Mas ela foi interrompida por Wyman, que se sentou na cadeira vazia ao meu lado, as bochechas coradas num tom rosa.

— Oh, meu Deus, gente! — disse ele, empurrando seus óculos de armação grossa para cima do nariz com, ao menos uma vez, um ar natural. — Vocês não vão acreditar no que acabou de acontecer!

Eu sorri de leve. O fofoqueiro Wyman, decidi, era uma mudança refrescante do Wyman esnobe do cinema.

Sem esperar que as meninas brincassem de adivinhação, Wyman soltou:

— Vocês perceberam que Melinda Darling está mais cheinha ultimamente?

Amanda e Cici concordaram com a cabeça, como se isso fosse um tópico de discussão habitual da hora do almoço, o que provavelmente era.

— Sim, e parece achar que aquelas blusas de charmeuse de seda estão ajudando em alguma coisa — riu Cici.

— Ela não está se enchendo de carboidratos; ela está grávida! — exclamou Wyman, dando um tapa na mesa para dar ênfase.

— Não! — gritou Andrea.

Eu mantive a cabeça um pouco inclinada, mastigando minhas verduras, e fiz uma anotação mental para jogar fora qualquer coisa de charmeuse de seda, até que conseguisse me livrar da vontade de comer pizza, cookies e todas as coisas remotamente saborosas do refeitório.

Wyman continuou a nos dar todos os detalhes da gravidez de Melinda. Descobri que seria o primeiro filho dela, e que ela já tinha decidido chamá-lo de Friday, independentemente de qual fosse o sexo. O sobrenome do marido dela era Rubenstein, o que significava que, em questão de meses, viria ao mundo uma criança que seria chamada de Friday Darling Rubenstein.

Curiosamente, ninguém pareceu se importar nem um pouco com o nome ridículo da pobre criança.

Amanda tirou uma colher do meio dos lábios carnudos e disse:

— Aposto meu Light & Fit que ela não vai voltar a trabalhar depois que parir aquela criança. — E jogou de lado os cabelos pretos curtos.

Wyman bateu palmas e concordou:

— Obviamente. O marido dela ganha uma fortuna na Paramount.

— Então, quanto tempo você acha que falta? — perguntou Cici suavemente, olhando em volta do refeitório como se estivesse com medo de alguém escutar.

Ocorreu a mim que os assistentes, por mais superficiais que fossem, não estavam fascinados com a mudança do peso de Melinda Darling por si só. Estavam interessados porque a gravidez da moça significava que ela provavelmente ia deixar a Metronome.

— Acho que é para mais três ou quatro meses — disse Wyman, mantendo a voz baixa também.

— Eu aposto com vocês que eles vão promover Joey Abel — cochichou Andrea.

Vendo que meu rosto não tinha mudado de expressão, ela se aproximou de mim.

— Você sabe, aquele EC que parece o Harry Potter.

Eu balancei a cabeça, instantaneamente entendendo de quem ela estava falando. Ele tinha cabelo escuro desgrenhado e óculos redondos de armação fina. Tudo que faltava era a cicatriz em forma de raio na testa.

Joey Abel, eu também sabia, era EC há menos de um ano. Se acabasse sendo promovido, uma vaga de executivo de criação iniciante seria aberta.

Todos nós olhamos um para a cara do outro, um entendimento silencioso se fazendo entre nós. Em alguns meses, o cargo com que todo assistente sonhava estaria disponível, e todos nós poderíamos estar na disputa.

Cici foi a primeira a quebrar o silêncio:

— Ao bebê da Melinda!

— Vida longa a Friday Darling! — gritei, entrando no clima.

Todos ergueram o copo e riram.

Eu estava me sentindo bem, rindo com os amigos da Kylie, enquanto ela estava presa, atendendo o telefone e reclamando pela internet com o namorado jogador de tênis. Mas esse almoço havia sido maior do que uma vingança contra a Kylie. Agora eu tinha algo a que aspirar. Se eu podia mudar as coisas em uma semana, quem sabe o que poderia conseguir antes que Friday Darling fizesse seu début?

E eu comentei que estava vestindo Zac Posen?

CAPÍTULO QUATORZE

Os Santa Anas sopravam um ar seco e quente sobre a bacia de West Hollywood, queimando o chaparral no Griffith Park e sobre a costa de Malibu. No entanto, dentro de um salão no Beverly Hilton, estava absolutamente congelante. Joguei um dos cardigãs de caxemira Vince da Quinn sobre meus ombros nus e enrolei as mãos em um guardanapo. Eu tinha achado que o vestido justo e sem manga Catherine Malandrino seria perfeito para o almoço, mas claramente devia ter ficado com meu antigo terno de lã.

Iris, em um terninho branco, estava sentada na mesa principal, porque a Women is Films a havia nomeado Mulher do Ano pela sua visão clara e pela destacada contribuição para a indústria do cinema. Ela era muito blasé com essas coisas; tinha gavetas cheias de prêmios como esse.

— O que há de errado com você? — perguntou Kylie, levemente preocupada, enquanto levava uma colher de sopa de pepino gelado até a boca.

Aparentemente, meus dentes estavam batendo um pouco.

— Só estou com um pouco de frio, acho — disse eu, encolhendo os ombros.

— É bom para o metabolismo — comentou Kylie, limpando a boca delicadamente com o guardanapo de linho lilás.

Um garçom se aproximou e completou o copo de cristal dela com água Voss, olhando-a como se estivesse faminto e ela fosse um filé.

Eu estava esperando por esse almoço, tanto por conta de uma mudança de cenário, quanto por uma chance de vestir esse vestido azul-acinzentado que, modéstia a parte, realçava meus olhos. Mas, até agora, o evento tinha sido decepcionante. Para começar, o espaço era apenas um salão de conferência normal, com uma decoração bonita (não chegava a ser o International Ballroom, onde era o Globo de Ouro), com paredes cor de creme, toalhas de mesa de linho creme e cadeiras forradas creme. A única cor de verdade no recinto era fornecida pelo arranjo de flores, uma explosão de lírios e aves-do-paraíso que fazia com que os olhos da Iris lacrimejassem por causa do pólen. O outro problema — e esse era um problema maior, admito — era que Kylie e eu estávamos sentadas juntas, cercadas por duas mulheres mais velhas que vestiam estolas de mink, bebiam bloody marys e não tinham absolutamente nenhum interesse em conversar conosco.

Isso significava que eu tinha que me esforçar para conversar educadamente com ela enquanto comíamos o prato de peixe. Decidi pelo assunto do seu lindo namorado jogador de tênis, já que ele não tinha nada a ver com a Metronome e seria, em teoria, um tópico de conversa simples.

— Então, como vão as coisas com o Luke? — Eu me aventurei.

Kylie ficou um pouco tensa.

— Não podiam estar melhores — disse ela maliciosamente, brincando com o garfo. — E você? Algum encontro recentemente? — perguntou ela, os olhos verdes inspecionando os meus com curiosidade.

— Não — respondi de maneira sincera.

Depois do desastre com Mark Lyder, eu havia ficado com muito medo de sair com qualquer outra pessoa — não que eu tivesse tido muitas oportunidades —, e tinha criado uma superstição de que outro encontro poderia custar meu emprego. Mas eu não ia falar sobre meus medos esquisitos para Kylie, especialmente porque toda essa coisa de ela tentar me fazer ser despedida era um assunto de supremo constrangimento. Em vez disso, eu disse:

— Todo mundo que conheci aqui parece conhecer todo mundo. Eu me sentiria estranha saindo com alguém, sabendo que ele... não sei. Estou sempre me precavendo, acho — falei, ao me recostar na cadeira, enquanto o garçom enamorado enchia o copo de Kylie *novamente*. — Isso é estranho?

— Não, de jeito nenhum — suspirou Kylie, dessa vez realmente parecendo ser sincera.

Ela ajeitou uma longa mecha cor de manteiga sobre o ombro.

— Nessa indústria, é difícil saber quais relacionamentos são verdadeiros e quais não. É por isso que é tão bom ter um namorado que faz algo totalmente diferente da vida.

Peguei com o garfo um pequeno pedaço de aspargo e o coloquei na boca, pensativa. (Eu estava morrendo de fome, mas é claro que tinha que manter a educação à mesa.) Como era estranho estar tendo o que parecia ser uma conversa normal com Kylie. Quase parecia que ela confiava em mim.

— Então, você nunca sairia, por exemplo, com um diretor? — perguntei.

Kylie balançou a cabeça violentamente.

— Eles são divertidos para paquerar, mas *sair* com um deles é outra coisa — disse ela. — E os agentes são piores.

Ela fingiu ter arrepios enquanto cortava o peixe. À esquerda, a mulher mais velha com a dramática estola de pele (ela nos disse que era figurinista antes de se virar e nos ignorar completamente) tagarelava sobre Cate Blanchett, que, aparentemente, tinha um olho de designer para tecidos e linhas. Sua acompanhante olhava para os lírios como se estivesse sendo hipnotizada por um xamã extremamente chato.

— Por um lado, agentes estão por toda parte e podem ser uteis, mas... — disse Kylie, apontando o garfo para mim — ... se algo der errado, eles podem falar mal de você para todo mundo. Um término de namoro complicado? — Ela estalou os dedos. — Todos na Endeavor vão saber sua posição sexual favorita. — Um olhar triste caiu sobre suas belas feições e imaginei momentaneamente se ela teve esse tipo de problema antes. Mas então ela riu descontraída. — Com agentes, minha política é: olhe, mas não toque.

Pensei novamente sobre Mark Lyder e sobre como ele tinha ficado ansioso para me entregar depois que o rejeitei. A política de Kylie não era exatamente revolucionária, mas provavelmente era uma boa regra geral.

— Meu conselho? — disse Kylie, engolindo. — Ache um cara que adore você, em vez dele mesmo. São poucos por aí, principalmente em L.A., mas existem alguns. Você só tem que procurar direitinho.

Kylie limpou delicadamente com o guardanapo os lábios realçados pelo gloss Chanel e deixou o garfo na mesa. Depois de cinco garfadas, ela tinha acabado de almoçar. E, francamente, isso foi mais do que já a havia visto comer.

Fiquei pensando no conselho de Kylie enquanto passava manteiga em um pão. Pelo menos em relacionamentos, ela parecia ter suas prioridades bem definidas. Não eram muitas as meninas ambiciosas e calculistas como Kylie que namorariam um cara que ensinava pequenos e agitados moradores de L.A. a bater numa bola amarela sobre uma rede. Talvez ela não fosse tão horrível quanto sempre tinha parecido. Ou talvez estivesse sendo mais legal comigo porque, depois da minha semana de vitórias, estava finalmente começando a me ver como uma adversária digna.

Meus pensamentos foram interrompidos pelo meu iPhone.

O vestido caiu bem em você
Mas o cardigã não está combinando

Ajeitei minha postura na cadeira, procurando por Quinn ao redor da sala. Um arranjo de flores gigantesco no centro da mesa bloqueava minha visão da mesa de Iris. Mantendo meu telefone no colo, digitei:

Você está aqui? Não estou te vendo.

Um momento depois, Quinn respondeu:

Lição #5: Convoque uma assistente fiel.

Kylie olhou para meu telefone incisivamente.
— O que você está fazendo? Os discursos estão quase começando.
— Não é nada — disfarcei, arrastando minhas mãos ainda mais para baixo da mesa.

Me encontre no banheiro feminino. 5 minutos.

✳

— Eu não acredito no que você está fazendo com esse vestido — zombou Quinn, enquanto ajeitava seu longo cabelo avermelhado no enorme espelho iluminado. — Você não podia sair e comprar um bolero bonitinho ou algo assim?

Eu suspirei e, relutantemente, tirei o cardigã de cima dos meus braços arrepiados. Pensei em ligar o secador de mãos para aproveitar o ar quente, mas aquilo pareceu um tanto sem classe.

— O que você está fazendo aqui? — perguntei. — Não devia estar na escola?

— Dia de Colombo — disse Quinn, suspirando e se virando.

Ela estava vestindo um top trespassado de cetim azul-bebê sobre a calça de smoking preta e um colar de diamantes no formato de um símbolo chinês. Fiquei imaginando o que aquilo significava. *Mimada? Boa demais para você?* Então me repreendi. Quinn podia não ser a garota mais legal que existia, mas estava se mostrando muito útil.

— Meus amigos estão todos na praia, mas minha mãe tinha que vir aqui e ser condecorada por um bando de velhas enrugadas. É muito injusto... — disse ela, brincando com as pétalas de uma orquídea que estava em um vaso e me avaliando com seus frios olhos azuis. — Pelo menos você está mais bonita.

— Eu me sinto melhor — assumi honestamente. — Estou começando a ter as coisas sob controle.

Quinn mexeu no símbolo chinês em seu colar.

— Então talvez você não precise mais de mim.

A voz dela era fria e calculada.

— Não, não, preciso, realmente preciso — disse eu rapidamente. — O que você quis dizer com convocar uma assistente?

— Precisa de alguém que proteja você o tempo todo. Alguém que ajude você.

— Você quer dizer, como aquele cara que carrega o guarda-chuva da JLo?

Quinn fez uma expressão de tédio absoluto com seus gélidos olhos azuis e nem se dignou a levar meu comentário em consideração.

— Você notou aquela garota morena que estava comigo no Pinkberry? Aquela é Lucinda. Ela é a minha número dois. Deve procurar por alguém que seja leal a você e ao que você disser. Além disso, ela vai ter que dizer a você o que as pessoas estão falando a seu respeito. Esta é, basicamente, a regra número um. Eu devia ter falado isso para você de primeira.

— E se eu não quiser saber o que as pessoas estão falando?

Quinn pegou um vidro de colônia da bandeja preta na bancada.

— O negócio é saber a terrível verdade sempre — disse ela, espargindo perfume no ar. — Dessa forma, ninguém pode surpreendê-la ou magoá-la. Você tira o poder deles. Pense nisso: ninguém nunca quer ouvir nada ruim a respeito de si mesmo. Mas você nunca fica acordada de madrugada imaginando o pior? Isso não a deixa com medo?

Sentei em uma das cadeiras de cetim rosa na área de maquiagem. Não sabia se esses Manolos eram da Quinn ou de suas amigas, mas não eram tão confortáveis quanto eu gostaria que fossem.

— É verdade. Pode ser um pouco assustador.

— Bem, ninguém além de mim vai dizer que você está meio horrível neste momento. Mas não é bom saber que eu sempre vou te dizer a verdade?

Puxei um fio solto na almofada da cadeira e olhei para o meu reflexo no enorme espelho iluminado. Eu parecia estar com frio e cansada.

— Tudo bem, então. Vou ouvir o que as pessoas estão falando sobre mim. Grande coisa.

Quinn sorriu.

— E acho que tem uma lição irmã dessa também. Uma lição número seis. Essa não é tão difícil. Se você quiser ouvir... — disse Quinn, empurrando uma fileira de pulseiras de ouro em seu braço bronzeado.

Eu juntei meus lábios e fiz uma cara engraçada para mim mesma no espelho.

— Está bem — disse eu.

— Sempre saiba mais que seus inimigos. Descubra informações confidenciais sempre que possível. Como sobre minha mãe, por exemplo. Você deveria estar me usando totalmente para aprender como puxar o saco dela.

Por muito pouco, não me dei um tapa na testa quando ela disse aquilo. Por que eu não tinha pensado nisso? Eu deveria estar enchendo o saco da Quinn para obter informações sobre Iris há semanas. Foi como no nono ano, quando demorou meses para eu descobrir que todos estavam olhando as respostas no final do livro de geometria, enquanto eu fazia todas as contas sozinha, como uma boa nerd. Tudo bem que aquilo era exatamente o que eu deveria estar fazendo, mas colar era tão mais *fácil*!

Olhei para Quinn, que se agigantava sobre mim.

— Estava pensando em comprar flores para ela. Para parabenizá-la pelo prêmio.

Quinn levantou a mão e balançou a cabeça.

— Ela odeia flores, Dã; é alérgica. Aqui o que você vai fazer: ela ama umas barras de chocolate que você só consegue comprar na França.

Eu abri os braços, desesperançosa.

— Bem, desde que você tenha uma passagem para Paris em sua pequena bolsa Chloe...

— Na França *e* na deli francesa no Farmer´s Market — disse Quinn, ao me interromper. — Minha mãe é louca por elas. — Ela se afastou da bancada e passou por mim em direção à porta. — E é aí que arrumar a *assistente* ajuda — disse ela.

— Claro! — exclamei, juntando as palmas das mãos.

Aquilo seria fácil, na verdade: Julissa. Ela estava cobrindo os telefonemas da Iris nesse momento.

Fui até a bandeja dos produtos de beleza e joguei um pouco do spray de cabelo no meu penteado enquanto discava. Julissa atendeu no primeiro toque. Falei para ela das barras de chocolate e dei o nome, fornecido por Quinn. Quando desliguei o telefone, Quinn estava olhando para mim.

— Eu vou pedir a ela para ser minha assistente oficial depois — expliquei.

— Certo — disse ela, parecendo satisfeita. — E mais uma coisa que eu tenho pensado em ensinar a você. — Ela retornou da porta e ficou diretamente na minha frente. — O olhar fatal definitivo.

— O olhar fatal?

— É crucial, então preste atenção. Certo? Primeiro, você meio que encolhe os olhos. Assim.

Quinn fechou os olhos até que eles ficassem como pequenos cortes.

— Quase como se eles estivessem lacrimejando. E então você faz a boca. — Ela levantou o lábio superior um pouco mais de um centímetro e o curvou levemente. — E então você simplesmente encara a pessoa por pelo menos cinco segundos. Assim.

Fiquei chocada que uma simples expressão pudesse fazer uma pessoa parecer tão cruel. Honestamente, eu teria feito qualquer coisa para fazê-la parar de olhar para mim daquele jeito.

— Agora, tente você — comandou Quinn.

Tentei fechar meus olhos até que fossem pequenos cortes. Olhei com cara de má também, para ajudar; então, levantei meu lábio superior em minha melhor imitação de um animal feroz rosnando.

Quinn caiu na gargalhada.

— Cadê seu iPhone? — disse ela, pegando minha bolsa.

Quando o dei a ela, ela o segurou em frente ao seu rosto, deu um olhar fatal para a câmera e tirou uma foto.

— Aqui — disse, devolvendo o telefone. — Apenas pratique no espelho.

Olhei para a foto. Era muito intimidadora.

— Obrigada.

— Você vai pegar o jeito — balbuciou ela, andando na direção da porta.

Essa havia sido a frase mais encorajadora que ela já tinha dito para mim.

Comecei a segui-la, mas Quinn parou e ergueu a mão.

— Conte até cem — disse ela.

Depois disso, ela se virou sobre seu salto e saiu elegantemente.

❋

— Isso são barras de Anne-Sarine? — perguntou Iris, rodando nas mãos os chocolates embalados em papel dourado e roxo, amarradas com um laço vermelho. — Puxa, Taylor. São as minhas favoritas!

Kylie olhou de seu computador.

— O que é isso? — perguntou ela, seus olhos alternando entre mim e Iris de forma suspeita.

Ela estava sendo surpreendentemente simpática comigo desde o almoço, mas eu tinha um pressentimento de que, depois disso, esse não seria mais o caso.

— Você gosta? — perguntei inocentemente. — Eu adoro. Fiquei viciada neles na última vez em que estive em Paris. — Não era verdade, mas tanto faz. Kylie ficou tensa e na defensiva, como se fosse dona da França. — Quando a minha colega de apartamento me disse que dava para comprá-los no Farmer's Market, eu pirei de vez! Eu comeria isso o dia inteiro.

Iris segurou os chocolates e sorriu para mim.

— Muito obrigada mesmo, Taylor — disse ela calorosamente.

— Bem, parabéns mais uma vez — disse eu, sorrindo de volta. — Tenho que voltar e responder a alguns e-mails de agentes, mas aproveite!

Kylie estava me encarando, como se não acreditasse. Eu poderia me acostumar a ver o rosto dela daquele jeito.

Achei a animada Julissa, com seu rosto de elfa, copiando roteiros.

— Deu tudo certo? — perguntou ela ansiosamente. — Aqueles eram os chocolates certos, não eram?

Eu tirei uma nota de dez e outra de vinte dólares da minha carteira e as entreguei a Julissa.

— Funcionou perfeitamente.

— Ah, não, isto é muito — disse Julissa, olhando para as notas.

— Pegue — insisti. — Não é como se estivessem pagando você por aqui, certo?

Julissa sorriu e pegou o dinheiro relutantemente. Atrás dela, a copiadora cuspia página após página do que alguns estavam esperando que fosse o próximo filme de Seth Rogen.

— Então, Julissa, eu tenho uma pergunta para você — disse eu, encostando-me casualmente à maquina de fax —. Um tipo de proposta. O que você acha de ser a minha leitora oficial de roteiros?

Julissa deu um gritinho.

— Sério?

— Sim, não tem como conseguir ler todos eles. Apenas leia os que eu der a você e diga se são bons o suficiente para mostrar a Iris.

Achei que ela ia passar as mãos em volta do meu pescoço, mas então ela se recompôs e se virou para a copiadora, recolhendo as primeiras cópias do roteiro.

— Obrigada — disse ela, ruborizando e olhando para as páginas.

— Ah, e mais uma coisa — disse eu, fazendo uma pausa. — Você vai sair comigo hoje à noite. Isto é, se estiver livre.

— Você vai sair com a Jessica Biel? — perguntou Julissa, perdendo o fôlego.

Na cozinha, na manhã seguinte à estreia, eu tinha contado a ela da minha conversa sobre astrologia com a Sra. Timberlake.

— Não. Vou sair com meu amigo Brett. Para o El Guapo.

— Excelente. Eu adoro o Guapo!

Enquanto Julissa saltitava pelo corredor, eu não podia evitar me sentir um pouco culpada. Essa menina nem tinha a própria mesa e era uma dos únicos três estagiários no escritório. Como poderia ler todos aqueles roteiros?

Mas, em todo caso, não era para isso que serviam os assistentes?

CAPÍTULO QUINZE

— Então, como é que você acha que vou sair de dentro disso? — perguntei, olhando para meu vestido de enfermeira de látex, minha meia-calça arrastão e botas de cetim vermelho estilo piranha.

— Com um monte de talco de bebê — disse Magnolia, ajeitando seu decote para que ficasse o mais saliente possível, com sua fantasia de empregada francesa. — Você *desinfetou* essa roupa, aliás, não?

— Sim — disse eu, cutucando as costelas dela com meu cotovelo.

Eu tinha pegado o meu modelito no figurino (sem dúvida, aquilo era uma sobra do filme do Brett Ratner que o estúdio tinha feito havia alguns anos). Quando Magnolia me perguntou quem eu deveria ser, disse a ela Florence Nightingale no Cinemax. Ela disse que era Jennifer Aniston naquela cena da faxina em *Amigas com Dinheiro*, mas, na verdade, ela parecia um pouco mais piranha do que aquilo e sabia disso.

Ah, sim, Halloween. Em Cleveland celebrávamos decorando a casa com teias de aranha e luzes negras, vestindo fantasias compradas na farmácia. Na faculdade, o negócio eram as fantasias irônicas; no meu último ano, eu me fantasiei de Desperate Housewife, completa, com o avental e a faca ensanguentada. Os moradores de L.A., no entanto, aparentemente viam a data comemorativa como uma desculpa para mostrar tanta carne quanto fosse humanamente possível, sem que fosse necessário mostrar os órgãos reprodutivos. Do lugar onde eu estava, no meio da festa à fantasia anual da Heidi Klum no Green Door, eu podia contar três policiais safadas, três enfermeiras piranhas (além de mim, a número quatro), três Hércules, dois Greg Luganis e cinco coelhinhas da Playboy. Enquanto bebia meu martíni, Adão e Eva passaram por mim, passeando com seus fios dentais ornamentados com folhas de parreira, um bronzeado dourado totalmente artificial e barriga de tanquinho.

Magnolia assobiou.

— Quem é o gatinho?

Pensei que ela estivesse falando do Greg número dois, mas então vi que ela estava olhando extasiada para um homem de cabelos longos e desgrenhados e uma barba cheia, usando um casaco da marinha e jeans desbotado.

— Você não está falando do Unabomber, está?

— Ele é bonito — disse Magnolia, na defensiva.

Eu quase tinha esquecido que o gosto da Magnolia para homens era o mesmo que para cachorros: desgrenhados e fedorentos.

— Acho que ele tem um quê de Cisco Adler — disse eu.

Magnolia virou sua bebida e então me entregou o copo vazio.

— Deseje-me sorte — falou ela, e então partiu na direção dele.

A música mudou para um remix de uma faixa do Silversun Pickups enquanto eu bebia mais um gole do meu martíni e procurava Brett na multidão. Tirando nossa ida ao El Guapo, praticamente não o vira recentemente. Eu tinha pegado muitos roteiros para ler. Mesmo depois de passar alguns para Julissa, ainda havia uma pilha de meio metro no chão da minha sala de estar.

E eu não era a única atolada em trabalho; Iris estava atrás de um roteiro do Gondry, e Tom Scheffer e Peter Lasky ainda estavam tentando resolver o *Pesadelo de Camus*, os assistentes todos ainda fofocavam sobre a possível partida de Miranda Darling e euzinha tentava manter Iris feliz e Kylie afastada. As duas tarefas estavam ficando um pouco mais fáceis a cada dia; no entanto, e, à medida que sentia meu coquetel começar a fazer efeito, eu parecia bastante segura de que as coisas estavam certas no mundo.

É claro que eu estava sozinha em uma festa usando um vestido de látex. Então percebi que tinha que encontrar um amigo e me misturar um pouco com as pessoas. Já que a Magnolia e o Unabomber ainda estavam se olhando nos olhos profundamente e com paixão (e já que eu vi a mão dele se deslocando em direção à bunda dela), decidi que deveria achar o bar.

Eu me esgueirei entre algumas palmeiras plantadas em vasos e duas mulheres vestidas como prostitutas (sério, elas *tinham* que ir lá?) e sorri. Lá estava Brett Duncan, encostado ao bar, falando com um Drácula de cara branca. Brett estava vestindo um gibão medieval e uma malha azul que mostrava suas invejáveis pernas. Na cintura, ele carregava uma espada comprida que parecia realmente perigosa.

— Brett, oi! — eu disse. — Gostei da malha! Quem é você? Eu sou Florence Nightingale piranha.

— Romeu! E você pode ser minha Julieta — disse Brett, beijando minhas duas bochechas.

Em vez de me apresentar para seu amigo cara-pálida, ele me arrastou para a pista de dança. Eu tentei reclamar que precisava de uma bebida, mas suas unhas bem aparadas estavam insistentes em meu braço.

— Chegou na hora certa — cochichou Brett no meu ouvido, assim que chegamos a uma distância segura do bar. Ele apontou com a cabeça na direção do Drácula, que agora estava olhando deprimido para um coquetel cor de sangue. — Aquilo foi constrangedor. Não via aquele cara desde que fugi do apartamento dele. Eu tinha bebido demais e, acredite em mim, ele fica melhor *com* a maquiagem de vampiro, como acabei descobrindo quando o efeito do álcool passou.

Ri e peguei a bebida do Brett, dando um gole com vontade. Era engraçado pensar no Brett sendo tão promíscuo, apesar de achar que não estava na posição de julgar, por causa do modelito que eu mesma vestia.

— Escuta — continuou Brett, me rodando enquanto uma música da Duffy saía das caixas de som —, você tem que ir comigo para a casa da minha tia em Sonoma para passar um fim de semana e fazer uma pequena degustação de vinhos. O outono é a época perfeita para o Merlot, e lá é o lugar perfeito para uma desintoxicação de L.A. Não vou aceitar um *não* como resposta!

— Claro! — concordei, mesmo que parecesse que minha presença não era opcional.

Era engraçado, no entanto. Alguns meses antes, um fim de semana de desintoxicação tranquilo longe de Hollywood era tudo que eu poderia querer. Agora, a ideia de deixar L.A., mesmo que por um fim de semana, fazia meu corpo estremecer um pouco. O que aconteceria quando estivesse fora?

— Ei, enfermeira sexy — surgiu uma voz de algum lugar atrás de mim —, eu tenho, hum, uma coisa *inchada* aqui embaixo. Acho que você deveria dar uma olhada.

Então, quem quer que tenha sido, gargalhou e caiu no chão com um estrondo. Eu me virei para olhar e vi um cara surpreendentemente bonito, vestido de astronauta, esparramado na pista de dança a alguns centímetros.

— Eu te amo — disse ele, virado para o chão. — Quer casar comigo?

— Claro.

Eu ri e continuei dançando, jogando meu cabelo de uma forma que achei que uma enfermeira sexy faria e tentando não tropeçar nos saltos das minhas botas de puta. Era uma festa fabulosa, com meu fabuloso amigo gay, vestindo uma fantasia vulgar fabulosa. Será que a vida ficava melhor que isso?

Foi então que meus olhos foram levados, quase que por instinto, para os camarotes VIP na parte superior. E eles pararam sobre uma figura familiar. Ela estava usando um vestido verde no estilo medieval com a cintura alta e o decote baixo que revelava um amplo colo dourado e uma pequena coroa dourada aninhada em seus cabelos louros. Kylie. Vestida como uma princesa ou uma rainha. Ela estava linda em sua fantasia, classuda e chique, enquanto eu parecia com alguém que você pode alugar pela hora.

Ao seu lado, estava Troy Vaughn, um ator de comédia cujas semanas de estreia sempre faturavam algo em torno de quarenta milhões e que diziam por aí que queria fazer a transição para trás das câmeras — como todos os atores e atrizes nessa cidade, independentemente de seu talento. Ele cochichou algo no ouvido da Kylie e ela jogou a cabeça para trás, rindo. Senti inveja instantaneamente. Não importava onde eu fosse, com quem estivesse, ou o que vestisse, será que Kylie sempre me superaria?

Mas então uma coisa muito estranha aconteceu: Kylie olhou para baixo, me viu e sorriu. Ela fez um gesto com a mão que só podia ser descrito como um aceno amigável.

Ao meu lado, Brett engasgou.

— Meus olhos me enganam ou a rainha do gelo está derretendo?

A nova música da Britney começou — a mesma que Brett tinha me mandado no dia anterior. (*Não me importo com o que as pessoas falam sobre o novo single da Britney; ele me faz querer dançar!*) A batida da música estava alta e insistente e chacoalhava de maneira selvagem o meu corpo, já relaxado por causa do álcool.

Endireitei os ombros, balançando o quadril coberto de couro artificial. Passaram-se semanas com lições sobre garotas malvadas, algumas muito complicadas, e até alguns olhares fatais. Mas, mesmo sem saber se Kylie Arthur gostava genuinamente de mim ou não, Brett estava certo — o gelo estava começando a derreter.

CAPÍTULO DEZESSEIS

Querido Michael,
Tudo está indo realmente bem aqui em L.A.:
estou me adaptando ao meu trabalho, procurando bons
projetos, sabe, e...

Aqui eu parei, olhando do sofá marrom cheio de calombos da Magnolia para a mancha de água no teto (tinha o formato da Flórida). Estranhamente, eu não sabia mais o que falar. Eu não tinha escrito para Michael Deming desde que as coisas começaram a ficar muito agitadas no trabalho, e estava começando a achar que isso tudo era uma ideia estúpida no começo da conversa. Estava pensando em jogar fora aquela carta de uma vez quando Magnolia adentrou a sala de estar com os olhos quase saindo do rosto.

— Adivinha quem eu vi no Buddha Ball?

Buddha Ball era a última obsessão do povo que queria manter a forma em L.A. Incluía uma espada, uma *medicine ball* e algumas posições de ioga, e os participantes juravam que o exercício queimava mil calorias em uma hora. Também custava trinta dólares por aula, mas Magnolia não tinha que pagar porque ela depilava o instrutor. Os pais da Magnolia, na verdade, tinham aderido ao Buddha Ball precocemente, quando ele apareceu no final dos anos 1990 — com aquela terrível onda de Tae Bo — e, apesar de ter ficado nauseantemente popular, Mags continuou fazendo por causa dos benefícios à saúde.

— Quem?

Ela se jogou no sofá ao meu lado e, imediatamente, Repolho e Lucius — um novo vira-lata que parecia com algum tipo de spaniel — vieram e pularam no colo dela, trazendo consigo seu poderoso hálito canino e uma pequena nuvem de pelos voando.

— Bem, se você está tão interessada assim em saber, não vou contar — disse ela, afundando o rosto suado na cabeça cheia de manchas brancas e marrons de Lucius.

Quando ela levantou a cabeça novamente, tinha um pequeno tufo dos pelos dele grudados na bochecha.

— Não, sério, conte — disse eu, com uma voz levemente mais animada.

Eu realmente estava meio curiosa.

— Ah, olha, eles estão se beijando — disse ela, olhando para os dois cachorros, que estavam realmente lambendo o rosto um do outro, e, então, virando-se para mim. — Eu não vou dizer enquanto você não sair desse sofá. Vá até o seu quarto, bote umas roupas de verdade e me encontre aqui em meia hora. É domingo à noite e você não saiu de casa o fim de semana inteiro, o que é completa e totalmente patético. Como Cesar Millan, o encantador de cães, diz: todos os cachorros precisam passear! — disse ela, batendo palmas autoritariamente. — Vai garota! Vai pegar uma roupa decente!

— Eu não sou um cachorro — resmunguei, mas acabei levantando e fazendo o que ela mandou.

※

Fomos a um pequeno bar chamado Valentines porque: a) era perto do nosso prédio e b) Magnolia ganhava bebidas grátis porque depilava um dos garçons. (Sério, quem ela *não* depilava? Será que existia alguém em toda L.A. com um pouquinho de, hum, pelos sobrando?) Era um lugar bonitinho, no entanto, com pequenas cabines de vinil vermelho e um monte de fotografias em preto e branco da época de ouro de Hollywood nas paredes. Era o tipo de bar em que a rapaziada antenada ia e trocava fanzines, o comparava tatuagens ou fazia o que quer que a galera antenada faça. De repente, ocorreu-me que, se eu quisesse, poderia ter me tornado uma garota antenada. Eu tinha meu diploma em cinema para provar. Mas então teria odiado a Taylor, que queria ser promovida em um estúdio de Hollywood, a Taylor, que escolhia as roupas que ia usar no dia anterior e que na verdade estava começando a gostar disso.

Como de costume, o garçom estava olhando para Magnolia, mas ela praticamente só tinha olhos para seu bloody bishop ("meu drinque de domingo", como havia chamado).

— Certo — disse ela, depois de beber alguns goles revigorantes —, você já está animada? Merece saber quem eu vi?

Magnolia normalmente demorava um tempão para chegar aonde queria, mas, dessa vez, já estava ficando ridículo. Naquele momento, eu já estava esperando para saber as novidades havia uma hora.

— Estou totalmente animada — insisti, erguendo meu gimlet.

— Está bem, então — disse ela, aproximando-se do meu rosto e sussurrando. — Holden MacIntee!

Bem, fiquei realmente impressionada: ele era uma estrela do primeiro escalão.

— Você não pode acreditar em como ele é gato. Juro, a capa da *Vanity Fair* não faz nenhuma justiça a ele. Os olhos dele são de um verde cor do mar impressionante, sabe, como o oceano no Havaí ou algo assim. E os braços dele parecem umas belas esculturas douradas e ele consegue ficar na posição da árvore por horas. E eu juro que ele libera esses feromônios que, sei lá, deixam você zonza. Eu poderia ter *lambido* ele.

Acho que Magnolia poderia ter continuado por outros 15 minutos, mas ela parou para comer um pedaço de aipo e percebeu que meus olhos estavam vidrados.

— Ah, estou entediando você? — perguntou ela, apenas levemente indignada. — Srta. Segunda Assistente de Iris Whitaker? Bem, eu vou chegar à parte interessante. Mas você vai ter que ser boazinha comigo para escutar.

Suspirei dramaticamente.

— Vou pagar a próxima rodada.

— Mas é grátis! — disse ela.

Sorri e dei de ombros.

— Bem, então você vai ter que me contar de uma vez.

Por sorte, Magnolia estava muito ansiosa — e tinha um coração muito bom — para manter aquele segredo por mais tempo.

Ela colocou uma azeitona na ponta do dedo como se fosse um chapéu, exatamente como uma criança faria, e apontou para mim.

— A melhor parte é que vocês dois têm o mesmo gosto.
— Como assim?
— O filme favorito dele é *Journal Girl*!
Eu ri alto.
— Você está de brincadeira...
— Não, ele é totalmente obcecado pelo filme. No começo de cada aula, o professor nos obriga a fazer uma confissão sobre o que está em nossa cabeça, para que nós possamos nos purificar antes de a aula começar. Todos nós fazemos um círculo e falamos, um de cada vez, sobre nossas preocupações e o que nos deixa estressados. Eu, por exemplo, falei que não sabia o que fazer com um dogue alemão que levo para passear que morre de medo dos meus tênis.
— E? — questionei, com ansiedade.
— Então Holden disse que ele estava com um filme, *Journal Girl*, na cabeça porque estava assistindo a ele naquela tarde quando o aparelho de DVD quebrou. Ele disse que era o seu filme favorito, que agora estava preso dentro do aparelho. E **eu** simplesmente pensei: Oh, meu Deus, não é estranho? Tipo, quais são as chances? Ele já viu esse filme umas vinte vezes, ou algo assim.

Ela comeu a azeitona da ponta do dedo e mergulhou a mão no copo para pegar outra.

Bebi meu drinque sem saber exatamente o que fazer com essa informação; não era como se eu pudesse simplesmente ligar para ele e dizer o quanto nós tínhamos em comum. Mas, de alguma forma, era gostoso saber que alguém por aí tinha a mesma devoção cega a Michael Deming que eu.

— Uau, Mags! — exclamei, batendo de leve no ombro dela. — Bom trabalho de investigação!
— Não foi nada... — disse ela, embora parecesse orgulhosa.

Foi então que meu iPhone vibrou. (Eu tinha finalmente botado para vibrar, porque aquela música do Timbaland estava começando a me deixar louca.) Era um e-mail da Kylie.

> Ei! Espero que tenha se divertido na festa este fim de semana — você estava linda! Então, desculpa por avisar na última hora, mas Iris precisa que você vá até a casa dela em Malibu amanhã para receber um sofá que vai ser entregue às 7h30. Muito cedo, eu sei! Boa sorte, nós nos vemos amanhã de manhã.

O endereço estava digitado com cuidado abaixo e fiquei espantada e feliz em perceber que não havia nenhuma carinha feliz para zombar de mim. Então talvez o aceno na festa de Halloween não tivesse sido só uma recaída. Kylie havia deixado de lado o fingimento e estava agindo como um ser humano normal, mesmo que fosse um cujo trabalho era mandar em mim.

Virei o resto da minha bebida em um único gole:

— Tenho que ir, Mags — disse eu. — Acabei de descobrir o quão cedo vou ter que acordar.

Magnolia fez uma cara triste.

— Kylie? — perguntou ela.

Eu fiz que sim com a cabeça e me levantei.

— Mas não é bem assim. Ela foi até legal sobre isso.

Magnolia rodou as pernas compridas em volta do banco.

— Senta — ordenou, como se eu fosse um de seus vira-latas. — Hoje estou no comando — disse ela — e vou fazer você se divertir de verdade para variar um pouco.

E então ela fez sinal para que o garçom trouxesse outra rodada.

CAPÍTULO DEZESSETE

— Anda! Anda! — gritei através do meu para-brisa, mas o Celica branco na minha frente não se moveu.

É claro que eu podia gritar o quanto quisesse, mas ainda estaria presa na autoestrada I-10 com o resto da cidade, completamente inerte, enquanto dois entregadores uniformizados esperavam em frente à casa vazia da Iris com um sofá encostado na calçada atrás deles, tocando a campainha e não achando ninguém para recebê-los.

Eram 8h15. Eu tinha dormido demais e era culpa da Magnolia.

O negócio está feio por aí esta manhã, dizia o locutor da 97.5 FM. *Congestionamento na 101 e um engavetamento envolvendo três carros na 10, deixando todo mundo um pouco atrasado agora cedo.*

— Ah, jura? — resmunguei.

Dei um soco no botão da fita (meu carro era muito velho para ter um aparelho de CD, muito obrigado) e o locutor foi substituído pela voz suave e depressiva de Leonard Cohen.

Eis o que aconteceu: fui acordada por um som de arranhão na minha porta. Eu poderia ter ignorado e voltado a dormir, mas então veio o ganido. E, finalmente, os latidos. Os cachorros.

Eu me sentei e esfreguei minha cabeça levemente dolorida e zonza. (Culpa dos gimlets.) Onde estava Magnolia? Os cachorros nunca esperariam receber atenção de mim se ela estivesse em casa; quero dizer, eles eram feios, mas não eram completamente estúpidos. Cuidadosamente, eu me levantei da cama e abri a porta e os cachorros se atropelaram, agitados. Ou talvez desesperados: o pobre Lucius estava praticamente cruzando as pernas naquela posição de "eu preciso fazer xixi".

Olhei para o relógio e então desabei. 7h40. 7h40!! Eu tinha programado meu alarme para as 6h para que desse tempo de tomar banho, comprar um café na lojinha hippie na esquina e pegar calmamente a estrada para Malibu. Peguei o relógio: sim, eu tinha programado para as 6h... *da tarde*. Oh, meu Deus, sou mais burra que uma porta!

Então era por isso que eu estava desesperada neste momento, presa atrás da vovó no Celica, não sendo *nem um pouco* acalmada pela voz de Leonard Cohen. Era uma manhã bonita e clara, e eu podia ver os pequenos aviões voando sobre o horizonte de Hollywood, saindo do aeroporto de Burbank. Desejei ser uma daquelas pessoas. Não sabia com quem eu estava mais furiosa: comigo mesma ou com Magnolia. Se ela não me tivesse feito beber todos aqueles gimlets na noite anterior, eu poderia estar sóbria o suficiente para diferenciar o AM do PM.

— Anda! — gritei novamente.

O Celica andou minimamente para a frente — ei, talvez a vovozinha pudesse me ouvir! — e então meu BlackBerry vibrou com a chegada de um e-mail.

Taylor, por favor venha à minha sala quando chegar. Iris.

Minhas mãos ficaram brancas enquanto eu segurava firme o volante.

❋

Não preciso nem dizer que, quando cheguei à casa da Iris, nem os entregadores nem o sofá estavam em qualquer lugar onde pudessem ser achados. Um corvo grasnava, como que a zombar de mim, pousado um jacarandá perto da garagem, e eu podia jurar que o ouvi rir. A essa altura, provavelmente chegaria atrasada no trabalho também. Em desespero, peguei meu telefone e mandei uma mensagem para a Quinn. O corvo continuou com seu barulho nojento enquanto eu dava ré na direção da rua.

A resposta da Quinn veio quando eu estava quase chegando ao estúdio, desta vez presa atrás de um pequeno Mazda com chamas pintadas nas laterais e um cara com mullet ao volante. (Eu chequei a placa do carro para ver se ele era do Alabama ou algo assim, mas não, ele era da Califórnia. Algumas pessoas são simplesmente imunes ao estilo de L.A., eu acho.)

Lição #7: Não importa o que aconteça, *nunca* é culpa sua.

Fácil para ela dizer isso. Eu sabia muito bem que a Quinn era ótima em mascarar a verdade, mas eu sempre fui honesta — algumas vezes tanto, que chegava a doer. Como quando minha professora do sexto ano perguntou à turma quem tinha vomitado na lata de lixo depois de comer bolo de carne no almoço — você poderia pensar que eu conseguiria segurar minha mão. Mas não. Eu a levantei bem alto.

Quando finalmente cheguei ao trabalho, joguei minha bolsa na minha cadeira Aeron com um suspiro. Kylie estava sentada na mesa dela, digitando comportadamente um e-mail. Seu cabelo ondulado estava jogado para trás para não ficar sobre o rosto e ela parecia descansada, serena, como se tivesse acabado de voltar do spa no Canyon Ranch.

— Eu acho que a Iris quer vê-la — disse ela calmamente.

— Taylor? — chamou Iris de sua mesa. — Você pode vir aqui, por favor?

Eu me arrastei, passando pela porta e me encostando em uma das laranjeiras em miniatura da Iris. Uma laranja que não era maior que um limão caiu do galho e rolou para longe. Eu estava quase me abaixando no meio daquelas plantas todas para achá-la, quando Iris disse calmamente:

— Deixe isso. E feche a porta atrás de você.

Aquelas eram palavras que ninguém nunca queria escutar, mas fiz o que ela mandou. Eu já estava preparando minha desculpa, que seria tão genuína e eloquente quanto eu pudesse fazê-la soar. Ela ainda incluiria um elemento de autodefesa, no entanto. Eu não ia negar que tinha feito besteira, mas eu apenas havia dormido demais; não era como se eu tivesse perdido uma ligação do Steven Spielberg ou dito a Harvey Weinstein que ele estava precisando passar umas horas na esteira. O que eu queria dizer era: quem nunca dormiu demais e perdeu a hora uma vez na vida? Meu pai se atrasou para seu próprio casamento, por causa de um cochilo na hora errada.

O cabelo recém-clareado da Iris caía em ondas vermelhas e douradas sobre os ombros; ela jogou o cabelo para trás e então cruzou os braços sobre a mesa envernizada. Eu me abaixei e sentei na cadeira de couro perto da mesa, a mesma em que me sentei no meu primeiro dia de trabalho e que deixava meus olhos na altura do peito dela. Me sentei tão reta quanto podia, esperando que Iris se livrasse daquela porcaria. É claro que era um design inspirado em Mies van der Rohe, mas fazia todo mundo que se sentava nela parecer um anão.

Iris limpou a garganta.

— Iris, eu sinto... — comecei.

— Quando eu peço a uma de vocês — disse ela, movendo o corpo na minha direção — para estar na minha casa para uma entrega, vocês devem saber que estou pedindo porque é importante. Eu não fico mandando meus assistentes em missões sem importância. Vocês têm coisas mais importantes para fazer com o tempo de vocês — disse ela, com a voz calma —, mas algumas vezes sou *forçada* a pedir a vocês que façam o que parece ser uma tarefa trivial ou desprezível, e espero que vocês a façam. Quando a tarefa não é feita, é um problema sério. Você tem alguma coisa a dizer em sua defesa?

Se eu me sentia com um metro de altura antes, me sentia com menos de meio metro. A pior parte de tudo isso era que eu odiava decepcionar Iris. A decepção dela comigo era pior que a raiva. Eu me sentia como uma menininha, levando uma bronca da minha professora favorita.

— Taylor? — insistiu Iris.

Balancei a cabeça, muda. Eu podia sentir a desculpa tomando forma em mim, e talvez até uma lágrima ou duas. Nós estávamos nos dando tão bem... — não era justo! Eu queria me aproximar da mesa, pegar a mão dela e prometer que nunca a desapontaria novamente.

— Eu... eu... — gaguejei.

Iris levantou as sobrancelhas, esperando meio impaciente. E então caiu a ficha: *nunca é sua culpa*. Iris tinha *duas* casas em Malibu, não tinha? Uma que estava vendendo e outra que tinha acabado de comprar. Eu tinha ido para a que ela estava vendendo.

— Na verdade, cheguei a tempo — disse —, mas fui para a casa errada. E sinto muito por isso.

Iris se ajeitou em sua cadeira.

— A casa errada?

Balancei a cabeça com muita convicção.

— Eu fui para a casa de Colony, não a de Carbon Beach — disse eu, segurando a respiração.

— Entendi.

Compreensão começou a se fazer visível nas belas feições de Iris.

— Kylie — chamou Iris, espiando por entre as plantas que a separavam das suas assistentes —, você pode vir aqui, por favor?

Kylie abriu a porta denotando uma expressão tranquila, como se não tivesse a menor ideia do que estava acontecendo. Ela mexeu o quadril ossudo dentro de seu vestido-camisa estampado.

— Sim?

— Quero que você me diga o endereço que passou para a Taylor ir ontem à noite — disse Iris, com uma voz austera.

Os olhos de Kylie se viraram para mim — um pouco culpados, eu pensei —, e, então, de volta para Iris.

— Hum, oh Deus, a essa altura eu realmente não lembro. Acho que foi o novo.

— Eu mandei um e-mail para você com o endereço — disse Iris, ficando mais impaciente — Você não o encaminhou para a Taylor?

Kylie mexeu no carpete com a ponta da bota.

— Não, mas a Taylor sabe os dois endereços. Eles estão no manual da assistente — disse ela, na defensiva. — Tenho certeza de que disse a ela o endereço novo, no entanto. Quero dizer, por que você mandaria entregar um sofá na casa que está vendendo?

Enquanto Kylie se complicava, eu não podia acreditar na minha sorte. *Ela realmente tinha mandado o endereço errado.* E tenho certeza de que ela havia feito isso de propósito. Kylie não tinha virado a página, no fim das contas, mas quem se importava? Ela tinha sido pega, e eu estava colhendo os benefícios.

Iris suspirou, como se Kylie fosse uma criança difícil

— Da próxima vez que você resolver passar uma tarefa para *ela* — disse Iris, apontando para mim —, por favor, tenha certeza de que está passando as informações corretas. Entendeu?

Meu olhar saiu de Iris para Kylie. Isso queria dizer que Iris tinha pedido à Kylie para ir a Malibu?

Kylie ficou olhando para o tapete bérbere grosso e branco.

— Sim.

— Eu mandei o e-mail para você, Kylie — continuou Iris —, e pedi *a você* especificamente para ir à minha casa, porque eu queria que a Taylor estivesse na reunião de sugestões com Steven Pritchard hoje de manhã.

Eu senti minhas bochechas corando com orgulho e felicidade. Iris queria que eu tivesse ido a uma reunião!

— Bom, é isso — disse Iris, recostando-se e mexendo no cabelo. — Você pode ir.

Kylie se virou e saiu apressada, olhando para o chão. Eu mal podia conter minha satisfação. Kylie tinha sido repreendida *e* se entregou completamente quando foi questionada sobre seu comportamento. E Iris ainda estava olhava para onde Kylie estava com uma expressão de profunda irritação no rosto.

— Então, como foi a reunião? — perguntei.

Achei que deveria tentar melhorar o clima constrangedor. Iris sorriu de leve.

— Foi adiada. Preciso que você a remarque. Ah, e ligue para a Diva na Melrose. Diga a eles que nós precisamos que o sofá B&B Italia seja entregue até sábado. E ligue para Nova York para mim, por favor.

Ela sorriu cansada e se virou para o seu computador.

— Está na hora de começar o meu dia.

— É claro — respondi, ao me virar para sair.

— Taylor.

Ela se virou.

— Quero me desculpar — disse Iris, balançando a cabeça. — É realmente lamentável que você tenha ido até lá para nada.

— Não tem problema. — respondi.

Enquanto saía da sala, tive que me forçar para não sorrir.

❋

— Oh, meu Deus, você ficou sabendo?

Julissa entrou marchando na cozinha, onde eu estava, virando um Red Bull. Ela estava usando um vestidinho lindo que eu reconheci como da Gap, outono de 2007 (eu o havia experimentado em Middletown, mas ele deixava minhas coxas horríveis), e tinha um sorriso ansioso, quase escandalizado.

Caramba, aquilo se espalhou rápido, pensei. *Últimas notícias: primeira assistente bajuladora finalmente recebe seu castigo.*

— Sobre Melinda Darling! — sussurrou Julissa.

Fiz uma cara de tédio.

— Friday Darling Rubenstein, eu sei. É absolutamente insano.

— Não, não é isso — disse Julissa, jogando um monte de roteiros que eu tinha dado para ela ler no balcão. — Ela não vai voltar depois que tiver o bebê. Acabou de anunciar isso.

Acordei na mesma hora. Podia ter sido o Red Bull, mas era mais provável que tivessem sido as notícias da Julissa.

— Então a Metronome vai precisar de um novo EC — comentei.

— Com certeza — exclamou Julissa. — E você *sabe* que vai ser uma das assistentes. Tudo o que eles têm que fazer é fechar um filme ou descobrir um ótimo roteirista, ou algo assim, e quem fizer isso vai receber a promoção. E a Iris é quem vai ter a decisão final sobre quem vai ser promovido; então, você já está um passo na frente do Wyman ou de quem quer que seja. Não seria maravilhoso se você fosse uma EC e eu fosse contratada como assistente? Eu teria até um salário! — disse ela, praticamente quicando.

Sorri gentilmente.

— Em um mundo perfeito — disse eu.

Enquanto isso, eu estava pensando: até parece; sou a mais nova contratada e Julissa é uma completa pateta. Quais, falando sério, na verdade, seriam as chances?

— Melinda vai sair em duas semanas. Você devia ver como estão as coisas lá fora. Wyman e Amanda já estão brigando. É como se o jogo tivesse começado — disse ela, rindo. — Ah, e eu vi os roteiros ontem à noite. Minhas impressões estão presas com um clip na primeira página.

Ela acenou e saiu saltitando pelo corredor.

Peguei outro Red Bull na geladeira e o abri. Sempre me orgulhei de ter grandes mas razoáveis expectativas sobre a vida, e normalmente eu tinha conseguido o que queria. Não fui a oradora da turma, mas a segunda melhor aluna (o que era melhor, na verdade, porque não precisava fazer discurso); não entrei em Princeton, mas entrei na Wesleyan; e não havia descido a Sunset Strip dirigindo meu carro conversível com o vento soprando meus cabelos, mas tinha, pelo menos, aprendido como *achar* a maldita rua em meu carro. Esperar por uma promoção a EC depois de apenas alguns meses de trabalho parecia bastante fora da realidade e eu disse a mim mesma para tirar essa ideia da cabeça. Eu meio que tinha conseguido fazer isso, até que fui à sala da copiadora e vi a *Vanity Fair* com Holden MacIntee na capa em cima de uma pilha de roteiros, entre os quais *Porcos Psicopatas Assassinos*, na lata de lixo reciclável.

Holden MacIntee, sussurrei. *Journal Girl*. Michael Deming

Tudo ficou claro em um instante. Tudo o que eu tinha que fazer era convencer Holden a fazer um filme com Michael. Jovem astro de Hollywood conhece o ídolo recluso. O ídolo recluso finalmente conhece a aclamação da crítica.

E Taylor conhece seu novo cargo: executiva de criação.

Certo, Holden tinha um cachê multimilionário, e Deming morava em um barraco... então talvez isso não fosse tão fácil de conseguir. Mas, repentinamente, me pareceu que uma promoção não era algo tão fora de cogitação.

CAPÍTULO DEZOITO

— Olá, Bob Glazer está, por favor? É sobre Holden MacIntee. Quem fala é Taylor Henning — acrescentei, no caso de o assistente do outro lado da linha não reconhecer minha voz, mesmo depois de três dias de mensagens.

Eu me sentia um pouco ridícula, mas, como minha mãe sempre dizia, "persistência remove resistência". Quando eu era pequena, imaginava resistência como uma mancha numa roupa.

— Oh... oi — disse ele, sem convicção. — Acho que ele não pode atender neste momento.

— Tem certeza? — perguntei, batendo o lápis na mesa. — Eu posso esperar.

O assistente suspirou.

— Deixe-me ver se posso achá-lo — balbuciou ele, colocando-me em espera.

Olhei para o relógio na parede. Kylie tinha apagado sua vela e ido embora enquanto eu ainda estava aqui, perturbando esse pobre assistente com a minha insistência. Não me surpreendia que conseguir uma reunião com Holden MacIntee estava se mostrando tão impossível quanto conseguir uma mesa no Sushi Roku num sábado à noite.

— Bob Glazer — falou repentinamente uma voz em meu ouvido.

— Oi, Bob, aqui é Taylor. Estou ligando da Metronome — disse eu, começando ansiosamente o meu discurso —, e eu estava pensando se existe alguma chance de eu...

— *Quem* é você? — perguntou Bob, como se eu fosse uma criança que tivessse roubado o telefone dos pais.

— Taylor Henning. Da Metronome.

— E você é uma *executiva de criação*? — perguntou ele.

— Não, na verdade — disse eu, relutante. — Sou uma assistente, mas tenho um projeto para discutir com o Holden.

Ajudaria se eu tivesse falado no nome da Iris, mas, como não podia arriscar que isso chegasse aos ouvidos dela, fiquei calada.

— Desculpe, ele está comprometido até o ano que vem — disse ele. — E nós não tratamos com assistentes.

Então ele desligou.

Joguei meu headset em cima da lista de Coisas Boas e Coisas Ruins. (*Coisas Boas: minha ideia brilhante para o filme; perdi um quilo e meio seguindo as meninas que só comem saladas. Coisas Ruins: possivelmente alérgica à vela de aromaterapia da Kylie; Repolho fez xixi no meu sutiã favorito quando eu o deixei secando no banheiro.*) Zero em três, pensei. Agora que havia tentado a Santíssima Trindade dos guardiões de Hollywood — agente, relações-públicas e empresário —, eu não tinha mais ideias de como achar Holden MacIntee. O que eu poderia fazer? Por um breve momento, fiquei imaginando como os paparazzi sempre sabem onde estão suas presas. Será que eu deveria marcar ponto no Winston's e esperar ele aparecer? Será que deveria descobrir onde ele mora e fazer tocaia por lá? Deus, pensei, já estava começando a parecer uma psicopata.

Olhei para a minha lista de amigos no programa de mensagens e vi que o Brett ainda estava no trabalho também — ele era, muitas vezes, meu parceiro nas entediantes madrugadas de trabalho. A gente sempre trocava mensagens e, quando a coisa ficava realmente feia, acabava pegando o telefone (quem mais cantaria para mim uma música do ABBA num falsete totalmente desafinado?).

JournalGirl07: Ei, preciso da sua ajuda

Bduncadonk: Qualquer coisa que quiser!

JournalGirl07: Obrigada. Tenho que falar com Holden MacIntee. Já tentei a santíssima trindade.

Bduncadonk: Eu amo você, mas... você está ferrada. Drinques mais tarde?

JournalGirl07: É, né...

Fiquei vendo o cursor piscar e me senti totalmente inútil. Mas então uma coisa me ocorreu.

Eu ainda tinha a minha arma secreta de 16 anos. Talvez Quinn o conhecesse. Bem, não me surpreenderia se eles já tivessem namorado. Peguei meu iPhone e liguei para ela enquanto desligava meu computador e me preparava para sair do escritório.

— O quê? — perguntou Quinn quando atendeu.

— Como você faz uma celebridade falar com você?

Eu passei pelas paredes pulsantes de magenta e roxo na direção da porta de entrada. Honestamente, se tivesse que olhar para aquilo o dia inteiro, ficaria louca. Ou começaria a ler a *Us Weekly* o tempo todo, o que iria me mandar de verdade para o sanatório.

Quinn deu uma risada que parecia mais um latido.

— Depende de quem.

Eu hesitei:

— Holden MacIntee.

— Você está drogada?

Eu podia imaginar exatamente a cara que Quinn estava fazendo: um olhar de tédio, as sobrancelhas levantadas, a boca torta, incrédula.

— Não estou a fim dele, eu só preciso falar com ele. Sobre trabalho.

Contei então a situação da Melinda, e como a saída dela significava que eu tinha que convencer Holden a fazer um projeto com Deming.

Quinn interrompeu minha história.

— Friday Darling? — caçoou ela.

— Foco! — gritei. — Foco.

Quinn parou de rir e sua habitual frieza voltou:

— O que faz você ter tanta certeza de que ele gosta desse diretor?

— A menina que mora comigo. Ela o viu no Buddha Ball — disse eu, descendo as escadas apressada para não perder o sinal no elevador.

Percebi que, em uma das paredes, alguém tinha escrito *meu emprego me faz me sentir como se minha cabeça fosse explodir*. Sorri, sentindo certa empatia com o pichador anônimo.

Parecia que Quinn estava batendo o telefone contra algo duro.

— Dã — disse ela, quando voltou ao telefone. — Faça a aula. Mas não fique espionando, entendeu. Nunca finja que você não sabe quem é alguém, porque isso é muita palhaçada. Apenas seja bacana. Acha que consegue fazer isso?

Bocejei entediada e abri a porta que dava para a noite de L.A.

— E, também, mesmo que ele não esteja lá, os seus tríceps vão agradecer.

Ai, doeu. Se eu não devesse tudo a ela, diria para aquela garota o que pensava.

— Tchauzinho-ooo! — gritei ao telefone, só para irritá-la um pouco.

Ela fez um barulho de desaprovação e desligou.

※

— Você já fez Buddha Ball antes?

A mulher atrás do balcão de recepção tinha cabelo platinado curto, uma tatuagem de um símbolo japonês em seu antebraço musculoso e uma expressão de quem não tava para brincadeira.

— Definitivamente, não — disse eu, sorrindo de uma forma que eu esperava ser agradável.

A sala de espera verde-clara tinha todo tipo de produto para aqueles que gostavam de fazer compras depois de se exercitar: prateleiras de budas de jade, velas de aromaterapia, sabonetes de fabricação caseira e lindas camisetinhas. Nas paredes, alguém havia pendurado pôsteres de homens e mulheres extremamente flexíveis em posições de ioga que pareciam, para uma novata como eu, levemente assustadoras. Será que eles esperariam que eu conseguisse botar meus pés atrás das orelhas? Eu certamente esperava que não.

A mulher marcou uma das respostas em sua prancheta.

— Algum treinamento em artes marciais?

Balancei a cabeça, sentindo-me um pouco preocupada.

A mulher marcou outra resposta.

— E aqueles exercícios ao ar livre no estilo militar?

— Você quer dizer o exército ou uma aula de ginástica?

A mulher me olhou com uma cara engraçada e então me entregou uma fina toalha branca.

— Trinta dólares, mais dois pela toalha. Tire seus sapatos e as meias antes de entrar, e você precisa assinar este documento.

Ela me entregou uma prancheta com uma página repleta de letras miúdas. As palavras "danos corporais", "contusão severa" e "morte" saltaram aos meus olhos. Será que eu estava pronta para arriscar minha vida para ter uma chance de ser promovida? Pensei nisso por alguns instantes, enquanto a loura oxigenada batia impacientemente com os dedos na mesa. Peguei a caneta. Sim, eu estava pronta.

Tirei os sapatos e as meias e andei na ponta dos pés até a sala de aula, desejando que Magnolia estivesse aqui para me dar apoio moral — ou físico. Era uma pena que ela tivesse ficado com uma dor no braço por causa do trabalho — que chamou de "dor no cotovelo".

— Primeiro, eu tive que levar um sheepdog psicopata para passear, coitado, e, depois, tive que depilar o homem mais peludo do mundo — resmungou ela, de seu lugar no sofá. — Eu juro que perguntei: seu tio é um abominável homem das neves ou um orangotango? Porque ele certamente é um ou outro.

Ela estava encostando um saco de ervilhas congeladas no braço direito enquanto Repolho e Lucius pulavam no chão em frente a ela, ganindo.

— Estou pensando em pedir adicional de risco de trabalho — disse ela, suspirando.

Olhei em volta para os meus companheiros de Buddah Ball. De acordo com as orientações da Quinn (*Atores têm rosto melhor que o corpo; para astros pornô é o contrário*), eu estava arriscando a minha vida e meus membros com três atores, dois astros de filmes adultos e um punhado de pessoas megassaradas e muito bronzeadas que, obviamente, seguiam a carreira de ir para aulas de ginástica e estúdios de bronzeamento artificial. Nenhum sinal de Holden MacIntee, no entanto. Cruzei os dedos na esperança de ele estar apenas atrasado.

Sentado com as pernas cruzadas no chão de madeira brilhante, de costas para a longa parede espelhada, estava nosso instrutor, um homem magro como um graveto vestindo short de náilon de corrida e uma camiseta lilás sem manga. Ele parecia estar meditando ou dormindo. Peguei um tapete em uma pilha, sentindo uma sensação crescente de pavor. Uma coisa era enfrentar danos corporais sérios se Holden estivesse ali também — mas fazer isso para nada? Sem chance. Botei o tapete de volta e me preparava para fugir pela porta quando o instrutor abriu os olhos.

— Muito bem, turma — disse ele, abaixando e levantando os joelhos como se estivesse batendo asas. — Meu nome é Ted. Vou guiar vocês em sua jornada esta noite.

— Oi, Ted — cumprimentou a turma em uníssono.

— Com licença, você aí no fundo — disse Ted, ao se referir a mim. — Você não vai ficar?

Eu me virei lentamente.

— Na verdade, eu acabei de perceber que...

— Por favor. Junte-se a nós. Melhor ainda: fique aqui na frente. Comigo — disse ele, sinalizando com o braço magrelo.

— Ficar aí?

— Sim, por favor. Como dizia Yogi Shankativi, muitas vezes é melhor combater a relutância com um desafio direto.

Então ele juntou as mãos em uma posição de prece.

Eu não estava muito certa sobre o que Ted — ou Yogi não sei quem — queria dizer com aquilo, mas eu não era muito boa em desobedecer ordens diretas. Peguei meu tapete roxo de volta e fui me juntar a Ted na frente da sala. Uma das estrelas pornô deu uma risada. Ela usava uma camiseta que dizia SILICONE FREE, o que era claramente propaganda enganosa. Mandei um pequeno olhar mortal na direção dela.

Ted sorriu pacificamente para todos nós e anunciou que era a hora da confissão.

— Esta é a hora em que nós liberamos a energia negativa antes da aula — disse ele, com uma voz que ia se tornando calmante, quase cantando.

Foi na hora da confissão que Magnolia tinha descoberto que *Journal Girl* era o filme favorito de Holden. O que eu aprendi, no entanto, foi bem menos útil para mim. Escutei uma história triste depois da outra: um teste que não deu certo, um chefe que cobrava demais, uma previsão ruim de uma vidente, uma limpeza de cólon que saiu de controle. Era como terapia de grupo, só que todo mundo estava usando roupa de ginástica.

Finalmente, chegou a minha vez.

— Por que você está aqui? — perguntou Ted, virando seus grandes olhos sinceros para mim. — Que emoções negativas você quer neutralizar?

Obviamente, eu não poderia admitir a verdadeira razão, porque eu ofenderia Ted e ficaria parecendo uma psicopata. Pensei naquilo por um momento.

— Medo — disse eu. E era verdade: eu estava com muito medo de romper um tendão durante a aula. — E, hum, talvez um pouco de raiva.

Ted balançou a cabeça de maneira encorajadora, e então eu continuei:

— A menina que mora comigo está transformando nosso apartamento na SUIPA de West Hollywood, odeio minha colega de trabalho e me sinto estúpida de simplesmente vir aqui.

Tudo aquilo era verdade.

— Perfeito — disse Ted gentilmente. — Espero que isso tenha sido libertador. Você tirou um peso de sua alma neste momento e talvez se sinta um pouco mais leve.

Concordei com a cabeça vigorosamente. Eu não me sentia mais leve, mas talvez fosse me sentir depois de uma hora nessa caixa de suor. E uma pequena mentira inocente não me mataria.

— Eu acredito — continuou Ted — que hoje a turma vai seguir o seu comando além do meu. — Ele levantou a mão, parando meus protestos antes mesmo que saíssem da minha boca. — Se você acha que não se encaixa aqui, então esta é a forma de aprender que se encaixa — disse o professor. A voz dele oscilava entre meditativa e autoritária. — Se todos estiverem seguindo o seu exemplo, você vai ver como sua presença é realmente importante. — Ele pegou uma *medicine ball* com a estampa de uma imagem de um buda gordo e a entregou a mim. — Agora vamos começar com a Árvore do Guerreiro. Mas a bola fica na sua mão o tempo todo. Vamos lá, vamos.

Segurei a pesada bola nas mãos com minha cabeça pendurada.

— Eu não sei como é a Árvore do Guerreiro — sussurrei.

Ted balançou a cabeça.

— Peguem todos suas *medicine balls* e mostrem à dama o que fazer.

Observei enquanto cada ator, estrela pornô e entusiasta da malhação levantava sua perna esquerda, curvava o torso para a frente e segurava a bola em frente ao rosto. Certo, pensei, eu posso fazer isso. Fixando meu pé direito firmemente no tapete, tentei seguir o exemplo deles. Balancei, meus braços tremeram e senti uma pontada de dor aguda no músculo posterior da coxa.

— Aaaaaaahh! — gritei.

— Muito bem — disse Ted, começando a andar em volta da sala —, sigam todos o exemplo dela. Digam todos Aaaaaaahh!

— *Aaaaaaahh!*

— Segure a bola, segure, continue segurando — disse Ted, tentando me encorajar.

Obviamente, ele não era nenhum instrutor de exercícios hippie e carinhoso; era um sádico de primeira. Como será que a Magnolia podia fazer essa aula? Por que eu resolvi escutar a Quinn? Será que era possível o braço de alguém cair por segurar uma *medicine ball* por muito tempo? Será que meu coração explodiria? Essas e outras questões estavam voando em minha mente com uma velocidade que me deixava tonta. Então caí de cara no chão.

— Excelente — sussurrou Ted no meu ouvido. — O primeiro passo para a graça é a rendição.

Escondido embaixo do meu corpo todo dobrado, mostrei para Ted o meu dedo médio.

CAPÍTULO DEZENOVE

— Certo — disse eu, com um pincel na mão, enquanto contemplava um macacãozinho infantil de algodão branco na mesa à minha frente. — O que vou pintar? Obrigada por pedir demissão?

Julissa riu.

— Exatamente — disse ela.

Nós estávamos na imensa sala de estar iluminada pelo sol da mansão de Bel Air de Peter Lasky, cada uma de nós no meio da terceira mimosa e sentindo a leve onda que traz uma Dom Pérignon no começo da tarde. Através das grandes portas sanfonadas, abertas naquele agradável dia de novembro, eu podia ver a maior parte da equipe de desenvolvimento e produção da Metronome conversando no gramado enquanto eram embalados por uma orquestra de câmara.

Melinda Darling com certeza ganhou um chá de bebê/festa de despedida chique. Mas é bom conhecer as pessoas certas, como dizem — ou talvez, para ser mais precisa, é bom ser *parente* delas. O que descobri é que Melinda era sobrinha do volátil chefe do estúdio, Peter Lasky (não me surpreende que ela nunca tenha tido que começar como assistente!), e ele não poupou despesas para ajudá-la a celebrar seu grande dia.

— Você já usou o amarelo? — perguntou para mim uma loura platinada ossuda.

Percebi que uma multidão tinha começado a se formar em volta da mesa dos macacões.

— E onde estão as canetinhas de escrever em tecido? — perguntou o acompanhante gorducho dela, de rosto vermelho e com voz de barítono. — Querida, como eu faço isto?

— É só desenhar uma carinha feliz — sussurrou a loura.

Boa ideia, pensei. Peguei meu macacão, desenhei um par de olhos e uma grande boca sorridente nele, escrevi "Feliz Bebê!" embaixo e peguei o braço da Julissa.

— Vamos dar uma olhada nos presentes — cochichei.

A antessala de mármore da casa continha presentes suficientes para cem bebês. Eram caixas embrulhadas em papel rosa e laços magenta e sacolas de presente com cabeças de bichos de pelúcia saindo. Também havia dúzias de presentes aparentemente grandes demais ou com formato muito esquisito para serem embrulhados: um triciclo roxo cintilante, um castelo medieval completo com catapulta e fosso, uma girafa de pelúcia de um metro e meio de altura e um berço de teca que parecia ter sido feito à mão por artesãos maias ou algo assim.

— Meu Deus, algumas pessoas devem ter gastado milhares de dólares! — comentei.

O que eu tinha comprado para Friday Darling? Uma mantinha da Target com um gatinho bordado! Só isso. Vinte pratas e ela poderia amar ou odiar — eu nunca ia saber mesmo.

Julissa passou o dedo na orelha da girafa, maravilhada.

— Graças a Deus eu sou estagiária — disse ela. — Posso ficar bêbada e não me sentir culpada por isso.

Ela deu um gole na sua mimosa para dar ênfase.

Voltamos para a sala de estar e nos dirigimos para os morangos cobertos de chocolate.

— Ei, olha aquilo — disse Julissa, apontando para uma das portas sanfonadas.

Kylie e Iris estavam andando juntas pelo jardim, concentradas em uma conversa. Uma conversa intensa. Desde o incidente de Malibu, Iris tinha sido cuidadosa em evitar nós duas, como um pai tentando não mostrar favoritismo entre duas crianças em guerra. Mas ela estava um pouco curvada, para poder ficar na altura da Kylie, escutando com atenção. Depois de um momento, jogou a cabeça para trás e riu.

Julissa apertou os olhos.

— Kylie está puxando saco, como de costume.

Minha inimiga estava positivamente radiante com seu vestido dourado de cintura alta e um penteado para cima perfeitamente desgrenhado.

— Oh, meu Deus — disse eu —, ela não está puxando saco; está apresentando um projeto.

Enquanto eu ficava ali parada, observando, meio escondida atrás das cortinas translúcidas, Kylie estava provavelmente cavando sua promoção. Maldito Holden MacIntee e seu traseiro preguiçoso que não ia à aula de Buddha Ball!

Kylie ainda estava falando, balançando delicadamente seu flute de champanhe para dar ênfase.

— Sabe — disse Julissa —, nós não somos as únicas espionando.

Eu observei o gramado. Era verdade. Amanda, segurando seu coquetel rosa para combinar com o vestido de chita rosa, estava acompanhando Iris e Kylie com os olhos. Perto da piscina, Cici falava com Tom Scheffer enquanto soltava raios dos olhos na direção de Kylie — bastante indiscreta, se você quer saber. Wyman era mais sutil em suas espiadas, mas só porque estava usando um par de Ray-Bans gigante.

Terminei minha mimosa com um mau pressentimento.

— Acho que preciso comer. Você quer alguma coisa?

Julissa balançou a cabeça.

— Não. Eu vou dar uma olhada no segundo andar.

No meu caminho para a tenda de comidas, montada na grama verde-esmeralda, de frente para a piscina cercada de mármore, mandei uma mensagem de texto para a Quinn. *Kylie está apresentando um projeto para sua mãe. Ela precisa ser derrubada!*

Quinn me ajudaria, eu tinha certeza. Tentei deixar aquilo me animar. O mesmo em relação ao bufê. Apesar de ter perdido o hábito de afogar minhas agruras em um pote de sorvete, eu sentia que precisava dar uma justificativa para tentar aliviar minha nova ansiedade na mesa do bufê. Além disso, como havia continuado a frequentar o Buddha Ball (apesar de Holden ainda não ter aparecido), imaginei que tinha o direito de abusar um pouco. Era quase Dia de Ação de Graças, e, como eu não ia para casa em Cleveland e nem mesmo celebraria o feriado de nenhuma outra forma (minha mãe ameaçara mandar um presunto, mas eu disse a ela que Magnolia e eu tínhamos combinado sair para comer sushi naquele dia), certamente poderia encher a pança de comida chique grátis em um chá de bebê.

Peguei um prato Limoges branco da pilha e estudei minhas opções. Eu podia sentir meu estômago roncando enquanto olhava para os montes de vegetais crus e grelhados, a montanha de mini-hambúrgueres, o cisne de patê, as travessas de queijos franceses, o salmão escaldado de mais de um metro de comprimento, e as lagoas de salada de frutas.

— A senhorita quer que eu explique a diferença entre o beluga e o osetra? — perguntou um garçom, apontando para dois montes de bolinhas pretas brilhantes.

Eu estava quase dizendo que, quando o assunto é caviar, eu prefiro não saber muito, quando alguém chegou ao meu lado. Reconheci o perfume de lírios mesmo antes de me virar para ver Kylie.

— Eu *adooooraria* um pouco de beluga — disse Kylie, segurando seu prato. — Não precisa explicar — complementou ela, piscando para o garçom e, só então, fingindo ter acabado de me ver. — Oh, oi. Festa legal, não?

— É — murmurei, pegando com o garfo uma fatia finíssima de salmão defumado.

O garçom colocou algumas torradinhas em volta do beluga.

— Perfeito — disse ela, entusiasmada. — *Muito* obrigada. — Kylie sorriu para mim enquanto colocava um pouco de caviar em uma torradinha. — Você está bem?

A voz dela tinha ficado mais grave, e ela parecia genuinamente preocupada.

Espremi um gomo de limão sobre meu salmão.

— Claro. Por quê?

— Só porque eu e você não temos estado muito bem uma com a outra.

Olhei para ela sem nenhuma expressão.

— Quero dizer, não é que eu fique ser dormir à noite pensando nisso ou algo assim — disse Kylie, dando uma delicada mordida —, mas isso me parece meio desnecessário, você não acha?

Ela colocou o resto da torradinha na boca e mastigou.

— Bem — continuou ela, sem esperar por uma resposta —, acho que eu queria melhorar o clima um pouco. Porque nos próximos dias vou estar meio ocupada. Acabei de fechar um projeto de filme.

Prendi a respiração. Uma parte de mim já sabia que isso ia acontecer. Mas não é só porque são esperadas más notícias que é agradável ouvi-las. Deixei meu prato em uma mesa vazia.

— Bem, está quase lá — continuou ela, como se eu tivesse perguntado. — Nós só estamos esperando Troy Vaughn assinar, mas está *tão* perto. Eu achei um roteiro incrível numa das *tracking boards*, e Troy simplesmente se apaixonou por ele. Vai ser a estreia dele na direção. Gente, ele é tão engraçado! Na primeira vez em que saímos para beber, eu não conseguia parar de rir. Ele me mandou uma mensagem de texto hilária.

Mordi meu lábio, segurando a raiva, os palavrões, a fome e talvez até as lágrimas. Eu me lembrei do Halloween, quando vi Kylie com Troy Vaughn. Ela já tinha o plano encaminhado naquela época. O sorriso, o aceno simpático, aquele breve período em que ela parecia ser humana — Kylie nunca havia começado a gostar de mim; nem por um segundo. Ela só não se importava em brigar comigo porque, em sua cabeça, já tinha ganhado a briga.

— Então eu disse à Iris que está quase tudo certo e, bem, ela não chegou a *dizer* isso, mas parece que, se tudo sair direitinho, a promoção é minha — revelou Kylie, suspirando, como se o peso do seu próprio feito fosse grande demais até para ela. — Dá pra acreditar?

— Parabéns — cumprimentei sem nenhuma animação.

Kylie agiu como se eu não tivesse dito nada.

— Acho que antes de isso tudo meio que... mudar, eu só queria que o clima melhorasse — disse ela, botando a última torradinha na boca. — Quero dizer, não é como se fôssemos parar de trabalhar juntas, mesmo que, você sabe, não estejamos na mesma sala.

Olhei para as minhas mãos e percebi que tinha rasgado um dos guardanapos em pequenos pedacinhos do tamanho de confete. Melhorar o clima? Era disso que ela estava chamando essa conversa? Porque, se você me perguntar, vou dizer que ela estava esfregando na minha cara.

— Uau, estou *cheia*! — falou Kylie, colocando seu prato na bandeja de uma garçonete que passava e pegando seu champanhe. — Oh, oi, Iris! — disse ela por cima do meu ombro.

Eu me virei para ver Iris enchendo um prato de salada de frutas.

— Como vai a minha equipe? — perguntou ela com animação, enquanto pescava os morangos mais maduros.

— Ótima! — exclamou Kylie. — Mas o meu champanhe acabou!

— Melhor ir pegar mais — recomendei.

Ela sorriu misericordiosamente, disse para mim que era uma grande ideia e saiu.

Peguei uma miniquiche de uma travessa e a coloquei inteira na boca, quase sem mastigar. Uma fila tinha se formado no final da mesa do bufê, o que provavelmente era minha culpa, considerando que fiquei parada no mesmo lugar por dez minutos. Não que me importasse, essas pessoas da Metronome poderiam muito bem passar por mim.

— Está se divertindo, Taylor? — perguntou Iris.

A voz dela era baixa, mas não muito suave. Ela soava quase constrangida.

— Kylie acabou de me contar sobre o filme do Troy Vaughn — comentei.

— A Kylie pode estar se precipitando um pouco — disse Iris, quando se movia lentamente até o salmão —, mas posso dizer que ela fez um excelente trabalho. E é exatamente isso o que *todos* deveriam estar fazendo agora.

Ela sorriu para mim, deixando que as palavras penetrassem em minha mente.

— Você sabe que eu acho que você tem instintos ótimos, Taylor. E o que quer que aconteça, você continuará sendo de grande valor para mim e para a Metronome.

Olhei para baixo e vi meus dedos do pé naquelas sandálias de marca.

— Bem, obrigada — consegui dizer. — Você pode me dar licença? Acho que tenho que procurar o toalete.

Iris deu um sorriso amarelo e se virou para o bufê. Enquanto eu andava na direção da casa, sentindo-me horrível, vi Julissa olhando para mim com um olhar selvagem em seu pequeno rosto sardento.

— Kylie tem algo — disse ela, segurando minha mão. — Um projeto. Algo em que ela está trabalhando em segredo por semanas. Ela acabou de falar.

Continuei andando.

— Eu sei. Ela acabou de me contar.

— *Ela contou?* Oh, meu Deus, o que ela falou?

Eu só balancei a cabeça. Não queria falar sobre aquilo.

— Seu telefone — disse Julissa.

Eu olhei para ela com cara de boba.

— Hein?

— Estou escutando seu telefone vibrando na bolsa — disse ela, apontando.

Meti a mão por entre batons e sombras de olho até alcançar o fundo da bolsa forrado de cetim.

Malibu Country Mart, em meia hora, dizia a mensagem de texto.

— Tenho que ir — disse eu. — Vá perguntar a Kylie sobre o filme dela. Ela vai te contar mais do que você pode querer saber.

CAPÍTULO VINTE

O sol estava quase se pondo quando saí da Pacific Coast Highway, entrei no Malibu Country Mart e estacionei o carro em frente à Ron Herman. Apesar de todas as lojas chiques (Lisa Kline, a Madison Gallery) e dos restaurantes caros (Nobu Malibu), o shopping era essencialmente um mercado a céu aberto, mesmo que fosse o mercado a céu aberto mais elegante do mundo. Era um pouco como a própria Malibu: na superfície, um pedaço meio largado de praia e montanhas cobertas de chaparral, nada especificamente especial ou bonito. Mas, escondidas naquelas montanhas e espremidas em pequenos cantinhos da praia, estavam algumas das propriedades mais valiosas do mundo. Bastava entrar nelas para descobrir.

Eu encontrei Quinn em um banco em frente à L'Occitane, vestindo um suéter de caxemira roxa e um enorme óculos escuro de armação branca. Várias bolsas da Planet Blue estavam aos pés dela e ela segurava um enorme copo da Coffee Bean.

— Você está atrasada — disse ela alto, movendo algumas das suas sacolas de compras para que eu pudesse me sentar.

— Eu sei. A Pacific Coast Highway estava impossível.

Eu me sentei e ajeitei minha pashmina preta sobre os ombros.

— Estou com problemas — disse eu.

— Dá para ver. Você está usando uma pashmina — zombou Quinn.

— O que *supostamente* se usa com um vestido tomara que caia? — perguntei, irritada.

— Eu só estava brincando — disse Quinn, dando um gole barulhento no café. — Então, qual é a emergência com a Kylie? Eu não amo esses encontros pessoais; então, é melhor que seja importante.

— Kylie vai ganhar a promoção — disse, com uma voz aguda, e quase conseguia sentir lágrimas se formando. — Ela amarrou um projeto de um filme com Troy Vaughn. E sua mãe sabe disso e parece que vai acontecer. Então lá se foi. Bem entre meus dedos — lamentei, engolindo. — Quero dizer, não era como se eu achasse que *eu* fosse ganhar a promoção, ou algo assim, mas só não quero que seja *ela*, entende?

Quinn ficou calada por um momento.

— Certo — disse ela, finalmente. — Já sei.

Ela pôs a mão dentro da bolsa de couro surrada e pegou um lenço de papel, que entregou a mim.

— Eu não estou chorando — disse, indignada.

— Bem, você está com cara de que pode começar a qualquer momento. Mas escute. Eu tenho uma solução para você, e é chamada de *bata nela onde dói* — falou ela, fazendo uma pausa dramática. — Nós vamos roubar o namorado dela.

— O quê? — disse eu, rindo em parte por causa do choque e em parte por causa da impossibilidade de aquilo acontecer.

— Estou falando muito sério — afirmou Quinn, olhando feio para mim. — Você vai fazer com que eles se separem.

— Mas, mesmo que eu conseguisse isso — disse eu lentamente —, como isso faria com que eu ganhasse a promoção?

— Olha...

Quinn tirou os óculos. Seus olhos azuis estavam num tom quase azul-marinho à luz do sol que se esvaía.

— Você sabe o que acontece quando garotas tomam um pé na bunda. Elas ficam *gordas*. Elas *choram*. Elas *perdem a linha*. E isso acontece em dobro com uma garota como a Kylie, porque ela não espera nem um pouco por isso. Se alguém terminar com ela, isso vai ser tudo em que ela vai conseguir pensar — disse Quinn, botando os óculos escuros na bolsa e pegando um pequeno pote de gloss da MAC, que passou nos lábios. — Vai ser como quando Joanna Beers e Kevin Collins, aquele carinha muito gato do *Cathedral*, terminaram. Ela deixou de ser líder de torcida e começou a comer como uma desesperada. Vai acontecer o mesmo com a Kylie. Ela vai ficar tão perdida que vai cometer algum erro. Aquele filme vai acabar dando errado *muito* rápido, eu garanto.

Eu estava brincando com a franja da minha pashmina, pensativa. Tinha que admitir que aquilo fazia sentido, apesar de também ser: a) diabólico; e b) doentio.

— Uma vez eu fiz isso com uma menina na época de provas — disse Quinn suavemente. Ela estava olhando para a frente e eu podia observar seu perfil orgulhoso. — Eu não queria que aquela garota tirasse um A na prova final de história. Ela era a única pessoa na turma que tirava notas mais altas que as minhas — explicou ela, tomando um gole da sua bebida, pensativa. — Além do mais, eu tinha ouvido falar de alguns boatos horríveis que ela havia espalhado sobre mim. Então fiquei com o cara que ela meio que estava ficando.

Não estava namorando, exatamente, mas um cara que eu sabia de que ela gostava. — O vento soprou o cabelo de Quinn sobre seu rosto e ela o ajeitou. — E funcionou perfeitamente.

Minha salvadora de 16 anos era, eu tinha que admitir, algum tipo de monstro.

— Eu não posso fazer isso — disse eu.

— Por que não?

Observei um saco de papel se arrastar pelo asfalto. Uma mulher que parecia carregar um estoque vitalício de botox em sua enorme bolsa Dooney & Bourke passou com seus dois labradores.

— Porque isso é diabólico.

Quinn deu um tapa no meu joelho.

— Oi? Não pense nem por um minuto que ela não faria isso com você.

Quinn tinha razão. Mas, logisticamente, eu não conseguia pensar em como aquilo ia funcionar.

— Eu quero dizer que nem mesmo acho que sou fisicamente capaz — disse eu. — Aparentemente, ele é lindo de morrer.

— Ele é um *cara* — falou Quinn, impaciente. A brisa salgada do oceano jogou o lustroso cabelo vermelho dela sobre o rosto e isso suavizou momentaneamente suas feições. — Conseguir que um cara fique com você é tão difícil quanto cair da cama. Ou *na* cama, eu poderia dizer. O que ele faz?

Ela pegou seu iPhone e começou a checar o e-mail.

— É professor de tênis.

— Perfeito. Vá lá e se inscreva para umas aulas — disse ela, guardando o telefone de volta na bolsa, mirando o copo de café na lata de lixo e arremessando-o. — Dois pontos.

Um Lexus dourado híbrido conversível estacionou do lado de fora do Starbucks. Sério, ainda havia alguma marca de carro que *não* fabricasse mais híbridos?

— Mas eu já sei jogar tênis e, em todo o caso, como eu devo...

Quinn se levantou e se virou para ficar de frente para mim.

— Taylor — disse ela, com bastante impaciência na voz —, desde que nós começamos isto, quando eu levei você para o caminho errado?

O sol poente deixou uma mancha vermelho-sangue no céu sobre o Pacífico, emoldurando o casaco e o cabelo dela com uma luz rosada.

— Nunca — admiti.

E era verdade. Quinn estava sendo incrível, e eu não conseguia imaginar como algum dia eu conseguiria retribuir.

— Certo. Então faça o que você quiser. Mas apenas se lembre do que a Kylie faria — disse ela, pegando suas sacolas coloridas. — Exatamente a mesma coisa.

Ela se afastou na direção do estacionamento e me deixou sozinha no banco. A distância, o Pacífico se estendia até o horizonte e eu fiquei sentada quieta, assistindo à explosão de luz sobre a água. Eu tinha aprendido rapidamente que, aqui em L.A., ninguém com mais de 20 anos realmente ia à praia. Mas, nesse momento, eu me perguntava por quê. Por que viver tão perto do oceano e não dar um mergulho?

Lentamente tirei meu iPhone de dentro da minha bolsa. Fiz uma pesquisa no Google e liguei. Quando se pensava nisso, era realmente simples.

— Oi — disse eu, quando uma mulher atendeu. — É do Centro de Tênis de Beverly Hills? Eu queria marcar uma aula.

CAPÍTULO VINTE E UM

Na manhã seguinte, passei um pouco de protetor solar Neutrogena no rosto e um protetor labial Dr. Hauschka FPS 20 nos lábios, peguei minha velha raquete Prince no baú e saí em direção ao Centro de Tênis. Às oito horas da manhã de domingo, metade das dez quadras verdes estava deserta, e, em pelo menos uma das outras, os jogadores obviamente ainda estavam se recuperando dos abusos da noite anterior.

A neblina da manhã ainda não tinha levantado, e uma brisa gelada batia em minhas pernas nuas. Nuas e muito brancas. Eu tinha passado um bronzeador artificial na noite anterior, mas, aparentemente, ele não fora muito efetivo para diminuir a palidez. Havia ainda meu modelito. Eu tinha imaginado entrar na quadra usando um vestido de tênis bonitinho, estilo Maria Sharapova, mas, infelizmente, não havia nenhum artigo esportivo na bolsa de presentes da Quinn, e não tive tempo de fazer compras. Então precisei botar um velho short de corrida da Nike e uma camiseta preta do Black Dog de Martha's Vineyard que achei enrolada no fundo da minha gaveta de calcinhas. (Se a Quinn pudesse me ver, ela riria. Mas: a) ela não jogava tênis; e b) ela disse que nunca saía da cama antes das dez horas no fim de semana.

Em outras palavras, existia muito pouca esperança de eu conseguir seduzir o Sr. Kylie Arthur hoje, também conhecido como Gatinho do Tênis e também conhecido como Luke Hansen. Mas a aula já era um passo na direção certa. Hoje eu ia tentar ser engraçada e charmosa e, da próxima vez que viesse, eu adicionaria a parte bonita e sexy. Da melhor maneira que pudesse, é claro.

Ele não era difícil de achar. Tinha um cabelo castanho desgrenhado que parecia pintado de louro nas pontas — por causa do sol, claro, e não porque ele tivesse ido a algum cabeleireiro das estrelas como Ken Paves ou quem quer que fosse —, e sua pele bronzeada contrastava com as roupas brancas de tênis. Ele era alto e tinha pernas compridas e musculosas.

Respirei fundo quando me lembrei de esquecer os anos de aulas de tênis (e de parar de ficar olhando para ele) e entrei na quadra. Ele se virou.

— Taylor? — disse ele, andando até perto de mim e esticando sua mão forte. — Oi, eu sou o Luke.

Na correria de achar algo para vestir, e tendo errado o caminho em Santa Mônica, não tinha parado para pensar na parte que me deixaria mais nervosa nesse plano: o próprio Luke.

Agora que ele estava bem na minha frente, eu podia ver que os dentes dele eram um pouco tortos, e as orelhas, um pouco salientes. Na verdade, ele não era dotado de uma beleza clássica e, por um momento, me surpreendi que Kylie o namorasse, antes de qualquer coisa. Mas havia alguma coisa decididamente marcante nele e, de repente, meu corpo todo ficou tenso como as cordas na minha raquete.

— Então, me disseram que você é uma iniciante — disse ele em uma voz amistosa, jogando uma bola para o alto e depois pegando.

— É por aí.

As palmas das minhas mãos estavam começando a suar, apesar de não estar tão quente. Talvez ser ruim em tênis não fosse tão difícil.

— Mas eu já fiz algumas aulas antes.

— Dá para ver. Essa sua raquete é bem séria — disse ele, apontando.

Eu sabia que ele repararia na minha Prince Ozone com power-level 1200 — um presente dos meus pais no meu último ano no time da escola —; portanto, já tinha minha mentira pronta.

— É da menina que mora comigo — respondi. — Esta raquete é boa mesmo?

Luke sorriu. Ele não tinha dentes perfeitos e, na verdade, os meus eram mais brancos do que os dele, graças às tirinhas clareadoras da Crest — uma tentativa de esconder os efeitos de uma quantidade cavalar de Coca-Cola diet consumida nos últimos meses. Ainda assim, fiquei pasma, como se estivesse assistindo a um comercial da Colgate.

— É muito boa — disse ele. — Por que a gente não bate uma bola? Vou dar uma olhada em alguns dos seus golpes e nós começamos daí.

Ele pulou sobre a rede e correu para o outro lado.

— Vamos começar com o *forehand* — disse ele, recuando sua raquete. — Está pronta?

Balancei a cabeça novamente e ele mandou uma bola voando sobre a rede. Antes que eu conseguisse me impedir bati na bola com o centro da minha raquete e ela passou zunindo por ele e foi bater em cima da linha do fundo da quadra.

Luke voltou os olhos da bola para mim, estupefato:

— Você tem certeza de que é só uma iniciante?

— Uau! — falei eu. — Deve ser sorte de principiante.

— Um-hum — disse ele, com uma voz provocadora. — Vamos tentar mais algumas.

Por um segundo, achei que ele tivesse percebido o que eu estava fazendo — talvez suas alunas tentassem fingir não saber jogar na frente dele o tempo todo. Mas ele apenas pegou outra bola no bolso e a mandou voando sobre a rede.

A algumas quadras da nossa, quatro mulheres de quarenta e poucos anos, ostentando vestidos brancos impecáveis, jogavam uma partida de duplas. O *tap-tap* melódico das bolas de tênis batendo nas raquetes me embalava num ritmo familiar.

Enquanto desferia mais golpes do fundo da quadra, e depois voleios, eu me assegurei de incluir tantos erros quanto pudesse lembrar: jogo de pés atrapalhado, continuação do movimento ruim, segurar a raquete muito aberta. Luke parava e me corrigia gentilmente toda vez, até que, durante um voleio de *backhand*, ele correu em volta da rede e veio consertar minha pegada.

— Ah, sim, aqui está — disse ele, colocando a mão sobre o meu pulso. — Essa é a empunhadura eastern — explicou ele, movendo meu pulso gentilmente. As mãos dele eram quentes e firmes. — Aí. Está sentindo?

Eu prendi a respiração e desejei que ele continuasse ajustando a minha empunhadura. O sol estava começando a alcançar o ponto mais alto no céu e meu corpo parecia, todo ele, aquecido.

— E então, quando você bater, é assim — disse ele, movendo meu pulso para a frente e para trás. — Está sentindo?

Você não tem ideia, foi o que pensei. Eu estava repentinamente me lembrando das tardes dos dias de semana na escola, esperando o time masculino acabar de treinar para as meninas poderem ocupar as quadras. Nós nos sentávamos nas arquibancadas, fazendo nossos deveres de casa comportadamente até que ficássemos entediadas e decidíssemos distrair os garotos para que eles cometessem duplas faltas. Sempre funcionava. Se eu pelo menos conseguisse me lembrar das minhas técnicas de distração...

— Então, é como um sinal de parar quando você bate — disse ele, segurando meu braço na minha frente. — Como se você estivesse apenas parando a bola.

A mão dele passou em volta do meu bíceps.

— Por que você não é ator? — falei, meio sem pensar.

Ele corou.

— O quê?

— Eu disse... ah, desculpe. Eu só quis dizer que... você é tão... eu não sei... parece que todo mundo aqui é ator, mas você realmente tem cara de que teria uma presença de palco muito boa.

Adeus à parte engraçada e charmosa, foi o que pensei. Muito bem, Henning.

Luke deu um passo para longe de mim, olhou para a superfície verde da quadra e passou a mão no cabelo. Foi então que percebi que o havia deixado envergonhado.

— Obrigado, mas acredite: *Piratas de Penzance* no colégio foi o suficiente para mim. E para os meus pais — disse ele, rindo ironicamente. — Por sorte, eu tinha uma outra carreira para seguir.

— Bem, você é muito bom no que faz — elogiei.

Eu queria fazer um elogio de que ele fosse gostar — e, além do mais, era verdade. Era fácil ver como ele seria paciente com iniciantes de verdade.

— Obrigado — disse ele, girando a raquete. — O que você faz?

Essa mentira eu também já tinha preparado. Hoje eu era Magnolia, e Magnolia era eu.

— Eu tenho uma firma de passear com cachorros. E também cuido da aparência das pessoas como complemento.

Luke levantou as sobrancelhas e sorriu.

— Isso é interessante. Achei que você fosse dizer algo relacionado a entretenimento.

Eu fiz a cara mais cínica que pude.

— Como assim? Foi por causa do meu comentário sobre ser ator? Desculpe por aquilo.

— Não, não tem problema. Eu acho que, depois de viver aqui por algum tempo, você começa a tirar conclusões precipitadas — explicou ele. — É engraçado. Eu me mudei para cá achando que L.A. seria tudo o que se vê na TV. Peitos de mentira, louras de mentira, caras com implante capilar usando camisas de seda. Quero dizer, para quem vem da Virgínia, é isso o que se espera. Mas a maior parte das pessoas que conheci aqui é muito legal. Talvez seja porque elas todas são de algum outro lugar — disse ele, levantando os óculos Oakley sobre a cabeça e me olhando com seus olhos azuis intensos. — Até as pessoas que conheço na área de entretenimento, algumas delas são realmente maravilhosas, entende?

— Hum, você já passou algum tempo com agentes ultimamente? — desafiei. — Porque eles provavelmente roubariam seu cachorro, fariam um filé dele e então o convidariam para um churrasco — disse eu, batendo com a raquete no chão para dar ênfase.

Luke riu e meu coração batia forte contra o peito.

— Certo, eles não são todos normais. Mas minha namorada é, e ela trabalha em um estúdio.

Eu tirei a franja dos olhos. Nem dois minutos de conversa, e ele já tinha falado da Kylie. Não era um bom sinal.

— Ela não é muito interessada em toda aquela coisa de Hollywood — continuou ele, mexendo nas cordas da raquete. — Quero dizer, ela só quer fazer filmes realmente bons. Eu nunca achei que fosse conhecer alguém tão... não sei, bacana, eu acho. Simplesmente muito bacana.

Pelo sorriso sonhador no rosto dele, aprendi tudo o que precisava saber. Kylie tinha Luke na palma da mão e, mesmo com o vestido de tênis bonitinho que pretendia comprar imediatamente, eu teria muitas dificuldades para chamar a atenção dele. Fiquei imaginando que tipo de feitiço maligno ela havia feito para que ele não percebesse sua desonestidade. E onde ela guardava esse livro de feitiços.

— Ah, isso é ótimo — disse eu, sem convicção. — Tenho certeza de que ela se sente muito sortuda também.

Eu voleei uma bola perdida que tinha vindo de outra quadra e me senti derrotada. A injustiça daquilo tudo era demais. Não existia a mínima chance de a Kylie ter alguma ideia de como era sortuda. Luke era doce, modesto e bizarramente normal. Eu podia imaginá-lo fazendo churrasco no jardim com meu pai e depois desafiando minha mãe para uma partida de badminton.

E isso significava que ele e a Kylie não podiam ser mais errados um para o outro. Tirando o fato de que os caras doces e os modestos pareciam sempre ter uma queda pelas garotas malvadas. Esse era praticamente um dos Dez Mandamentos do Namoro.

— E você? — perguntou ele, observando a bola que eu rebati rolar até um dos cantos da quadra. Um pai sarado e bronzeado ajudou seu filho a mandar a bola de volta para nós. — Você tem namorado?

Luke tinha botado os óculos escuros de volta; então, eu não podia olhar nos olhos dele.

— Não no momento. É difícil encontrar caras normais por aqui.

Eu pensei em Mark Lyder e por esse motivo senti um pequeno calafrio.

— É — disse ele, sem chegar a ser comprometer. — Deve ser mesmo.

Então ele olhou para mim e deu um sorriso meio torto, mas encorajador.

— Vamos tentar aquela nova empunhadura que mostrei, certo? Você vai notar uma grande diferença, garanto.

Ele correu para o outro lado da rede, e me deixou mais uma vez com a visão de suas panturrilhas torneadas. Enquanto estava ali, parada, esperando ele sacar, eu sentia uma sensação irritante de derrota. Eu não havia sido charmosa ou engraçada, e certamente não tinha sido sexy. Ajeitei meu short e segurei minha raquete como a iniciante que ele achava que era. Pelo menos ele caiu nas minhas mentiras, foi o que eu disse a mim mesma. Posso não ser uma boa sedutora, mas não sou uma atriz horrível.

— E as estrelas de cinema? — gritei para Luke. — Elas não são maravilhosas! Ouvi dizer que Catherine Zeta-Jones usa uma máscara facial feita de placenta de gato e que Owen Wilson se recusa a usar roupas antes das seis da tarde!

Luke mandou uma bola amarela voando na minha direção.

— Você é engraçada, Taylor — disse ele.

Dei até um sorrisinho. Ele achava que eu era engraçada. Na próxima vez, eu só vou precisar adicionar o meu charme e o sex appeal. Uma parte já tinha conseguido; só faltavam agora mais duas.

CAPÍTULO VINTE E DOIS

— Oh, é você! Como foi Vegas?

Eu fiquei observando enquanto Kylie fazia sua entrada no escritório, que, a esta altura, já estava ensaiada à perfeição: BlackBerry colado na orelha, um sorriso escancarado no rosto, a enorme bolsa Kooba jogada no chão enquanto ela se sentava na cadeira e se virava na direção da janela. Tudo isso enquanto fingia que eu não estava sentada a um metro dela.

— Oh, meu Deus, *você é terrível* — disse Kylie, aos gritos, para a janela. — Não! — gritou ela. — *Não! Mentira, Mentira!*

Meu joelho direito começou a balançar incontrolavelmente debaixo da minha mesa. Agarrei um lápis e pensei em quebrá-lo; então, escrevi embaixo de Coisas Ruins: *Kylie no BlackBerry parece a mistura de uma patricinha com um porquinho grunhindo.*

— Oh, meu Deus, Troy — disse ela, depois de uma longa gargalhada —, você é engraçado demais!

Desde o chá de bebê, Kylie tinha começado a usar uma tática nova e surpreendentemente efetiva: *agir como se já houvesse ganhado.* Iris tinha até agora se resguardado de fazer qualquer tipo de anúncio, mas, no que dependesse da Kylie, ela já estava promovida. Desde 9h30 da manhã de segunda, quando entrou no escritório bradando "é claro que podemos discutir o corte final!" no seu telefone, até agora, tarde de terça, quando ela não parava de falar e de dar suas risadas detestáveis, Kylie fez o papel da nova executiva de criação júnior da Metronome. Ela falou com o agente do Troy sobre reescrever o roteiro, sugestões para a trama e memorandos. Foi a reuniões com executivos de produção júnior no estúdio. Ela passou as suas horas de almoço tendo reuniões nas cabines de couro verde do Grill.

E, nenhuma vez, ela mostrou que percebeu a minha presença, verbalmente ou de qualquer outra forma. Apesar de os outros assistentes continuarem vindo à mesa dela para trocar fofocas, era como se eu fosse tão sem importância, tão trivial, que eu tivesse verdadeiramente deixado de existir.

Fingi que estava escrevendo um e-mail enquanto escutei Kylie terminar sua ligação.

— Nós vamos *com certeza* no karaokê este fim de semana — anunciou ela de maneira frívola. — E você vai cantar Bon Jovi, não quero nem saber.

Rangi os dentes e desenhei um pequeno rosto da Kylie com um grande X sobre ele. Se ao menos Luke pudesse ver a namorada dele agora! Eu tinha outra aula com ele amanhã, e uma parte de mim ficava imaginando por que eu havia feito aquilo. Luke parecia claramente apaixonado por aquela magrela falsa com seu vestido Celine, e então, por mais iludido que o pobre rapaz estivesse, minhas esperanças de seduzi-lo eram muito poucas, na melhor das hipóteses. Mas eu tinha gostado da minha aula no sábado e tinha formas piores de gastar uma hora do que fazendo um pouco de exercício na quadra. Pelo menos poderia aperfeiçoar meu saque.

— Falo com você mais tarde — disse Kylie suavemente no seu BlackBerry. — Você é *tão* mau...

Eu me levantei e fui até a cozinha, onde encontrei Julissa sobre um banquinho com uma mão enfiada na porta de cima do armário. Enquanto o resto da Metronome era brilhante e chique, a cozinha, como todos os aposentos que nossos clientes importantes nunca viam, estava precisando desesperadamente de uma reforma. O chão quadriculado me lembrava o da cantina da minha escola, e as dobradiças dos armários rangiam. Não havia nem uma máquina de gelo.

— Você sabe quem é que fica escondendo os doces o tempo todo? — perguntou ela, passando a mão cegamente pelo armário desorganizado.

— Eu acho que é a Lisa Amorosi. Ela está tentando se manter na dieta do Tom. Sabe aquelas vitaminas com cor de lodo que ele está sempre bebendo nas reuniões da equipe? Agora ela está bebendo aquilo também.

— Que nojo — disse Julissa, logo depois gritando: — Achei!

Então ela pegou uma cesta de Kisses natalinos da Hershey's e pequenos sacos de M&M's.

— Eu não aguento mais isto aqui — suspirei. — Vou fazer algo desesperado.

— Você está falando da Srta. Michael Eisner? — perguntou Julissa, virando os olhos para a mesa da Kylie. — Bem, você não vai ter que aguentar isso por muito tempo. Eles vão fazer o anúncio na sexta — disse ela casualmente, abrindo, então, um pacote marrom de M&M's com os dentes.

— O quê?

Deixei cair o refrigerante que tinha pegado por causa da surpresa. Ele rolou pelo chão e se aninhou no espaço escuro sob o armário.

— Foi o que eu ouvi — disse Julissa, botando a mão cheia de doces na boca. — Troy e seu pessoal vão assinar os contratos amanhã em uma grande reunião no almoço e então Iris vai oficializar tudo.

— Merda. — Peguei a lata e a abri, mesmo sabendo que ela provavelmente estouraria. E ela estourou: os pingos de Coca-Cola diet caíram em cima do meu lindo cardigã Marni. — Merda de novo — resmunguei.

Mas, sério, quem se importava? Ele era preto. E esse era o menor dos meus problemas.

— Então, quando você for promovida a primeira assistente, eles vão precisar preencher o seu lugar — disse Julissa, que estava inquieta na minha frente, sorrindo e mastigando seus M&M's. — Aí, você pode falar bem de mim?

— Sim, claro — concordei eu, secando meu suéter com papel toalha.

Eu tentei afastar a depressão da minha voz, mas era impossível.

— Você está bem? — perguntou Julissa. — Quer um M&M?

— Deus, não — resmunguei. — Eu quero me deitar na sala do cochilo.

Julissa balançou a cabeça, parecendo muito séria:

— Você sabe o que as pessoas falam sobre isso... não parece profissional.

Bebi a maior parte do refrigerante e joguei o que sobrou na pia.

— Fui eu que falei isso para você, lembra?

Três meses atrás, eu teria ficado muito animada com a perspectiva de ser promovida a primeira assistente. Mas o problema daquilo agora, claro, era que isso significava que Kylie se tornaria EC. Olá, efeito dominó: Kylie teria ainda mais moral com a Iris e o resto dos executivos. Ela usaria seu novo poder para derrubar minhas ideias nas reuniões e tentaria ao máximo virar os outros executivos contra mim. Ela teria sua própria assistente — uma que precisaria dividir com outro EC júnior, mas, ainda assim... — e se certificaria de que ela me odiaria também. Então muito em breve ninguém na Metronome ouviria nada de bom a meu respeito. E, mesmo se eu conseguisse superar a vontade de Kylie e finalmente me transformasse em uma executiva um dia, Kylie estaria sempre um passo à minha frente — e mais do que feliz em me lembrar disso.

— Taylor? — perguntou Julissa, balançando a mão em frente ao meu rosto. — Alô?

— Tenho que voltar ao trabalho — murmurei e a deixei lá com as bochechas cheias de M&M's, parecendo um hamster.

Quando voltei à minha mesa, Kylie estava de pé com seu casaco de caxemira bege, juntando alguns memorandos e roteiros.

— Estou saindo para a Ingenuity para uma reunião — anunciou ela, sem olhar para mim.

Era incrível: um dia e meio sem escutar uma palavra dela e, agora, ela agia como se eu estivesse lá simplesmente para repassar seus recados. Kylie se abaixou e apagou a vela de baunilha.

— Boa sorte — murmurei, obviamente não desejando aquilo de verdade.

Com seu nariz firmemente empinado na direção do céu, Kylie balançou a cabeça para si mesma, como se meu comportamento infantil fosse muito interessante. Ela saiu do escritório sem olhar para trás.

Eu me sentei, sem movimento, na minha cadeira. Sabia tão bem quanto qualquer um que a vida não era justa, mas isso já era *muita* injustiça. Era *eu* quem passava as noites lendo roteiros enquanto Kylie ia ao Socialista ou aonde quer que fosse. Era *eu* a pessoa que realmente ajudava Iris a fazer seu trabalho enquanto Kylie meramente fingia fazer isso. *Eu* chegava mais cedo do que ela e *eu* ficava até mais tarde. Não sabia como Kylie tinha conseguido amarrar esse projeto, mas certamente não havia sido trabalhando muito duro. Ela era esperta e também bonita, possuindo a confiança que só tem quem passa a vida toda escutando que o mundo é a sua ostra.

Apenas faça o seu melhor e você vai vencer todos. Era isso o que o meu pai costumava dizer sempre para mim — na quadra de tênis, na aula de matemática, onde fosse. Mas eu nunca estive tão convencida de que isso não era verdade.

Peguei meu lápis com tanta raiva para escrever na minha lista de Coisas Ruins (*Dana me enchendo o saco para ler o roteiro; ainda não sei distinguir os Weinsteins*) que quebrei a ponta dele.

Do outro lado da sala, ouvi um pequeno apito do computador da Kylie. Uma mensagem do Luke, com certeza. Talvez eu apenas quisesse me fazer sofrer mais, mas não pude resistir e imaginar as coisas doces e amáveis que ele tinha escrito para ela.

Olhei de forma culpada em volta do escritório. Iris estava em uma reunião com Peter Lasky — provavelmente escutando ele gritar, como de costume — e não voltaria até depois do almoço. Olhando para o corredor para ter certeza de que ninguém ia passar, eu andei lentamente os poucos passos até a mesa de Kylie. Uma mensagem do Netboy estava piscando na tela.

Acabei de terminar minha aula de 11h30. Como está o seu dia?

A foto do Luke aparecia no canto esquerdo. Meu estômago deu uma pequena reviravolta, mesmo vendo apenas uma pequena jpeg. Então uma segunda mensagem pipocou.
Você está aí?
Impulsivamente, eu me abaixei sobre o teclado. *Bem. Como está você?* Foi o que escrevi, meu coração agora se juntando ao meu estômago numa acrobacia. Apertei o SEND.
Alguns segundos depois, ele mandou uma resposta:
Quero ver você. Quais são seus planos para hoje à noite?
Oh, isso tinha sido uma ideia muito ruim. Por que eu tinha respondido? Não havia como ele não descobrir. Bem nessa hora, outra mensagem pipocou na tela:
Ei, linda. Mal posso esperar por hoje à noite. Chateau às 19h?
Essa também tinha uma foto. Um sorriso amarelo presunçoso, olhos escuros intensos, cabelo cuidadosamente desgrenhado.
Era Mark Lyder.
Talvez dessa vez a gente arrume um quarto???
Sério, eu quase caí de joelhos com o choque. *Mark Lyder e Kylie.* Ela estava traindo Luke, o suposto amor de sua vida.
E então tudo fez sentido. Mark era a conexão da Kylie na Ingenuity. Ele tinha sido a pessoa que a levou até Troy Vaughn. *Ele* era o contato dela na indústria. E — oh, meu Deus — ela estava *transando* com ele, exatamente o que ela havia me dito para não fazer, na entrega do prêmio da Iris. Muito boa a política de "olhe, mas não encoste"!
Ela não era apenas uma mentirosa. Era também uma hipócrita. E não me surpreende que tenha ficado tão surpresa quando Mark me convidou para ir ao Koi.
Eu estava prestes a desligar o computador de Kylie e fingir que nunca tinha visto nada daquilo quando ouvi a voz de

Quinn na minha cabeça em toda a sua glória juvenil: *Ela faria isso com você.*

Era quase fácil demais.

Escrevi para Mark primeiro:

Com certeza! Vejo você lá!

Apertei SEND.

Então cliquei na mensagem de Luke:

Encontre-me no Chateau Marmont às 19h30.

Então botei o computador no modo de espera e me levantei. Ninguém tinha me visto. Era como se aquilo nunca tivesse acontecido.

Você acabou de fazer uma coisa feia, uma voz baixinha, mas bem clara dentro de mim me dizia, enquanto eu voltava à minha cadeira. Muito, muito feia.

Um sorriso espontâneo e incontrolável se espalhou em meu rosto. Tudo em que pude pensar foi que Quinn ficaria orgulhosa.

CAPÍTULO VINTE E TRÊS

— Onde está Kylie? Ela está doente? — perguntou Iris, esticando o pescoço para olhar para a mesa vazia de Kylie. — Você sabe dela, Taylor?

Ela estava no meio da sala com as mãos no quadril e as sobrancelhas levantadas, demonstrando irritação. (Uma expressão que Tom Scheffer não conseguia mais fazer, graças a uma recente dosagem alta de botox.)

Balancei a cabeça negativamente. Por causa da culpa, eu estava evitando olhar para o monitor escuro do computador da Kylie desde que tinha chegado de manhã, uma hora e meia atrás. Kylie gostava de dormir até tarde, mas sempre chegava ao escritório às 9h30. E, se fosse se atrasar, costumava ligar ou mandar uma mensagem de texto. Por isso, o silêncio e a cadeira vazia eram estranhos.

— Por favor, ligue para ela — pediu Iris, com o olhar irritado suavizando-se. — Deve ter acontecido alguma coisa.

Ah, sim, pensei, tenho certeza de que alguma coisa aconteceu.

Enquanto digitava os números do celular da Kylie, eu estava perfeitamente ciente de que Iris olhava para o topo da minha cabeça. Eu estava no terceiro número quando ela levantou a mão, fazendo um sinal para que eu parasse.

— Espere — disse ela.

Olhei para cima e vi Kylie se arrastando até o escritório com um copo gigante da Starbucks e fitando o chão, como se soubesse que dois pares de olhos a estavam observando de perto.

— Desculpe o atraso — murmurou ela.

De costas para nós, ela desabotoou o casaco, revelando um vestido largo de jersey azul-escuro. Normalmente, eu sabia, ela teria botado um cinto para complementar, mas hoje o vestido flutuava em volta da cintura dela de maneira nada lisonjeira. O cabelo tinha dois tufos atrás, como se ela tivesse acabado de se levantar do travesseiro.

— Você está doente? — perguntou Iris, obviamente preocupada.

— Eu estou bem — disse ela vagamente, sem se virar.

Iris me olhou com uma expressão de dúvida e eu encolhi os ombros.

Nós observamos ela acender uma de suas velas de baunilha e se sentar lentamente em sua cadeira. Quando ela finalmente se virou para ficar de frente para nós, literalmente me engasguei e então encobri com uma tosse de mentira.

Kylie parecia ter passado a noite inteira chorando ou bebendo — talvez os dois. Os olhos dela estavam vermelhos e inchados, com olheiras rosadas sob eles que ela tentou — e não conseguiu — cobrir com corretivo. A pele normalmente dourada estava manchada e desigual. Os lábios também pareciam inchados, além de pálidos e estranhos sem a usual cor avermelhada. A luz fluorescente do escritório a fazia parecer mais velha e acabada.

Eu queria derrubar Kylie. Mas nunca tinha imaginado que conseguiria isso com um soco só.

— Tem certeza de que está bem? — perguntou Iris gentilmente.

Ela pegou um lenço de papel da sua enorme bolsa Balenciaga e o estendeu na direção da Kylie. Apesar de ser a sétima pessoa mais poderosa de Hollywood, ela ainda era uma mãe, e tinha os lenços de papel, os Band-aids, a aspirina, o fio dental e o mercurocromo para provar isso.

— Ah, sim, eu estou bem — disse Kylie, afastando o lenço e fingindo estar ocupada ligando seu computador. — Só comi um sushi estragado ontem à noite.

Iris jogou o lenço de papel no lixo.

— Se não estiver se sentido bem — disse ela —, talvez você devesse tirar o dia para descansar. Você tem aquela reunião amanhã com o Troy...

— Eu vou ficar bem — falou Kylie, fungando. — Sério.

— Tudo bem, então. — Iris encolheu os ombros, como se dissesse: "Eu desisto". — Então alguém coloque Nova York na linha — disse ela, andando na direção da selva de seu escritório.

Kylie se recusava a olhar para mim enquanto eu fazia a ligação, fingindo estar ocupada lendo seus e-mails. Quando desliguei, eu sabia que precisava falar alguma coisa.

— O que aconteceu? — perguntei gentilmente.

Com o olhar fixo na tela, Kilie piscava os olhos verdes rapidamente.

— Nada.

Eu saí da minha cadeira e fiquei de pé em frente a ela.

— Kylie. Eu sei que nós não somos amigas nem nada, mas algo está claramente errado.

Mesmo enquanto eu dizia isso, sentia o pavor surgindo em mim como uma onda. Eu realmente não queria saber os detalhes do caos que havia causado.

A boca de Kylie começou a tremer, mas, ainda assim, ela não olhava para mim.

— Acabou — sussurrou ela. — Acabou tudo.

— O que aconteceu? — perguntei gentilmente.

— Ele simplesmente apareceu do nada — lamentou Kylie.

Ela estava com a cabeça enterrada nas mãos, esfregando as têmporas.

— Foi como se ele soubesse ou algo assim. Eu não sei como. Mas ele apareceu.

— Quem apareceu? Onde?

— Luke — explicou Kylie, olhando para mim com olhos vidrados. — Ele foi ao Chateau. Eu estava lá com outro cara. Nada estava acontecendo, mas... — A expressão dela estava prestes a se desfazer em prantos, e então ela se segurou. — Nós estávamos nos beijando. — Ela limpou os olhos com as costas da mão. — E Luke simplesmente deu um *soco* na cara dele. — Uma lágrima solitária brotou de seu olho esquerdo e escorreu miseravelmente na bochecha dela. — Na frente de todo mundo. E ele olhou bem para mim e disse que não queria me ver *nunca* mais. *Nunca* — continuou ela, fungando alto. — E que eu tinha mostrado a ele quem eu *realmente* era — disse ela, com a voz falhando.

Ela pegou um lenço de papel da caixa na mesa.

Luke — doce, tranquilo, o Luke que era apenas um cara da Virgínia — dera um soco em Mark Lyder? No Chateau Marmont? Meu plano tinha saído mais perfeitamente do que eu poderia imaginar. E ainda assim... eu não me sentia satisfeita.

— E agora ele não quer falar comigo — continuou Kylie, secando os olhos. — Ele não atende o telefone. Não responde os e-mails. — Ela assoou o nariz no lenço de papel. — Quero dizer, não pode ser assim, entende? Ele não pode simplesmente me abandonar desse jeito.

— Mas você estava com outra pessoa — comentei.

Minha voz era baixa, mas enérgica. Eu me sentia mal por ela, mas me sentia pior pelo Luke. Que choque horrível ele tinha sofrido, encontrando sua amada nos braços de outro homem.

Dessa vez, quando Kylie falou, a voz dela era fria:

— Eu falei para ele, aquilo não significava nada. Mark estava apenas me ajudando. Nós nos empolgamos, mas aquilo não significou nada.

— Mark *Lyder*? — perguntei, fingindo surpresa, e as palavras soaram falsas em minha boca, mas Kylie ficou vermelha de vergonha.

— Olha, você sabe tão bem quanto eu que ninguém cresce por aqui anotando os recados com cuidado e esperando que alguém perceba — disse ela. — Eu não fiz nada errado, Taylor. Era só o que eu tinha que fazer. Então pode descer do seu pedestal. Não é nada que você não teria feito.

— Não — censurei. –– Eu nunca teria feito isso, Kylie.

Ela se levantou rapidamente e saiu pela porta. Ouvi a porta do banheiro feminino bater com força.

Fiquei olhando para a cadeira vazia, o lenço de papel amassado que ela deixou sobre a mesa. Os destroços de Kylie.

Ela não estava apenas um caco, como Quinn garantiu que ficaria: ela estava um completo e perfeito desastre. Doze horas depois, e já estava no fundo do poço.

E, sim, eu me sentia culpada pela minha parte nisso. Mas disse a mim mesma que, por um lado, isso não tinha nada a ver comigo. Luke teria descoberto tudo eventualmente. Kylie teria sido pega. E, se eu realmente quisesse filosofar sobre isso, Kylie havia feito isso consigo mesma. Como meu pai gostava de dizer: a gente colhe o que planta.

Achei que Quinn precisava de uma atualização. Peguei meu iPhone e comecei a digitar.

> Kylie tomou um pé na bunda
> Perdendo a cabeça
> Podemos dizer que parece a Britney?

CAPÍTULO VINTE E QUATRO

Algumas horas depois, guardei minhas botas Stuart Weitzman de camurça cinza no armário com decoração de Natal do lado de fora da sala de aula de Buddha Ball e senti o cheiro familiar de incenso de jasmim e suor seco. Eu tinha aprendido a amar o Buddha Ball, apesar de ainda ser uma das piores alunas da turma. (Uma mulher chamada Kelly — nome de guerra: Nevada Blue — era a melhor; ela podia manter a posição do pombo rei de uma perna por horas, o tipo de coisa que apenas contorcionistas profissionais deveriam fazer.)

— Oi, Magda.

A loura tatuada atrás do balcão deixou o olhar carrancudo de lado e acenou — na semana anterior, tínhamos finalmente achado algo em comum no nosso ódio por Pinkberry — e eu abri a porta.

Como de costume, Ted estava usando seu short de nylon de corrida, em meditação profunda na frente da sala. Kelly, de lycra rosa, estava na primeira fila (ela gostava de aparecer), e o cara que eu passei a chamar de proctologista estava atrás dela (ele sempre parecia um pouco insatisfeito, assim como alguém que passa os dias tratando da bunda das pessoas ficaria). Sorri para Joanna, uma atriz cujo maior feito era um comercial para uma linha de bate-papo (555-SEXY) e acenei para Arthur, um dublador popular que estava cheio da grana (o Lamborghini laranja estacionado na frente era dele). A sala parecia mais cheia essa noite, provavelmente culpa do verão, as pessoas ali certamente planejavam viajar para o Havaí e Bali.

— Ei, Taylor — disse Zena, arqueando as costas bronzeadas até chegar na posição do gato —, suas panturrilhas estão ótimas.

Olhei para minhas pernas, que estavam parecendo mais torneadas ultimamente, apesar de continuarem ainda horrivelmente pálidas.

— Obrigada — agradeci, pegando um mate.

— Um bronzeado cairia bem, no entanto — disse ela, afundando-se na posição da vaca.

Eu ri.

— Você nem precisa me dizer isso.

— Ah, não olhe agora, mas adivinhe quem está aqui? — perguntou Zena, apontando com os olhos para o fundo da sala.

Dei uma olhada em volta. E então pisquei só para ter certeza de que não estava imaginando coisas. Em um tapete no canto da sala, sentado de pernas cruzadas enquanto todos da turma fingiam não olhar, estava Holden MacIntee.

Eu havia desistido completamente de encontrá-lo e agora ali estava ele, usando uma camiseta do Powerade desbotada e um short de corrida vermelho. Eu precisava de uma estratégia o mais rápido possível. Fui andando escondida até o fundo da sala e peguei o iPhone na minha bolsa, tentando não parecer óbvia demais — Ted era totalmente contra telefones na sala de aula.

HOLDEN NA AULA! COMO EU FAÇO?

Um momento depois, a resposta de Quinn pipocou:

Lição #1: Finja até conseguir.

Suspirei e desliguei o telefone. Uma lição repetida! Onde estava o meu novo conselho brilhante quando eu precisava de um?

Voltei na ponta dos pés para o meu tapete e a *medicine ball*, peguei-os e tentei, sem fazer muito alarde, achar um lugar perto de Holden. (Se Ted abrisse os olhos e me visse, provavelmente me faria liderar a turma com ele novamente, uma experiência que eu não queria repetir.) Zena piscou para mim e pisquei de volta. Certamente, ela achava que eu ia dar em cima dele. Mas não estava interessada em Holden *daquela* forma. Tão tentador quanto ele era a chance de eu me tornar uma EC. Iris faria o anúncio a qualquer momento.

Por sorte, havia espaço suficiente em volta dele. Juntando toda a indiferença que podia, coloquei meu tapete no campo de força de celebridade dele e me sentei.

Respirei fundo e parti para o ataque:

— Não sei se estou pronta para isso hoje — disse eu, de uma maneira extremamente casual, enquanto alongava uma das pernas. — Na semana passada eles tiveram que me desgrudar do chão com uma espátula.

Holden virou os olhos estonteantes para mim e sorriu.

— Eu não venho aqui há semanas. Vou ficar destruído.

— Você parece que consegue aguentar — provoquei, me dobrando para copiar o alongamento dele.

— Bem, o Ted gosta de mim, então pelo menos ele mostra um pouco de misericórdia — respondeu.

Os cílios em volta dos olhos verdes-claros eram tão longos quanto os de uma menina, mas não havia mais nada feminino nele.

— Você tem sorte. Ted meio que gosta de pegar no meu pé. Na primeira vez em que vim aqui, ele me fez ficar ao lado dele e, toda vez que eu urrava de dor, fazia o resto da turma me copiar.

Eu me virei e fiquei numa posição do cachorro virada para o chão para alongar minha panturrilha e olhei para ele. Era ainda mais bonito de cabeça para baixo.

Holden riu baixinho para que Ted não ouvisse.

— Ele fez isso comigo também. Acho que é uma prova de afeto. Ou pelo menos é o que digo a mim mesmo. Tento acreditar nisso.

Ele sorriu para mim e eu sorri de volta para ele da minha posição, e então não havia mais nada em que eu pudesse pensar para falar.

Mordi meu lábio e me coloquei na posição da criança, com a testa apoiada no tapete. Então tive a ideia:

— Bem, é como dizem: "Eu acredito em acreditar" — disse eu, rezando para que ele reconhecesse a citação.

Ele se aproximou de mim.

— O quê?

Enrubesci.

— Eu acredito em acreditar. Você falou aquilo sobre o Ted e isso me fez pensar. É uma frase de...

— *Journal Girl!* — exclamou Holden.

Forcei meu rosto na tentativa de demonstrar uma expressão de choque.

— Você reconheceu a frase?

Ele balançou a cabeça com vigor.

— É um dos meus filmes favoritos.

Bingo. Mantive o olhar chocado.

— Sério? Isso é tão estranho... Esse é o meu filme favorito.

Holden descruzou as pernas e dobrou as costas, grunhindo um pouco enquanto alongava.

— Só não conta pra ninguém que sei as falas do filme — sussurrou de forma conspiratória.

Levantei as sobrancelhas e tentei dar um ar de flerte na minha voz:

— Por quê? Só porque é coisa de menina?

Holden, ainda com as costas abaixadas, virou a cabeça e sorriu para mim.

— Bem, não é o filme mais másculo do mundo, você tem razão. Mas amo todos os filmes do Deming, principalmente os independentes. Aquele cara é um gênio.

— Eu sei. Ele é basicamente o motivo por que comecei a trabalhar no desenvolvimento da Metronome.

Bom complemento, pensei comigo, mesmo que, ao ouvir falar da Metronome, os olhos de Holden tenham ficado um pouco vidrados.

Finja até conseguir, disse para mim mesma, e cruzei meus dedos.

— Isso é totalmente em *off* — disse eu, me aproximando dele —, mas já estamos conversando com ele sobre um roteiro. E acho que você seria perfeito para ele.

Ele se sentou reto e olhou para mim.

Na frente da sala, Ted limpou a garganta e nós nos viramos como crianças baderneiras na escola.

— Muito bem, gente — disse Ted —, vamos começar. Silêncio, por favor. Nós começamos na posição de lótus e limpamos nossa mente.

Todos se sentaram retos e se prepararam para ouvir as lamentações dos outros. Merda, pensei, lá se vai a minha chance. Mas talvez eu pudesse mencionar isso enquanto limpava minha mente: *Ai, Ted, eu estou apenas preocupada que não vá conseguir me concentrar nos meus adutores laterais esta noite porque estou pensando em um projeto fenomenal no qual estou trabalhando...* No entanto, esse pequeno pedaço de encenamento não foi necessário, porque Holden não se distraía tão facilmente.

— Qual é o projeto? — sussurrou ele.

Percebi que não tinha nenhuma ideia do que dizer — eu havia fingido tanto quanto podia. Então pensei na minha bolsa, jogada ali no fundo da sala, com o roteiro da Dana dentro dela.

— Está na minha bolsa — sussurrei de volta, apontando com a cabeça para o fundo da sala. — Chama-se *A Evolução de Evan*. É de uma jovem roteirista que encontramos e achamos fantástica. Achamos que ela vai estourar.

É claro que não era bem assim, mas não foi sobre isso que Brett falou naquela época? *Hype. Uma pessoa acha que uma coisa é boa e o resto da cidade quer comprá-la.*

— Legal — disse ele. — Posso ler? Vou para Nova York amanhã; então, sabe, seria bom para ler no avião.

Meu estômago pulou até a garganta. Gaguejei por um segundo e, então, consegui voltar à minha pose:

— Claro — concordei —, entrego para você quando terminar a aula. Depois me diga o que achou.

— Ótimo — disse Holden, parecendo satisfeito. — Qual é o seu nome, por falar nisso?

— Taylor — falei, esticando a mão para apertar a dele, esperando que Ted não percebesse. — Taylor Henning.

Taylor Henning, que estava também torcendo desesperadamente para que a cabeça de vento da Dana McCafferty tivesse feito um bom trabalho de revisão, poderia acrescentar. Era realmente uma pena que eu não tivesse pegado o roteiro para ler.

— Gente, estamos ouvindo Kelly falar de sua imagem corporal — disse Ted em tom de bronca da frente da sala. — Vamos nos sintonizar, por favor?

Enquanto me virava para ouvir Kelly limpar sua mente (ela estava sentindo muita ansiedade porque tinha ganhado dois quilos e culpava a mudança de fórmula do iogurte da Whole Foods), eu queria pular do meu tapete e plantar bananeira. Esse estava começando a ser o melhor dia da minha vida.

CAPÍTULO VINTE E CINCO

Às oito horas da noite do dia seguinte, quando todos os outros assistentes da Metronome provavelmente se preparavam para sair na noite de quinta (Cici calçando seus Manolos para ir ao Socialista, Wyman polindo seus óculos de nerd para um festival do Godard no centro), eu estava no estacionamento do Centro de Tênis, segurando um urro de dor enquanto alongava as pernas e sentia o resultado dos cinquenta agachamentos extras que Ted tinha obrigado Holden e eu a fazer por conversar na aula do dia anterior.

A dor, claro, era um preço pequeno a pagar pelo que possivelmente era a coisa mais excitante a acontecer comigo em toda a minha vida. Eu ainda não conseguia acreditar em quão perfeitamente tudo acontecera. Eu tinha sido confiante, persuasiva e espontânea: uma atuação perfeita, se é que posso dizer. A única parte difícil — e, sério, era desesperador — foi esperar para receber outra cópia do roteiro da Dana. O estresse praticamente me deu urticária e Magnolia finalmente teve que me acalmar, me obrigando a comer metade de uma caixa de cookies e meia garrafa de um Chardonnay barato. No minuto em que cheguei ao trabalho, liguei para Dana e pedi que ela mandasse por e-mail uma outra cópia, e, enquanto imprimia, roí uma de minhas unhas até o sabugo. Li o roteiro com o coração na boca. E milagre dos milagres: o roteiro da Dana tinha ficado muito melhor que o original. A história estava mais complexa, os personagens, mais inteligentes, os riscos, maiores e o diálogo, mais polido — todas sugestões minhas, percebi com um certo orgulho. Enquanto bebia meu copo duplo de café, senti a felicidade se alastrar em mim — era bem possível que o Holden realmente *gostasse* desse roteiro.

Mas, só para ajudar um pouco as coisas, plantei uma semente nas *tracking boards*. Tudo o que tive que escrever foi o título, seguido de S*oube que esse roteiro é ótimo. Roteirista sem agente?*. No final do dia, vários tópicos falavam sobre ele e todos queriam saber onde poderiam achar aquela "nova roteirista promissora". Nos meus contatos, pensei animada.

E a melhor parte? Consegui agendar uma reunião de café da manhã no Four Seasons com o agente do Michael Deming. Não havia sido fácil achá-lo. Para começar, eu tinha que fazer todas as ligações quando a Kylie não estivesse por perto (por sorte, ela estava passando muito tempo no banheiro feminino e na nada profissional sala do cochilo), além disso, ninguém com quem eu falava parecia saber.

"Deming está sumido há quatro anos", um assistente tinha dito sarcástico.

"Quem se importa com quem é o agente dele?"

Mas, finalmente, uma assistente na William Morris me disse o que eu queria escutar:

— Sim, nós temos o telefone dele — sussurrou ela. — Mas, por favor, não conte a ninguém.

Tudo o que precisei falar foi que eu tinha um projeto com Holden MacIntee e, em menos tempo do que demorei para pedir um copo duplo de café, eu tinha uma reunião de café da manhã com Arnie Brotman.

— Devo mandar o roteiro? — perguntei.

— *Claro* — disse a garota, antes de desligar.

A vitória era quase minha; eu podia sentir o gostinho.

Terminei meus alongamentos e andei em direção às quadras de tênis, iluminadas por lâmpadas fluorescentes que zumbiam e estavam quase desertas. Aparentemente, o resto do mundo tinha coisas melhores para fazer. Eu avistei Luke na Quadra Três. Ele pegou uma bola de uma cesta próxima aos seus pés, jogou-a para cima, arqueou o corpo na direção dela e, com um balanço explosivo do braço, mandou-a zunindo na área de saque do outro lado da rede. Eu o observei fazendo isso mais uma dúzia de vezes. Parecia mais alívio de tensão do que treinamento de tênis.

— Uau! — disse eu com animação, entrando na quadra enquanto ele encaixava mais um ace. — Só não faça isso comigo.

Luke se virou para mim e o rosto dele ficou um pouco mais leve.

— Ei! Achei que você tivesse se esquecido de mim.

Sorri e ajeitei a ponta do meu novo vestidinho preto (era só um Nike, mas era uma graça: mais para Audrey Hepburn do que para Billie Jean King, com certeza). Luke era ainda mais bonito do que eu me lembrava, e, mesmo na luz que já diminuía, os olhos dele eram tão azuis e intensos que eu corei e tive que me virar.

— Esquecer você? — perguntei, abrindo o zíper do meu casaco esportivo e jogando-o sobre um banco. — Nunca.

Dei uma balançada extra no quadril quando tomei meu lugar na quadra, só porque estava me sentindo bem, e podia sentir que ele olhava para mim. Sim, o vestido tinha sido um investimento inteligente. Não que eu quisesse que nossa aula acabasse em algo mais, disse para mim mesma. Ou não achava que queria. Afinal, o conselho da Quinn já havia funcionado.

— Você está bonita — disse Luke suavemente.

Eu me virei e sorri. Ele quase parecia um pouco nervoso e havia círculos levemente escuros debaixo de seus olhos. Involuntariamente, olhei para os punhos dele para ver se conseguia descobrir qual ele tinha usado para bater no Mark, mas não havia nenhum vestígio.

— Obrigada — disse eu, tocando no meu cabelo que eu tinha prendido em um reluzente rabo de cavalo.

Ele mandou uma bola no meu forehand e me movi para devolvê-la com força para ele. Mas então parei no meio do movimento e deixei meu braço cair para errar a bola.

— Ops! — exclamei alegremente.

— Tente de novo — disse ele de forma encorajadora. — Lá vai.

Essa eu me permiti acertar, mas me assegurei de que cairia fora da quadra. A próxima me permiti jogar só um pouco errada para ele ainda conseguir devolver.

— Bom trabalho — disse ele, completando o movimento.

Ele continuou mandando bolas e eu ainda tentava errar muitas delas, mas, em pouco tempo, nós conseguimos chegar a um ritmo melhor.

O exercício familiar permitia que minha mente se voltasse para Kylie. As coisas estavam indo ladeira abaixo para ela bem rápido. Esta manhã, ela tinha chegado ao trabalho de banho tomado, usando um vestido transpassado vermelho (bonito, mas um pouco parecido com um uniforme de colégio, se comparado aos seus trajes habituais) e carregando o que parecia ser uma bolsa nova. Mas o rosto dela estava ainda mais inchado, e, da forma como ela virava garrafa atrás de garrafa de Evian, percebi que estava ou muito de ressaca, ou, possivelmente ainda, de alguma forma bêbada. Não preciso nem dizer que ela nem se deu conta da minha presença. Apenas acendeu sua vela e abaixou a cabeça sobre a mesa.

Quando ela voltou do seu grande almoço de negócios, não precisava ser um gênio para perceber que a reunião para assinar o contrato com Troy Vaughn não tinha ido nada bem. Isso só foi confirmado quando Kylie botou quatro aspirinas em sua palma trêmula e as engoliu com uma lata de Red Bull normal — não era o sem açúcar.

— Como foi? — perguntei.

— Ótimo — disse Kylie de forma seca, sem olhar para mim.

Então Iris entrou.

— Kylie? Venha à minha sala, por favor. E feche a porta?

Kylie saiu dez minutos depois, parecendo menor e mais pálida do que quando entrou. As mãos delicadas estavam tremendo. Ela andou até a mesa com tanta dignidade quanto podia mostrar, pegou sua bolsa e saiu.

Apaguei a vela para ela. Eu me sentia mal; realmente mal. Mas não podia evitar ficar aliviada. Não tinha mais a mínima chance de Iris promover Kylie amanhã, o que significava que: a) ela não poderia se aproveitar disso contra mim; e b) eu tinha uma chance maior de tentar conseguir a promoção.

Uma bola veio na minha direção no centro da quadra e eu estava tão envolvida com meus pensamentos sobre Kylie que a devolvi instintivamente com violência em um voleio certeiro. A bola passou voando pelos pés de Luke e beijou a linha.

— Ei! — gritou ele. — E você disse que não andava treinando?

— Hum, será que é aquela sorte de principiante de novo? — respondi. — E, é claro, porque você é um ótimo professor.

Luke riu. Era uma resposta meio idiota, mas ele pareceu cair.

— Que tal uma pausa para água? — sugeriu ele.

Um ao lado do outro, nós andamos até a máquina. Eu balançava minha raquete para a frente e para trás para esconder meu nervosismo repentino. Havia algo em Luke que me fazia querer dar cambalhotas na calçada. É claro que dar cambalhotas era algo que eu não devia fazer por muitos motivos, sendo que um deles era o meu vestidinho preto. O fato de ele ser curto e do corte se ajustar ao corpo deixava pouco para a imaginação. Eu agradecia aos céus pelo shortinho acoplado. Sem contar o spray bronzeador da Clinique que usei — um avanço em relação àquele da Neutrogena —, que tinha dado às minhas pernas um brilho que parecia natural. Até minha amiga estrela pornô do Buddha Ball teria ficado orgulhosa.

— Pode admitir, você não é uma iniciante — disse ele.

Uma repentina onda de pânico tomou conta de mim. Será que, de alguma forma, ele tinha descoberto quem eu era? Será que ele me descrevera para Kylie antes de eles terminarem ou será que ela tinha dito algo a ele sobre mim? Engoli em seco e tentei manter minha expressão vazia e inocente.

— O que faz você pensar isso?

— Iniciantes são simplesmente ruins. Você é ruim na maior parte do tempo, mas então vira e dá um voleio como a Venus Williams.

Eu ri, aliviada.

— Ah, então eu estou mandando sinais confusos? — disse eu, fazendo uma analogia infeliz.

Luke sorriu e abaixou a cabeça.

— Talvez.

Ele botou um dólar em moedas na máquina. Uma garrafa de Poland Spring saiu por baixo e ele a pegou e a entregou a mim, comprando depois uma para ele mesmo.

— Na verdade, eu tenho uma confissão — disse eu, bebendo um gole. — Eu fiz um curso de tênis na sétima série. Mas achei melhor mentir e fingir que os bons golpes eram parte de uma habilidade natural. É mais dramático dessa forma, você não acha?

Ele riu.

— Quando você disse que tinha uma confissão a fazer, pensei que seria algo que fosse me causar um ataque cardíaco.

— Um ataque cardíaco! — exclamei. — Você deve ser bem mais velho do que eu pensei.

Nós nos viramos e voltamos para as quadras. Eu tirei aquela tampinha feita para esportistas da minha garrafa — não consigo beber com aquilo sem me molhar toda — e a joguei no lixo.

— Eu não sou muito mais velho do que você — falou ele. — Acho que não.

— Certo, pensa rápido — disse eu, sentindo-me corajosa e colocando minha mão no antebraço dele. — Primeira paixão. Primeira paixão por uma estrela do cinema.

Luke pensou sobre isso.

— Aquela garota de *Digam o que Quiserem*... quando ela está com aquele vestido branco — disse ele sorrindo. — Eu tenho uma queda pelas morenas.

Minha mão caiu do braço dele com a surpresa.

— Ah, então a sua namorada deve ser morena — disse eu.

O rosto de Luke se fechou.

— Não, ela não era. Quero dizer, ela não é — disse ele, então fazendo uma pausa enquanto chutava uma pedrinha perdida ao lado da grade da quadra. — Na verdade, ela não é mais minha namorada.

— Ah! — exclamei, parecendo surpresa. — Eu sinto muito.

— É — disse ele baixinho, girando a tampa da sua garrafa de água e dando de ombros. — Eu também.

Nós continuamos andando e houve uma longa pausa que foi meio desconfortável. Mas não me sentia como se fôssemos estranhos — éramos pessoas que ainda não tinham descoberto uma forma de ser amigos. Passei minha raquete na grade de arame de uma das quadras só para quebrar o silêncio.

— Ela estava me traindo — continuou Luke finalmente, mantendo os olhos na garrafa.

— Ah, não — sussurrei.

Eu pensei em botar minha mão no braço dele novamente, mas me controlei. Não queria que ele pensasse que eu estava dando em cima dele — naquele momento, eu só queria confortá-lo.

— Com um agentezinho nojento.

Quando ele olhou para cima, seus olhos estavam vidrados, como se ele estivesse reprisando a cena de Kylie com Mark Lyder em sua mente.

— Acho que ela era mais interessada nessas coisas de Hollywood do que eu pensava.

— Sinto muito — disse eu. — Você quer falar sobre isso?

Em vez de voltar para a quadra, eu o levei até um banco de madeira de frente para as quadras. Eu me sentei e bati no espaço ao meu lado. No buraco nove do campo de golfe, o jardineiro estava cortando a já perfeita grama.

Ele encolheu os ombros e se deixou cair no banco.

— Pelo menos agora eu sei quem ela é de verdade. Então isso é uma coisa boa — disse.

Ele tentava soar otimista, mas não estava se saindo muito bem nisso. Ele bebeu um longo gole de água.

Deixei minha garrafa no banco, entre nós dois, e me virei para ele.

— Eu espero que não se importe — disse eu —, mas me parece que ela não era boa o suficiente para você.

Luke olhou para mim, surpreso.

Eu bati com minha raquete no meu joelho porque estava nervosa e porque queria que ele acreditasse no que eu dizia.

— Você tem que ficar com alguém que não ligue para esse tipo de coisa — disse eu. — Alguém que seja real. Alguém que perceba uma coisa boa quando a vê. — Eu parei. Quão óbvia eu estava sendo? Só queria que ele se sentisse melhor, mas então eu basicamente contei a ele simplesmente que devia ficar *comigo*. — Desculpe, isso é apenas o que penso — sussurrei.

Ele continuou a me estudar, como se eu soubesse de algum segredo que ele poderia decifrar apenas olhando para mim com aqueles seus raios laser azuis. Tive dificuldade em olhar para ele, e então olhei para as minhas pernas. Ajeitei a ponta do meu vestidinho. O que eu queria? Fechei meus olhos por um segundo. Eu tinha que admitir. Eu queria Luke.

Ao meu lado, ele limpou a garganta.

— Olha, espero que isso não seja esquisito, inapropriado ou algo assim. Mas você gostaria de jantar comigo alguma hora? Tipo amanhã, talvez?

Senti todo o sangue do meu corpo subir para a superfície da minha pele. Fiquei feliz por estar ficando escuro porque eu podia dizer que minhas bochechas estavam vermelhas. Tomei um gole da água para me acalmar.

— Eu adoraria — disse eu.

CAPÍTULO VINTE E SEIS

— Apenas tenha certeza de que você sabe no que está se metendo — avisou Arnie Brotman, enquanto colocava um pedaço de bacon na boca. — Deming é um gênio, mas também é um pouco maluco.

Brotman girou o dedo em volta da orelha, o sinal internacional para maluco.

Tomei um gole de café e tentei desviar o olhar de Brotman, que comia de boca aberta. O agente de Deming era parrudo e compacto, com uma cabeça raspada levemente pontuda no topo. Dava para ver como ele havia recebido o apelido de Bala Prateada, na época em que ainda tinha vários clientes do primeiro escalão. Era principalmente por causa do formato do corpo dele, mas também pelo seu jeito direto, que não tolerava enrolação. Arnie não era de fazer joguinhos, o que o diferenciava de praticamente todos os outros agentes que eu conhecera. Mas ele também teve um surto, embora tivesse sido um surto que não o mandou para a terra dos ursos pardos como Deming. Como eu havia descoberto em uma rápida pesquisa na internet, ele passara um ano inteiro entregue à cocaína em 2000 (na idade avançada de 37 anos), o que custou a ele praticamente todos os seus clientes importantes. Estava limpo agora, mas não tinha ficado humilde. Ainda parecia uma figura importante, ali entre a decoração teatral vermelha e dourada do restaurante Gardens, no Four Seasons. Sob pinturas contemporâneas de cores chamativas (e, francamente, feias) em duas das paredes, executivos em seus ternos de trabalho checavam seus BlackBerries e selavam contratos multimilionários ao lado de seus Belgian waffles.

— Sei que ele é difícil — disse eu, com cuidado —, mas tem que haver algum projeto que o seduza a voltar.

Até agora, na nossa reunião, Arnie tinha sido bastante amigável, mas não muito encorajador. Eu estava começando a me sentir um pouco menos confiante em mim mesma.

— Olha, vou ser honesto com você — disse ele, cortando seu bolinho de caranguejo com a lateral do garfo. — Eu não tenho certeza se ele *quer* voltar. Por todas as coisas que ele fala sobre Hollywood, seria um trabalho gigante fazê-lo ficar atrás de uma câmera novamente, especialmente para um estúdio. Você conhece a história do último filme dele. Um pesadelo — explicou Arnie, tremendo. — Ele nunca para de falar sobre isso.

Eu mexi meu suco de laranja no copo. O primeiro e único filme de Deming para um grande estúdio fora atormentado por problemas desde o começo, de cortes no orçamento que não foram previstos a ordens impraticáveis dos figurões do estúdio. (Estes achavam que deviam opinar na trama e na edição do filme; já Deming achava que eles tinham que assinar um cheque em branco e sumir.) Quando finalmente chegaram ao corte definitivo, foi com a opção dos figurões, e não com a que Deming queria, e é claro que Deming fez um escândalo. Os figurões estavam tão de saco cheio dele àquela altura que mandaram o filme para apenas quarenta cinemas no fim de semana de estreia e mal o divulgaram, e o resultado foi um grande fracasso de bilheteria.

— Bem, isso não vai acontecer conosco, Arnie — assegurei a ele, pescando um morango na minha salada de frutas. — Ele vai poder tomar todas as decisões aqui. E vai ter a ajuda de um jovem astro ascendente que o venera.

— Mesmo assim, as chances ainda são pequenas, moça — disse Brotman, enquanto colocava uma garfada de bolinho de caranguejo na boca. — Quero dizer, esse cara é quase um maníaco que acredita em teoria da conspiração. Só estou alertando você.

— Olha — falei com firmeza, me inclinando para a frente e deixando meu garfo sobre a mesa para que Arnie soubesse que eu só estava pensando em negócios —, posso imaginar que Deming seja o cliente mais talentoso que você tem no momento. Certo?

Arnie Brotman diminuiu o ritmo da mastigação e meio que balançou a cabeça num movimento circular que poderia significar sim, não ou talvez. Meu coração batia forte — eu estava botando um agente contra a parede! —, mas, ao mesmo tempo, eu me sentia estranhamente calma. Sabia o que estava fazendo, e isso me dava uma sensação boa.

Eu olhei bem nos pequenos olhos castanhos dele.

— Então você não fica chateado que ele fique lá numa ilha observando passarinhos ou seja lá o que for que ele faz? Quando poderia estar fazendo grandes filmes de novo? *E* dando a *você* uma bela comissão? Já viu as páginas de fãs na internet? Você sabe que os pôsteres originais de *Journal Girl* são vendidos por milhares de dólares? Quero dizer, Deming é muito importante. Ele afetou um monte de gente. Você não sente nenhuma responsabilidade de trazê-lo de volta ao mundo?

Arnie limpou os lábios com seu guardanapo de linho branco como neve. Eu tinha a total atenção dele neste momento.

— Olha, eu só quero que ele volte a trabalhar — continuei.

Eu sabia que estava perto: só precisava continuar falando até que Arnie acenasse positivamente com a cabeça.

— E, se ele quiser trabalhar conosco, nós temos todos os elementos aqui: um bom roteiro, um grande astro e um estúdio que vai fazer de tudo para deixá-lo feliz. Então, o que estamos esperando? Vamos colocá-lo no telefone hoje e apresentar o projeto a ele.

Arnie balançou a cabeça.

— Não. Não funciona desse jeito.

— O que você quer dizer? — perguntei.

Olhei rapidamente para a mesa mais próxima, onde uma jovem atriz estava brincando com seu omelete de claras e olhando dentro dos olhos de um homem com uma camisa de seda e o olhar predatório de possível empresário. Eu estava começando a ficar impaciente.

Ele tirou um pedaço do croissant.

— Você tem que ir lá. Apresentar o projeto a ele pessoalmente. Ele não faz negócios por telefone; não confia nisso. Ele gosta de analisar a pessoa ao vivo — disse ele, mastigando e engolindo. — Agora você sabe por que o cara não trabalha mais. Sabe onde ele mora? É quase no Alaska.

Suspirei. Eu sabia disso, não sabia? Eu vinha mandando cartões-postais para lá durante anos. É claro que não sabia *exatamente* o quão afastado aquilo era. Mas, se o correio conseguia chegar lá, certamente não era tão difícil assim.

— Você já o visitou? — perguntei com cuidado.

— Uma vez — disse Arnie, espetando um pedaço de melão. — E foi o suficiente.

— Se eu for lá, quais você acha que são as minhas chances? — perguntei.

Arnie apertou os olhos até eles quase desaparecerem, enquanto batia com a faca num croissant.

— Muito boas — revelou ele, depois de um tempo, apesar de sua voz parecer um pouco hesitante. — Quem sabe? Quero dizer, ele não é nenhum Howard Hughes; ele pelo menos corta as unhas, mas, ao mesmo tempo, ele faz Stanley Kubrick parecer normal. Mas eu vou te dizer uma coisa...

Ele tomou um gole do café, e então colocou a xícara de volta no pires, fazendo um barulho

— Eu dei uma olhada no roteiro ontem à noite. E eu acho que é a coisa mais próxima que já vi de algo que acho que ele faria. Então vá lá, massageie um pouco o ego dele, assegure-se de que ele saiba quem é Holden MacIntee, e eu acho que você tem alguma chance — disse ele, limpando a boca e se levantando. — E agora eu tenho que ir. Tenho outro café da manhã no L´Ermitage.

Ele checou seu grande relógio de ouro.

— Mas boa sorte, garota — falou ele, jogando o guardanapo em sua cadeira. — E, para uma iniciante, você está fazendo um ótimo trabalho.

Cruzei meus braços sobre o peito enquanto observava o Bala Prateada sair do restaurante. Imaginei que estava na hora de investir em um par de botas de escalada e uma bússola. Se alguém ia falar com Michael Deming, esse alguém seria eu.

✻

— Iris está procurando você — disse Kylie em um tom imperativo, quando entrei no escritório —, e eu acho que ela mencionou que tem roupas para buscar na lavanderia.

Pela maneira como ela transmitiu essa informação para a tela de seu computador, estava claro que Kylie tinha voltado a ser ela mesma. Seu cabelo, preso em um coque, estava novamente liso e sedoso. Uma blusa de seda com estampa florida e uma saia cinza tinham substituído os vestidos largos e as calças capri. E seu complexo de superioridade parecia firme e resolutamente de volta ao lugar.

Deixei minha bolsa na mesa com uma batida irritada. Liguei meu computador e, instantaneamente, uma enxurrada de mensagens de Brett Duncan começou a piscar na minha tela:

Bduncadonk: por onde você anda, garota?!

Bduncadonk: você não respondeu meu convite do Google

Bduncadonk: é bom que esteja preparada para entornar um bocado de vinho este fim de semana.

Esfreguei minhas têmporas impetuosamente. A viagem para Sonoma. Ele tinha mandado um convite no Google Calendar com todos os detalhes, mas eu havia me esquecido totalmente disso.

Nesse exato momento, Iris me chamou de dentro da sala dela:

— Taylor? Você está aí fora?

Kylie sorriu maliciosamente enquanto brincava com seu brinco de pérola. Ela estava tão confiante, tão serena — era como se seu surto nunca tivesse acontecido. Era como se... era como se ela fosse ser promovida.

Talvez, de alguma forma, aquilo ainda fosse acontecer depois de tudo. Talvez Iris quisesse contar a mim pessoalmente, antes de fazer o anúncio geral.

— Aí está você — disse Iris, ao aparecer em sua porta com um olhar exuberante no rosto. — Onde esteve? — perguntou ela, quase perdendo o fôlego.

— Eu tive um café da manhã. Com o agente de Michael Deming — respondi. — Estava indo agora mesmo falar com você sobre isso...

— Isso é sobre Holden MacIntee? — interrompeu Iris. — Recebi uma ligação de Bob Glazer hoje de manhã — disse Iris, cruzando os braços. — Aparentemente, você apresentou um roteiro para Holden que nós não temos e que ninguém aqui leu.

Oh-oh. Segurei a extremidade da minha mesa — repentinamente, eu precisava me sentar. Do canto do meu olho, eu podia ver Kylie se ajeitando em sua cadeira, ansiosa, sem dúvida, pelo que ela esperava que seria um verdadeiro show de fogos de artifício.

— Hum, na verdade, eu posso explicar isso... — comecei.

— Aparentemente, Holden amou o roteiro.

Minha mão apertou mais ainda a mesa. Eu meio que tremi um pouco e então me recuperei.

— O quê?

— Ele amou o roteiro — repetiu Iris. — E quer fazer o filme. Holden ligou para Bob hoje de manhã de Nova York para contar a ele. Contanto, claro, que Deming faça parte do projeto. Então é verdade?

Atrás de Iris, os olhos de Kylie ainda estavam arregalados, mas o sorriso malicioso tinha sumido. Agora ela parecia apenas chocada.

— Você não contou a Holden que já estava comprometida com Deming? — perguntou Iris.

Eu não consegui mais me segurar e caí em minha cadeira, que fez um pequeno barulho, em protesto.

— Oh... sim. Sim. Eu falei.

Iris estava focada em mim e nem piscava.

— Então, está tudo acertado?

Eu estava pronta para contar a verdade a ela quando as palavras de Quinn voaram em minha mente. *Aja como se você soubesse de tudo, mesmo quando não sabe.* Estava tudo acertado — quase. Tudo o que eu precisava fazer era vê-lo pessoalmente e apresentar o projeto a ele. É claro que ele diria sim.

— Ele está dentro — afirmei confiante, ajeitando-me em minha cadeira. — Eu só preciso ir até lá e encontrá-lo para ele assinar os contratos. Mas, fora isso, está tudo acertado.

Iris balançou a cabeça e ficou observando, enquanto um sorriso radiante surgia lentamente sobre seu rosto magro e belo.

— Então, parabéns, Taylor. Você acabou de conseguir a promoção.

A princípio, achei que não havia escutado direito, mas a expressão horrorizada da Kylie confirmou: Iris tinha acabado de me promover!

— Oh, meu Deus, sério? — disse eu.

Eu queria parecer tranquila e centrada, mas era impossível; mal podia respirar. Sentia as lágrimas se formando atrás de meus olhos, mas as evitei.

— Sério — disse Iris, pegando um lenço de papel em sua bolsa e entregando-o a mim. — Isso foi um grande feito.

Recusei o lenço, sorrindo com gratidão. Eu não ia chorar — não hoje! Eu queria dançar sobre a minha mesa e dar uma cambalhota no corredor; queria correr até o refeitório e comer todos os cookies da bandeja; queria tirar os meus sapatos de salto e jogá-los para o alto; queria pegar a vela da Kylie e jogá-la pela janela. Mas é claro que não fiz nenhuma dessas coisas. Simplesmente sorri como uma idiota enquanto Iris apertava minha mão.

— Oh, e essa roteirista — lembrou Iris. — Quem é ela?

— Dana McCafferty — revelei, radiante.

Talvez eu devesse mandar um buquê de flores para mim mesma, pensei. Talvez devesse finalmente fazer aquelas luzes que tinha pensado em fazer há tanto tempo. Ou talvez devesse sair e gastar dois mil dólares em um vestido para celebrar.

— Ela mandou um roteiro para nós, mas ninguém tinha lido.

Pela minha visão periférica, eu podia ver Kylie enrijecendo. Iris balançou a cabeça, maravilhada.

— Bem, ligue para ela e avise que nós vamos comprar o roteiro. E imprima uma cópia para mim, por favor. Ah, e Taylor — disse ela, parando no caminho para sua sala —, você vai se mudar para seu novo escritório na segunda.

— Obrigada, Iris — disse eu.

Meu novo escritório! Eu estava quase feliz demais para respirar.

A um metro e meio, Kylie estava digitando um e-mail como se nada disso tivesse acabado de acontecer. Limpei a garganta para ver se ela olharia para mim, mas ela manteve os olhos no computador. Era como se eu já tivesse ido embora.

Bem, ótimo — se era assim que ela queria que as coisas acontecessem, tudo bem. Kylie tinha perdido e eu tinha ganhado, mas eu não precisava jogar na cara. Só precisava de um pouco de ar fresco. Eu me levantei da minha mesa e joguei minha bolsa sobre o ombro. Enquanto descia o corredor multicolorido e pulsante na direção da recepção, passando pelas portas abertas das salas dos outros ECs, senti lágrimas se formando novamente. Eu realmente havia conseguido: seria uma deles.

Saí do escritório na manhã fria de dezembro. As palmeiras anãs que se alinhavam na calçada balançavam levemente sob a brisa. Havia um banco de mármore mais à frente rodeado de vasos de cactos verdes. Pela primeira vez em todas essas semanas, eu me permiti sentar nele. A partir de segunda, meus dias de me preocupar em atender um telefone que tocava para outra pessoa estariam acabados. Eu nunca mais teria que fazer outra vitamina de espirulina. De agora em diante, outra pessoa faria cópias das coisas para *mim*. Peter Lasky encostou em um Porsche conversível e juro que ele quase sorriu para mim. A distância, eu podia ouvir o subir e descer da voz de um guia enquanto explicava para seu grupo de visitantes de olhos arregalados as maravilhas da magia do cinema.

Eu poderia ficar sentada aqui o dia inteiro se quisesse. Essa era a minha casa agora. Eu não estava indo a lugar nenhum. Finalmente, depois de meses, eu podia relaxar.

Depois de mais alguns momentos felizes e solitários, peguei meu iPhone.

— Alô — disse uma voz fraca.

— Dana? Aqui é Taylor Henning da Metronome — disse eu, fechando os olhos. — Nós queremos comprar o roteiro. Nós vamos fazer o seu filme.

Os gritos que se seguiram eram tão altos e agudos que tive que segurar o telefone longe do meu ouvido.

— Sério? *Sério?* SÉRIO? — perguntou Dana.

— Sim, Dana — disse eu, e dessa vez eu realmente chorei um pouquinho. — Sério.

CAPÍTULO VINTE E SETE

— Caramba, garota! — disse a vendedora da Calypso quando eu saí do provador e me examinei no espelho de três faces. — Se você não levar esse, vai ser um crime contra a humanidade.

As outras vendedoras se juntaram à minha volta enquanto eu olhava para mim mesma de vários ângulos ao mesmo tempo. Ela estava certa — mesmo que dissesse aquilo só para ganhar a comissão. O vestido de seda lavanda não era bonito; ele era um absurdo. Eu quase não consegui me reconhecer. Meus braços estavam torneados do Buddha Ball, meu cabelo caía suavemente em volta dos meus ombros e até mesmo meu bumbum estava mais para JLo do que para "oh no!".

— Vou levar — disse eu, com convicção. — E os brincos que combinarem com ele.

Eu normalmente evitava as lojas da Sunset Plaza, mas, dentro de duas horas, estaria olhando para os grandes olhos azuis do Sr. Tênis, Luke Hansen, e achei que ele devia ter algo bonito para olhar também. E ainda seria um presente para mim: um presente de vitória. Enquanto voltava ao provador, não sabia com o que deveria ficar mais animada: com a promoção que recebera de manhã, com meu primeiro encontro com Luke dali a menos de duas horas ou com minha viagem para encontrar Michael Deming amanhã. Sério, nunca, em um milhão de anos, eu teria imaginado que tantas coisas tão boas aconteceriam ao mesmo tempo. Era como se eu tivesse toda a sorte do mundo. Era como se *O Segredo* houvesse explodido na minha cara.

Eu estava tirando o vestido quando meu iPhone vibrou com a chegada de uma mensagem. Era Brett:

Por onde você esteve ontem, sumida? Espero que esteja fazendo as malas. Traga apenas um vestido bonitinho e seu fígado — nós vamos sair às 7h. Eu vou levar o café!

Merda. Eu ainda não tinha contado a ele sobre Michael Deming, sobre a minha promoção ou sobre o fato de que eu não ia para Sonoma com ele amanhã de manhã. *Fui promovida*, escrevi de volta apressada, sentindo-me um pouco culpada, mas sabendo que ele ia superar aquilo. *Não posso ir este fim de semana. Desculpa!*

Eu tinha acabado de apertar SEND quando meu telefone tocou novamente. Fiz uma cara de tédio. Eu amava Brett e tudo, mas ele precisava ser tão pegajoso?

Mas, em vez de outra mensagem de Brett, o rosto de Quinn apareceu na tela. Eu não falava com ela havia dias, e, verdade seja dita, quase havia me esquecido da minha ex-mentora de 16 anos. Eu nem tinha ligado para ela para falar da promoção.

— Parabéns — disse Quinn, quando atendi o telefone, com um tom um pouco mais amigável do que o normal. — Fiquei sabendo das boas-novas.

Sorri enquanto acabava de tirar o vestido. Era bom ouvi-la parecer tão impressionada pelo menos uma vez na vida.

— Obrigada. Eu pensei em ligar para você, mas...

— Ei, você pode me encontrar no Chateau em 15 minutos? — interrompeu Quinn.

Aquilo era meio em cima da hora, mas o que eu podia esperar de uma adolescente mimada? Olhei para o meu relógio. Eram 18h30 e eu tinha que estar no Koi às 8. E por que Quinn repentinamente queria ser vista comigo, ainda mais no Chateau Marmont?

— Hum, não acho que vou poder — disse eu, entusiasmada, vestindo meu jeans.

— Eu realmente preciso falar com você — falou Quinn com uma voz séria. — Então, dá pra você vir?

A mão da vendedora de repente entrou pela abertura da cortina. Ela segurava um par de brincos prateados perfeitos, que eu peguei ansiosa.

— Que tal domingo? — perguntei. — Para mim, domingo é muito melhor.

Botei meu top e saí da cabine, balançando a cabeça. Eu admito que já tinha ligado para a Quinn em uma crise, mas nunca realmente havia dito para ela me encontrar em algum lugar. Tudo o que sempre pedi foram alguns conselhos que ela mandava para mim em convenientes mensagens de texto.

— Sério, Taylor — disse Quinn, a voz dela ficando bem mais fria.

— Certo, eu vou até aí. Mas só tenho alguns minutos.

Desliguei sem esperar a resposta da Quinn e entreguei meu cartão de crédito à vendedora da Calypso.

❋

Quinze minutos depois — e 315 dólares mais leve —, entrei no salão de recepção do Chateau Marmont e tentei fazer parecer que eu sabia o que estava acontecendo. A sala tinha iluminação fraca, com grandes sofás e cadeiras forrados de veludo, altas janelas em arco e um inconfundível glamour do velho mundo. Desde que me mudei para L.A., imaginei como seria esse lugar, empoleirado nas montanhas, de frente para a cidade. Do lado de fora, parecia uma fortaleza gótica, e eu — como todo aficionado por cinema que se preze — sabia de seu passado lendário, assim como de seu presente ocasionalmente notório. (Por exemplo, tinha sido aqui que James Dean leu pela primeira vez o roteiro de *Juventude Transviada*; e aqui também uma certa atriz de Hollywood havia dormido depois de ser presa por dirigir bêbada.)

Eu me virei para o jardim cintilante onde uma comemoração de fim de ano estava acontecendo a todo vapor. As pessoas se amontoavam debaixo dos aquecedores tomando vinho e falando por cima do Jay-Z que saía das caixas de som. Aproveitando para me servir de um flute de champanhe da bandeja de um garçom que passava, segui na direção da festa. Rashida Jones e Molly Sims estavam conversando ao lado de uma palmeira em um vaso. Orlando Bloom montava posto em uma mesa cheia de jovens meninas sorridentes. Stephen Dorff passou por mim com uma supermodelo alta e poderosa com um gorro de Papai Noel pendurada em seu braço.

Ah, sim, pensei. Natal em L.A.

Finalmente, avistei Quinn, atrás das picapes do DJ, com um cigarro em uma das mãos e um copo de champanhe na outra. Ela estava usando um vestido vinho sem mangas com várias camadas na parte de baixo e uma tiara de prata em seu cabelo castanho. Uma das gêmeas Olsen — não tenho certeza de qual delas; eu nunca soube diferenciá-las — e um DJ fortinho de cabelo desgrenhado que parecia extremamente familiar estavam um de cada lado dela, parecendo cheios de espírito natalino.

— Ei — chamou Quinn, quando olhou para cima e me viu, afastando-se em seguida da pequena multidão —, obrigada por vir. E parabéns de novo — disse ela, erguendo seu flute de champanhe. — À Kylie, que ela esteja na vigília suicida.

Ela bebeu um gole saudável e eu segui seu exemplo.

— Então, sua mãe sabe que você está aqui?

Quinn fez uma cara de tédio.

— E isso interessa a você?

Dei de ombros. Quinn tinha razão. O que eu tinha a ver com isso? O relacionamento da Quinn com Iris definitivamente não era problema meu. Bebi o resto do meu champanhe, que já estava começando a me dar um pouquinho de onda.

— Bem, obrigada, Quinn. Sério. Não conseguiria isso sem você.

Quinn levantou a mão.

— Não chamei você aqui para parabenizá-la.

Eu sorri. Claro que não. Será que eu tinha achado que Quinn era capaz de tamanha bondade? Hum, *não*.

— Bem, o que é? Você precisa de uma carona para algum lugar ou alguma coisa assim? — perguntei, só para irritá-la, o que pareceu funcionar.

Quinn me olhou impaciente.

— Você não está se esquecendo de nada? Do nosso acordo?

Olhei para a festa à minha volta. Mais ao lado, perto de um monte de cadeiras, vi Kate Hudson recebendo uma massagem nos pés de uma amiga que vestia um top de lantejoulas roxas. Encostado a uma das colunas com um olhar blasé em seu rosto, estava Shia LaBeouf. E aquela não era Nicky Hilton, ali no canto, falando ao telefone? Nenhuma dessas pessoas devia algo a uma adolescente, e, por um momento, senti uma onda de indignação.

— Lembra que eu disse que ia pensar em algo? Bem, agora eu sei o que quero — continuou Quinn. — Tire minha mãe da cidade durante o fim de semana.

Eu ri.

— *O quê?* Você está brincando comigo? Olhe em volta, já é noite de sexta-feira.

Quinn balançou a cabeça enquanto bebia.

— Contanto que ela saia até amanhã de tarde, não tem problema.

Peguei outro copo de champanhe e virei um grande gole.

— Para quê? — perguntei.

O olhar da Quinn era muito intenso.

— Acha mesmo que eu vou contar isso a *você*?

Era realmente demais. Joguei minha bolsa sobre o ombro como se estivesse pronta para sair.

— Quinn, isso é ridículo. Que tipo de razão insana eu tenho que inventar que vá botar sua mãe em um voo em doze horas?

— Hum, *nada* disso é problema meu — disse ela, colocando seu copo na mesa. — Dê um jeito. Eu não sei.

Ela deu um longo e meditativo trago em seu Marlboro.

— Sabe, seria uma pena se todo esse trabalho fosse por nada.

O tom da voz dela — e o que ela estava insinuando — fazia com que eu me sentisse como se ela tivesse acabado de me lançar um olhar fatal.

— O que você está dizendo?

Quinn cruzou os braços.

— Só estou dizendo. Você não vai fazer isso para mim? Então minha mãe vai ficar sabendo de *tudo*.

Essa menina era esperta, eu tinha que admitir isso. Eu queria jogar meu champanhe na cara dela. Mas, apesar de ela ser louca, eu havia feito um acordo com ela.

Olhei séria para ela e, lentamente, terminei a minha bebida.

— Certo — disse eu.

Então entreguei a ela meu copo vazio e saí andando entre os convidados de volta para meu carro.

❋

— Querida? Você está falando sério? Amanhã de manhã? — disse a agente de viagem. — Não acha que está muito em cima da hora?

— É assim que negócios são feitos algumas vezes — falei no meu telefone sem muita paciência, enquanto descia a La Cienega a toda velocidade na direção de casa. — Iris acabou de me dizer que tem que ir a Nova York. No primeiro voo de amanhã. Contanto que seja primeira classe. American, de preferência, mas serve qualquer empresa.

Minha outra linha tocou.

— Espere um pouco.

Passei para a outra chamada.

— Alô?

— Oi, Taylor, Bob Glazer vai falar com você — disse o assistente.

— Certo, pode passar para ele.

Chegando em West Hollywood, virei na minha rua e apontei o controle remoto para o portão da garagem, adrenalina correndo por todo o meu corpo. No caminho para casa de volta do Chateau, enquanto passava pela Sunset sob os outdoors, finalmente tive a ideia: eu poderia mandar Iris se encontrar com Holden MacIntee em Nova York. Ele ainda estava lá, dando entrevistas, antes de ir para a Europa na segunda-feira, onde se dividiria entre Londres, Paris e Berlim por mais duas semanas. Essa seria a última oportunidade para um encontro frente a frente entre o estúdio e o astro até depois das festas de fim de ano. Iris, na verdade, pareceu mais que satisfeita com a viagem quando liguei para ela do carro e disse que Holden tinha requisitado um encontro.

Agora eu só precisava falar com o pessoal do Holden sobre isso.

Bob Glazer atendeu o telefone:

— Taylor? — perguntou ele de forma áspera.

— Bob, oi! — disse eu, tentando parecer animada em vez de desesperada.

— O que você quer? Estou quase saindo daqui.

— Iris quer jantar com Holden amanhã em Nova York — disse eu, parando na minha vaga. — Sobre *Evan*. Antes de ele ir para a Europa.

Bob suspirou.

— Tudo bem, certo. Acho que podemos fazer isso.

O entusiasmo era tamanho que praticamente quiquei no meu assento como uma criança empolgada. Tudo estava preparado. Ou quase: eu ainda tinha a agente de viagem na outra linha.

— O que você tem para mim? — perguntei, voltando à ligação.

— Eu a coloquei no voo de 9 horas que chega a Nova York amanhã às 18 horas. Primeira classe. American. Voltando às 9 horas de domingo. E o Mandarin tem uma suíte com vista da rua para ela.

— Perfeito. Obrigada. Preciso ir.

Dez minutos depois, já tinha marcado um carro para buscar Iris, enviado o itinerário para ela por e-mail e mandado mensagem para Quinn.

Tudo pronto. Sai sábado de manhã, volta domingo à noite.

Agora, tudo o que eu tinha a fazer era me arrumar para encontrar Luke nos poucos minutos que me restavam.

Deixei meu novo vestido sobre a cama, fechei a porta do meu quarto e tomei um banho frenético de três minutos. Quando saí, eu podia ouvir *O Encantador de Cães*, o programa favorito de Magnolia, na TV.

— Ei! — disse Magnolia, da cozinha. — Comprei comida mexicana!

— Eu tenho um encontro! — gritei, e abri a porta do meu quarto.

Então eu dei um berro.

Deitado em cima do meu vestido de seda lavanda da Calypso estava a criatura mais nojenta que eu já tinha visto. Era um cachorro? Ou era algum rato de esgoto gigante? Ele olhou para mim por debaixo de um emaranhado de pelo cinza.

— Que porra é essa?

— Ah, esse é o Woodstock! — gritou Magnolia, vindo pelo corredor. — Acabei de pegá-lo no abrigo. Eles iam sacrificar você, não iam? — disse ela com voz carinhosa.

— Você trouxe *outro* cachorro para cá? — perguntei, sem nem me importar em disfarçar a raiva na minha voz. — E você o deixou deitar em cima do meu *vestido*?

— É só por alguns dias. Ele não é uma graça? É uma mistura de lhasa apso. Eu acho que ele só precisa de um banho rápido e vai conseguir um dono em segundos.

— Nós já temos dois cachorros que não arrumaram donos — eu disse, irritada.

Magnolia curvou os lábios em uma expressão triste!

— Taylor, eles pretendiam sacrificá-lo...

— Isto se parece com um abrigo de cachorros para você? — gritei. — Porque, para mim, parece um *apartamento*. Mas, Deus sabe por que há tantos cachorros aqui quanto em uma merda de abrigo!

Fui até a cama e empurrei o vira-lata de cima do meu vestido novo.

— Eu acabei de *comprar* este vestido! — gritei, mostrando para ela.

— Qual é o problema? Só tem um pouco de pelo nele — disse Magnolia, um tanto na defensiva, protegendo o cachorro assustado.

— Custou 290 pratas! Não é para ter pelo nele! — berrei.

Magnolia saiu na direção da porta.

— O que aconteceu com você? — resmungou ela! — Você mudou.

— O quê?

Ela não olhou para mim, mas ouvi suas palavras muito claramente.

— Quando você virou essa perua alfa?

Cerrei meus punhos ao lado do corpo.

— Não sei, quando você virou a maluca dos cachorros que assiste ao Cesar Millan todas as noites e só come mexicano? O que vem depois? Vai começar a fazer suéteres com pelo de cachorro ou algo assim?

Magnolia enfiou o rosto no pelo nojento de Woodstock.

— Eu vou levá-lo para passear — murmurou ela. — Divirta-se no seu encontro.

— Que se dane.

Saí batendo o pé pelo corredor e segurei o vestido na frente do espelho, suavizando as partes amarrotadas e tirando o pelo de Woodstock. Eu me vi no espelho e imediatamente me animei. A cor lilás ressaltava meus olhos e ficava ótima com meu novo bronzeado. Ele ia ficar absolutamente fabuloso em mim, exatamente como a vendedora da Calypso tinha falado. Respirei fundo. Tudo do que precisava fazer era vesti-lo, passar um pouco de maquiagem no rosto e sair para ter um encontro excelente. Estava tudo bem.

Não, estava tudo *maravilhoso*.

CAPÍTULO VINTE E OITO

— Bem-vinda ao Koi — disse o manobrista, ao abrir a porta do meu carro.

Dei mais uma última conferida no meu look pelo retrovisor. Eu tinha prendido o cabelo para mostrar meus novos brincos, e a maquiagem mineral que eu havia comprado na Sephora fazia minha pele brilhar. (Como eu nunca tinha usado pó bronzeador antes?) Graças a Quinn, as últimas duas horas foram profundamente desagradáveis, mas agora eu começava a sentir as coisas voltando ao lugar. Respirando fundo mais uma última vez, saí do meu Civic. Percebi, com um sorriso, que, assim que meu aumento batesse, eu até poderia comprar um híbrido.

Do lado de dentro, o bar estava ainda mais lotado do que da última vez que eu havia estado lá, e, rapidamente, percebi que deveria ter sugerido algum outro lugar. Eu estava em outra ligação quando Luke ligou para a gente combinar, e simplesmente falei o primeiro lugar que surgiu em minha mente. Fazia sentido para mim por que eu tinha escolhido o Koi: foi lá o meu primeiro encontro em L.A., e acho que meu subconsciente tinha me trazido de volta ali. Eu nem gostava tanto daquele lugar.

Luke não estava à vista, e então me espremi entre um grupo de meninas que já estavam bêbadas e gritando a plenos pulmões e fui numa linha reta até o bar.

— Um martíni de romã — pedi a uma garçonete Barbie. — O mais rápido possível.

Do meu lado esquerdo, um cara com uma camisa da Tommy Bahama e uma corrente de ouro sorriu para mim, parecendo querer puxar papo, mas eu o deixei inerte com meu miniolhar fatal. Ele se virou para o outro lado — obviamente eu estava ficando boa naquilo.

Enquanto esperava o meu drinque, não pude me impedir de pensar na briga que tivera com Magnolia. Eu não tinha ideia de que havia ido morar com a Sra. Abrigo dos Cachorros, para ser mais clara. Quem diabos ela achava que era? Dizer para mim que *eu* tinha mudado? Eu não era a pessoa que estava se tornando aos poucos um membro do reino animal. E o que eu devia fazer, *anyway*? Me desculpar por não continuar sendo uma perdedora? Será que eu era uma melhor colega de apartamento quando ficava no sofá, enchendo a cara de sorvete e imaginando se deveria voltar para Connecticut ou mesmo para Cleveland?

Talvez Magnolia estivesse com inveja. Ela tinha um diploma da Wesleyan, mas passava seus dias catando cocô de cachorro e depilando os genitais das pessoas. Não era absurdo imaginar que ela se ressentisse do meu sucesso. Afinal, eu já havia conseguido em questão de meses mais do que eu pensei que conseguiria em um ano.

A garçonete voltou com meu drinque e o colocou no balcão cuidadosamente.

— Quinze dólares — disse ela, estendendo a mão.

— É por minha conta — disse uma voz masculina.

Eu imaginei que fosse o Tommy Bahama e já ia mandá-lo cair fora quando Mark Lyder chegou ao meu lado. O cabelo dele estava desarrumado daquele jeito perfeito e seus grandes olhos escuros ainda pareciam enganosamente amigáveis, mesmo quando olhavam em volta do salão, sempre procurando por alguém mais importante para falar. E, claro, o rosto dele ainda estava coberto por aquela barba por fazer. Mas então havia o pequeno problema do olho roxo que ele ainda enfrentava.

— Parabéns — disse ele, enquanto colocava seu American Express preto sobre o bar. — Cleveland fez um *home run*. E vários mais — complementou, com um sorriso frio. — Já chegou a executiva júnior. — Ele ergueu a cerveja para brindar. — E Holden MacIntee. Foi uma cartada e tanto.

Tomei meu drinque, ignorando o brinde.

— E esse é um belo hematoma. Andou lutando boxe?

Ele me deu um sorriso falso ainda maior, como Tom Cruise num programa de entrevistas.

— Engraçada, Cleveland. Você sabe de onde ele veio.

Dei de ombros.

— É, talvez. Espero que tenha valido a pena.

Sua cobra, quis acrescentar.

— Eu poderia dizer a mesma coisa para você — respondeu ele.

Tranquilamente, levantei uma sobrancelha.

— Não sei do que você está falando.

Eu me virei para olhar para a porta e ver se Luke estava chegando. Mark Lyder continuava me rodeando. Não podia imaginar o que ele queria.

— Você veio aqui jantar? Ou está aqui caçando clientes? Ouvi dizer que a vida anda difícil.

— Uau, Taylor! — disse ele, balançando a cabeça. — Parece que você está precisando de outra lição. Jamais queime etapas. Especialmente em Hollywood.

Estava quase mandando ele comer edamame, quando Luke entrou pela porta, vestindo uma jaqueta de camurça marrom e uma camisa de botão creme. Eu nunca o tinha visto sem suas roupas de tênis, e o efeito foi impressionante. Ele parecia nervoso — e muito, muito bonito.

Mark se virou para ver o alvo do meu olhar.

— Muito bem — disse ele, com uma expressão de compreensão inundando seu rosto. — Agora estou realmente impressionado. — Com um último gole, ele terminou seu copo e foi embora do balcão. — Parabéns mais uma vez, Cleveland — disse ele, com maldade na voz, e desapareceu no restaurante.

Deixei meu drinque no balcão e saí o mais rápido que minhas botas Jimmy Choo me permitiram na direção de Luke. Mark Lyder e Kylie se mereciam: até as cobras precisavam de parceiros, certo? E eu não estava com vontade de ficar naquele lugar e jantar perto dele.

Enquanto eu me aproximava, Luke me deu um grande e carinhoso sorriso. Meu coração fez uma dancinha no peito.

— Desculpe o atraso, tive que tomar banho no clube — disse ele, inclinando-se para beijar o meu rosto. — Uau! Você está linda.

Ele olhou para o vestido que se ajustava ao meu corpo com gosto.

— Obrigada — disse eu. — Você não está nada mal também.

Ele estava se preparando para tirar o casaco quando usei minha mão para impedi-lo.

— Sabe de uma coisa? Você se importaria muito se a gente fosse para outro lugar?

Luke sorriu. Ele parecia quase aliviado.

— De jeito nenhum. Este lugar não faz seu tipo? — perguntou ele, apontando para as meninas bêbadas e os homens olhando para elas.

— Não hoje à noite.

— Ótimo. Então vamos para o meu bairro — disse ele. — Você pode me seguir em seu carro.

— Parece ótimo — concordei, suspirando aliviada, enquanto o seguia até a porta.

Então dei outro miniolhar fatal para uma ruiva que olhou Luke de cima a baixo, como se ele fosse algo que ela quisesse comer.

— Aonde nós vamos?

Ele sorriu.

— Você gosta da praia?

❇

Eu segui o Wrangler do Luke pela esburacada Lincoln Boulevard. Tinha quase certeza de que estávamos indo para Venice, e, até aquele momento, eu não estava muito impressionada; vi alguns restaurantes com uma aparência horrível e um aglomerado de caras que pareciam passar mais tempo bebendo do que fazendo qualquer outra coisa. Mas então viramos em uma rua com árvores alinhadas nas calçadas, cheia de pequenos bangalôs pintados de cores chamativas. Era escuro e silencioso ali, e, à medida que as lanternas de Luke seguiam na direção do mar, comecei a sentir o cheiro do sal na brisa.

Ele finalmente parou em frente ao Hama Sushi, um restaurante ao ar livre a quatro passos da praia.

— Está bom? — perguntou Luke, quando me juntei a ele. — Não deve ser muito difícil conseguir uma mesa aqui. Você não vai, tipo, sentir falta do capote vermelho ou algo assim?

Eu dei um soco carinhoso no braço dele.

— Está ótimo.

Por mais que isso fosse um desperdício do meu vestido novo, eu gostava de estar tão perto da praia. E fiquei surpresa em perceber como me senti aliviada ao sair do Koi e de todos os olhos predadores — particularmente, os de Mark Lyder.

Um lado do restaurante era um espaço grande e arejado coberto por uma tenda com uma enorme tela onde estava sendo projetado um jogo de futebol americano sem som.

— Vamos nos sentar aqui — disse Luke, levando-me para uma sala com mais privacidade, à esquerda.

Quando passamos pelo sushi bar, os *chefs* comemoraram; alguém tinha marcado um touchdown ou algo assim.

— Não é nada chique, mas o otoro daqui é incrível — disse ele alegremente, sentando-se.

Uma garçonete se aproximou de nós com uma bandeja de toalhas quentes e, com o auxílio de uma pinça, entregou uma a cada um de nós.

— Você sabia que isso é o mais próximo que eu fui da praia desde que me mudei para cá? — perguntei.

Aquilo parecia inacreditável para mim, apesar de eu ter acabado de admitir.

— Fico pensando por que as pessoas se mudam para L.A. se não vão morar perto da praia — disse Luke, colocando a toalha no prato deixado pela garçonete. — Você surfa?

— Ah, não — respondi. — Quero dizer, eu mal consigo ficar em pé em um skate, e as calçadas não se movem como as ondas.

— Eu poderia ensinar isso a você também — disse ele, dando uma olhada no cardápio.

— Está brincando? Calçadas não têm tubarões também.

Ele sorriu para mim e senti que estava começando a enrubescer. Eu não queria ficar toda nervosa novamente, mas, toda vez que chegava perto dele, meu cérebro e meu corpo pareciam parar de se comunicar.

Luke pediu uma porção de atum selado, rolinhos hamachi, salada de algas, um monte de gengibre extra "para a moça" (e, nesse momento, piscou para mim), quando mencionei que gostava de gengibre, e xícaras grandes de chá verde.

— Eu não sou muito de beber — confidenciou ele. — Muitos anos treinando. Sei que sou um pouco chato.

Sacudi minha cabeça veementemente.

— Você está brincando? Ficar presa no trânsito é chato. Os comerciais que passam antes do filme no cinema são chatos. Televisão nas noites de domingo é chato. Você, Luke Hansen, não é nada chato.

Ele esticou o braço sobre a mesa e tocou minha mão, e a pequena dança que meu coração tinha feito antes se transformou em um tango completo.

— Você também não é chata — disse ele. — Você é muito divertida.

Um pequeno traço do sotaque da Virgínia apareceu quando ele disse aquilo, e quaisquer dúvidas que eu poderia ter sobre o quanto eu gostava dele voaram pela janela como uma revoada de gaivotas.

Mais tarde, nós subimos andando a Abbot Kinney Boulevard, passando pelas fachadas iluminadas de lojas de móveis e de roupas. Eu podia escutar as ondas a apenas alguns quarteirões. Sentia a forte brisa do mar e esfreguei meus braços para me esquentar.

— É frio aqui no seu lado da cidade — disse eu, sorrindo para ele.

— Aqui.

Ele tirou a jaqueta e a acomodou delicadamente em volta dos meus ombros. Ela ainda mantinha o calor do corpo dele e eu me arrepiei de prazer.

— Está melhor assim? — perguntou ele, abaixando-se para olhar para o meu rosto.

— Obrigada. Está ótimo.

Nós passamos por um homem dormindo na porta de uma casa, com o que parecia ser um par de chifres na cabeça. O nariz dele era uma bola vermelha brilhante.

— Você vai amar L.A. em dezembro — disse Luke, mas, pelo tom levemente triste em sua voz, eu podia saber que ele não achava aquilo.

Joguei um dólar no copo que o homem tinha deixado na calçada antes de dormir. Era a época do ano para compartilhar.

— Você vai voltar para casa para as festas?

— Este ano não — disse ele, balançando a cabeça. — Todos vão ter que comer os panetones sem mim.

— Você gosta de panetone?

Ele balançou a cabeça novamente.

— Não, é só forma de falar. Mas sinto saudades de casa nesta época do ano. Às vezes neva lá. Não é sempre, mas nós temos neve no Natal de vez em quando.

— Nós sempre temos neve no Natal em Cleveland — disse eu. — É como um mandamento ou algo assim: *cairá uma nevasca três dias antes do feriado para que ninguém consiga fazer compras.* Ou talvez você consiga fazer compras, mas o papel de presente acaba, então precisa embrulhar tudo em sacos de supermercado. — Fiz uma pausa. Eu estava no limite de falar demais, eu sabia disso, mas continuei mesmo assim. — Ou talvez fosse só eu. De qualquer forma, quando eu cresci, meus pais desembrulhavam seus presentes dos sacos de supermercado e eu desembrulhava os meus e nós todos íamos ao parque alimentar os gansos-do-canadá que não migravam mais, o que fizemos todo ano desde que eu tinha 10 anos. Então nós íamos para casa e tomávamos chocolate quente com Baileys. Bem, essa tradição não começou até eu ser um pouco mais velha que 10 anos.

Senti uma saudade repentina dos meus pais, da minha casa, do meu quarto de infância, com suas prateleiras cheias de pequenos pôneis (pré-escola), suas paredes pintadas com esguichos de tinta (fundamental) e seus pôsteres do Cure meio rasgados (ensino médio).

Eu finalmente parei de falar. A verdade era que queria saber mais sobre *ele*, mas era difícil manter a boca fechada. Tentei pensar em uma pergunta para fazer — sobre Virgínia ou seu feriado favorito ou algo, mas, em vez disso, eu virei para ele e perguntei:

— Então, você quer ensinar tênis pelo resto da sua vida?

Luke riu.

— Isso não tem muito a ver com o que estávamos falando, não é? — disse ele, levando-nos por uma rua de paralelepípedos. — Mas, para responder à sua pergunta, sim, acho que quero. Mas não em Beverly Hills. Isso paga as contas e é ótimo, mas eu preferiria ensinar crianças.

— Sério?

Sobre nós, a lua apareceu, baixa, redonda e quase laranja. O som das ondas cresceu e respirei o ar salgado. Eu não me sentia mesmo como se estivesse em L.A. — ou pelo menos não na L.A. que eu conhecia.

— É. Quero dizer, não me entenda mal. Pode ser muito divertido ensinar adultos. Muitas pessoas terminam o Colégio ou a faculdade e nunca mais assumem riscos ou aprendem algo novo; então, é legal fazer parte disso. Mas muitos dos meus alunos parecem querer aprender a jogar por... razões profissionais — disse ele cuidadosamente. — Acho que o tênis acaba sendo útil para fazer contatos, esse tipo de coisa. É por isso que eu adoraria ensinar crianças em vez de adultos. Acho que seria legal tomar conta da minha própria academia de tênis um dia. Crianças não conseguem pensar em outras coisas quando praticam esportes. Elas apenas jogam.

— Verdade — concordei.

Eu procurei as aulas de tênis com Luke por motivos profissionais também. Apesar de ter trazido minha raquete Prince de lá do outro lado do país comigo, ela ficou no meu armário por meses sem ser tocada.

Ele me levou por uma calçada até um chalé de dois andares pintado de verde-escuro e decorado com luzes brancas de Natal. No andar de baixo, eu podia escutar música e vozes.

— Bem, meus vizinhos de baixo estão fazendo um tipo de festa de fim de ano — disse ele, chutando nervosamente um arbusto perto do meio-fio. — Quer passar lá para dar um oi? Eles são muito legais. Eu garanto.

Por que não? Se ele queria me apresentar aos amigos, era um bom sinal, não?

— Claro — disse eu.

A sala em que entramos era aconchegante, com velas acesas. Pratos de doces ficavam sobre pilhas de livros de fotos de surfe e arte e lindas fotos em preto e branco de ondas estavam em molduras nas paredes. Galaxie 500 saía suavemente das caixas de som. Era um ambiente pequeno e muito agradável, mas não havia ninguém lá.

— Eles provavelmente estão lá atrás — disse Luke, vendo meu olhar curioso.

Ele me levou pelo corredor até uma pequena cozinha, que na verdade estava cheia, ocupada por cerca de uma dúzia de pessoas. Assim que viram Luke, todos gritaram:

— Ei!

Luke me conduziu até uma morena magrela de pés descalços com um vestido de estampa floral e um cara de cavanhaque usando uma camisa do Neil Young.

— Gente, esta é a Taylor — disse Luke. — Taylor, estes são Julia e Tom. Esta é a casa deles.

— Ótimo conhecer você! — exclamou Julia, colocando um copo em minha mão. — Experimente um pouco. Gemada caseira. Seriamente batizada — disse ela, piscando. — E, se você não gostar, temos bastante vinho.

Tom apenas sorria para todos nós e bebia sua cerveja.

— Não sou muito de gemada — cochichou ele, mas bateu sua garrafa em meu copo.

Eu me sentia surpreendentemente bem-vinda, considerando-se que estava no meio de um aposento cheio de estranhos. Havia potes de compotas de frutas caseiras nas prateleiras e uma cesta de flores secas no canto. Era um estilo rústico chique misturado com Martha Stewart, e aquilo fazia com que eu me sentisse em casa.

— Julia e Tom se asseguram de que eu me alimente — disse Luke. — Ela é uma cozinheira incrível. E uma grande fotógrafa.

— E uma jogadora de tênis terrível — complementou Julia, jogando um monte de *macarrons* em um prato. — Quer um biscoito?

Ela segurou o prato na minha frente e eu peguei não apenas um, mas dois. *Macarrons* eram os meus favoritos.

Um cara compridão de cabelos castanhos com uma camisa de botão estilo meio caubói chegou perto do Luke e bateu no ombro dele.

— Que bom ver você — disse ele. — Essa é a moça sobre quem temos ouvido?

Luke ficou vermelho e olhou fixamente para sua gemada.

— Este é o Hank — disse ele suavemente.

Hank parecia desapontado:

— Desculpa, cara, eu não devia ter dito aquilo?

Eu sorri e bebi um gole da gemada. Estava deliciosa.

Julia se aproximou, na esperança de diminuir o constrangimento de Luke.

— Luke disse que você é esteticista de cachorros — comentou Julia.

— Oh, não — disse eu. — Eu sou...

Mas eu me lembrei da minha mentira a tempo.

— Eu levo cachorros *para passear* e sou *esteticista*. Esteticista de pessoas, quero dizer — disse eu, sorrindo alegremente, como se esses fossem os trabalhos mais normais do mundo. —Trabalho em um pequeno lugar em West Hollywood chamado Joylie.

Então percebi que isso só provava que o Luke era uma pessoa maravilhosa: eu tinha perguntado se ele queria ensinar tênis pelo resto da vida e ele poderia ter virado isso contra mim e me perguntado se eu queria depilar os testículos de homens pelo resto da minha. Mas ele não tinha feito isso. Ele era um cavalheiro.

— E ela é uma ótima jogadora de tênis — afirmou Luke.

— Isso é só para me deixar feliz — disse eu, dando um empurrãozinho brincalhão nele.

— Vocês dois ficam realmente lindos juntos — sussurrou Tom no meu ouvido.

Eu mordi meu lábio e olhei para o chão. Enquanto um calor induzido pela gemada tomava conta de mim, eu sentia uma combinação de animação e tristeza. Estava animada porque, bem, isso parecia que podia dar em alguma coisa. Mas eu tinha mentido para ele e ainda estava mentindo. Então, em que tipo de "coisa" isso poderia dar?

Depois de mais meia hora de papo, Luke apontou para cima e eu balancei a cabeça confirmando. Eu queria tê-lo só para mim.

O apartamento de Luke era mobiliado de uma forma mais esparsa, mas, ainda assim, parecia aconchegante. As paredes eram pintadas num cinza quente, com estantes cheias de romances e livros de partitura. Havia um sofá antigo e desbotado sob um pôster do Basquiat e um tapete que parecia artesanal. Contei quatro instrumentos diferentes. Três violões e uma guitarra.

— Você deve tocar — disse eu, com toda minha inteligência.

Ele riu, enquanto acendia duas velas no parapeito.

— Eu toco, sim. Quer um pouco de chá?

— Claro — disse eu, seguindo-o até a cozinha espaçosa — Este lugar é ótimo. E seus amigos são muito legais.

— Eu sei — concordou ele, ligando a chaleira elétrica. — Eu tenho sorte. Aquele grupo ali embaixo é incrível. Tom, na verdade, chefia os Big Brothers aqui em Venice. Eles juntam crianças carentes com mentores mais velhos...

Eu balancei a cabeça, afirmativamente. Felizmente, ele estava falando de uma instituição de caridade, e não do reality show cafona.

A chaleira começou a borbulhar e ele despejou água fervente em duas canecas.

— Na verdade, acho que vou conseguir alcançar meu desejo logo: ensinar crianças. Tom vai mandar algumas crianças do programa para eu dar aula.

Ele me entregou uma caneca com a foto do píer de Santa Mônica.

— Isso é muito legal da sua parte — disse eu sinceramente.

Ele deu de ombros, modesto.

— É tudo ideia do Tom. Mas eu fico feliz em poder fazer isso.

Eu olhei para o chá, pensativa.

— Acho que às vezes as pessoas esquecem que existe mais que entretenimento nesta cidade — filosofei.

— Claro que existe — disse ele, sorrindo e me levando de volta para a sala.

Muito mais, pensei, olhando para ele através do vapor que subia da minha caneca. De repente, senti meu corpo todo quente. A Metronome e Kylie e até a minha viagem para ver Michael Deming pareciam parte de um outro mundo — um mundo completamente diferente deste aqui perto do oceano. Aqui, as pessoas comiam sushi de chinelos e falavam de esportes em vez de cinema, e garotas bebiam gemada e batiam papo em salas de estar em vez de no Hyde. Enquanto eu puxava um cobertor de lã piniquento sobre minhas pernas ao lado dele no sofá, percebi que não queria ir embora.

— Ei — disse ele, botando os pés sobre a mesa de centro e olhando para mim atentamente —, isso vai parecer um pouco esquisito, mas esta é uma das noites mais divertidas que eu tive em muito, muito tempo. Então, obrigado, Taylor.

Coloquei os pés junto dos dele e me encostei nele.

— De nada — disse eu, largando meu chá. — Eu ia dizer exatamente a mesma coisa.

Ele se aproximou e eu parei de respirar. Suavemente, os lábios dele encostaram nos meus, e, quando passei as mãos nos braços, senti um verdadeiro calafrio.

Na janela, as velas cintilavam e eu podia escutar os sons suaves da festa no andar de baixo. Alguém tinha posto "White Christmas" para tocar, e parecia que Hank estava cantando junto.

— Nós podemos parar — sussurrou ele alguns minutos depois, enquanto passava a mão sobre minha coxa por baixo da barra do meu vestido. — É só você dizer. Tudo bem.

Eu tinha um voo para pegar em algumas horas. Precisava dormir. Eu mal conhecia esse cara. Tinha todos esses motivos e, ainda assim, nada no mundo conseguiria me fazer levantar daquele sofá.

— Eu sei — disse eu, sorrindo e levando meu rosto de volta para junto do dele.

CAPÍTULO VINTE E NOVE

Quase 12 horas depois, olhei pelo vidro fumê do meu táxi verde e vi um outro mundo. Eu estava a apenas alguns quilômetros da costa de Washington, mas poderia muito bem ter aterrissado na Terra Média. Puget Sound era plana e parecia fria, era acinzentada, e, sobre ela, enormes montanhas cobertas de pinheiros desapareciam na névoa. A estrada sinuosa pela qual meu motorista barbudo — que parecia um gnomo — me levava, estava deserta.

— Estamos chegando? — perguntei, bocejando.

— Quase lá — disse ele, sorrindo para mim no espelho retrovisor. — Eu ligaria o rádio, mas não consigo sintonizar quase nenhuma estação por aqui.

Quase lá. Eu estava dizendo isso desde as 4h30, quando o táxi chegou ao meu apartamento para me levar ao aeroporto. Foi quando embarquei no voo das seis da manhã para Seattle e, depois disso, em um hidroavião para dois passageiros para a viagem de 45 apreensivos minutos para Orcas Island. (Não preciso nem dizer que eles não serviam vodca no teco-teco, mas, se servissem, eu teria considerado seriamente desrespeitar minha regra de não beber antes das três horas da tarde.) Eu tinha que parabenizar Michael Deming — ele havia feito um grande trabalho em desencorajar visitantes.

Mas, de certa forma, eu não me importava em viajar tanto — isso me deu horas para pensar na noite anterior. Fechei mais a minha parca, cerrei os olhos e repassei aquilo tudo em minha mente. Tinha sido perfeito. Luke fora atento e afetivo — um total e completo cavalheiro sulista. Às três da manhã, ele me levou até meu carro e me beijou delicadamente, esfregando meus braços para eu não ficar com frio.

— Vou te ligar — disse ele, e eu podia dizer que era sincero. — A noite foi maravilhosa, Taylor.

— Também achei.

Eu estava imaginando o que ele estaria fazendo neste momento. Gostava de imaginá-lo todo enrolado em sua grande e macia cama, talvez acordando apenas por alguns momentos para desejar que eu ainda estivesse lá. Eu não tinha falado uma palavra sobre minha viagem, por motivos óbvios.

E aquele era o grande problema, não era? Ele achava que estava começando a me conhecer, mas metade do que eu havia dito a ele era mentira. Encolhi os ombros com tristeza dentro do meu casaco, balançando a cabeça. Eu não pensaria naquilo agora. Só continuaria reprisando nosso encontro e acharia uma forma de contar a ele quando voltasse.

— Aqui estamos nós.

O motorista virou em uma estrada estreita e sem calçamento. Pinheiros cobertos de neve bloqueavam o sol e mais gelo se amontoava nas laterais da estrada. Depois de pouco mais de um quilômetro acidentado, entramos em um caminho de pedrinhas e estacionamos atrás de uma caminhonete Ford. A única construção à vista era uma cabine primitiva e tosca que parecia mais uma cabana de um Hobbit do que uma casa.

— Você tem certeza de que este é o número 4.576 da Deerhead Road? — perguntei, apertando os olhos para enxergar a cabine em ruínas.

Ela parecia estar inclinada para um lado, e a varanda parecia ser mais larga do lado esquerdo do que no lado direito; o lugar todo parecia ter sido construído por pessoas sem noções básicas de geometria.

— Ei, ninguém disse que aqui era Beverly Hills — disse o motorista rindo, enquanto desligava o carro.

— Aqui — disse eu, entregando a ele uma nota de cinquenta dólares. — Apenas espere.

Saí do táxi para o frio úmido. Michael Deming morava aqui? Tinha sido para cá que todos os meus cartões-postais foram mandados? Devia haver algum tipo de engano. Gênios de Hollywood não viviam em chiqueiros como esse, não importava o quão excêntricos fossem.

Depois de procurar em vão por uma campainha, bati na porta de compensado. Bati meu pé na varanda enquanto esperava e um pequeno monte de neve que estava equilibrado no corrimão torto caiu na minha bota com um suave barulho.

Depois de mais alguns instantes, a porta abriu e um homem pequeno e magro com penetrantes olhos castanhos, uma barba cheia e um olhar suspeito no rosto apareceu à minha frente. Era difícil comparar esse homem com as fotos dele em seus sets de filmagem, algumas delas tiradas havia menos de uma década. Quero dizer, esse cara não parecia saber o significado da palavra barbeador. Mas era ele com certeza.

— Sr. Deming? — perguntei. — Eu sou Taylor. Da Metronome. Seu agente avisou que eu estava vindo?

Deming concordou com a cabeça.

— Sim, bem-vinda — disse ele suavemente, enquanto gesticulava para que eu entrasse. — Taylor. Gosto desse nome. E tenho certeza de que você está com fome. Gosta de atum? — perguntou ele, olhando para mim com os seus olhos castanhos-amarelados.

— Hum, sim, está ótimo — concordei eu, limpando a lama das botas.

Fiquei perto da porta por um minuto. Acho que uma parte de mim pensou que ele tinha ficado totalmente maluco e que estava planejando me cortar em centenas de pequenos pedaços e me adicionar à salada de atum.

O ambiente principal da casa de Deming era uma combinação de cozinha, sala de jantar e sala de estar — o tipo de coisa que um corretor imobiliário de L.A. chamaria de "estilo loft", mas estava mais para um barraco. No canto, havia duas portas, que concluí que levavam para o quarto e para o banheiro. Não havia sinal de TV, mas livros preenchiam as paredes e pilhas deles cresciam no chão como estalagmites. Um binóculo estava ao lado de um prato de sanduíches e um pote de maionese na grande mesa de cozinha. O fogão era uma daquelas geringonças de antigas fazendas que usava lenha em vez de gás.

Cheguei à conclusão de que Michael Deming não estava apenas vivendo escondido. Ele estava vivendo abaixo da linha de pobreza. Isso me fez tirar minha jaqueta com uma nova confiança. Os problemas financeiros de Deming tornariam meu trabalho bem mais fácil.

— Por favor, sente-se — disse ele gentilmente, apontando para uma das cadeiras de estilo rústico. — E o que gostaria de beber? Café?

— Sim, obrigada — agradeci.

Eu estava me sentindo mais relaxada agora. Tinha um bilhete de loteria premiado no bolso que eu estava pronta para apresentar ao cara.

— Eu ainda faço um bom café, modéstia à parte — disse ele, enquanto despejava em uma caneca o líquido de uma máquina Cuisinart para dez xícaras, que parecia ser o único utensílio elétrico feito depois de 1986.

Ele parou na minha frente e então se sentou.

— Então, Taylor...

Ele olhou para mim com muita atenção e, por um longo tempo, não piscou. Se isso fosse uma competição para ver quem ficava mais tempo sem piscar, ele poderia vencer sem problemas; eu pisquei e olhei para o meu café. Deming limpou a garganta. Quem sabe há quanto tempo ele não falava com outra pessoa? Podia ser há semanas.

— Você pode ver que eu tenho um estilo de vida muito diferente dos meus colegas. Ou melhor, meus ex-colegas — disse ele, com um sorriso humilde. — Acredite ou não, estou muito feliz aqui.

— Eu acredito.

Eu não acreditava, na verdade, mas me pareceu rude discordar. Quero dizer, sério, como alguém pode ser feliz vivendo sozinho em uma casa feita de troncos de madeira? O pobre homem não possuía nem um cachorro para lhe fazer companhia. (Eu tinha alguns que poderia emprestar, no entanto, se ele estivesse interessado...)

— Isto combina comigo. Simples. Silencioso. — Ele cortou meu sanduíche ao meio com uma faca de carne e o passou para mim. — Quando saí de Los Angeles, eu era um homem muito infeliz. Acho que mudei um bocado desde aquela época.

Sem dúvida, pensei. Certamente ele parecia diferente — parecia que uma visita ao salão da minha colega de apartamento seria muito boa para ele. Mas eu levantei as sobrancelhas de maneira encorajadora. Se ele queria falar, eu deveria escutar.

— Como assim? — perguntei, e então dei uma mordida em meu sanduíche.

Não estava nada mal, mas, por outro lado, eu estava morrendo de fome.

— Tenho certeza de que você ouviu um pouco do que aconteceu comigo — continuou ele, enquanto olhava tristemente para sua xícara de café. — Foi minha culpa também, claro — disse ele, balançando a cabeça e sorrindo. — Eu acreditei no que as pessoas me falaram. Meu deus, eu era um idiota.

Eu sei como é, pensei, mas não falei. Demorou um tempo até que eu percebesse o que Kylie estava armando.

— Eu tive que acatar as ordens deles. Tive que escalar seus astros. E então eles remontaram o filme até eu não conseguir mais reconhecê-lo — disse ele, balançando a cabeça com arrependimento. — Agora, os únicos filmes que eu faço são da natureza — explicou ele, com os olhos brilhando. — Esquilos e raposas são muito mais fáceis de lidar do que atores.

Eu ri.

— Faz sentido. Esquilos não precisam de *chefs* particulares ou guarda-costas, e eu nunca vi uma raposa vaidosa e insegura.

Deming recostou-se em sua cadeira, botou as mãos atrás da cabeça e olhou para o teto por um tempo. Fiquei imaginando quanto tempo aquilo levaria. Eu era a favor de que ele pensasse antes de tomar a decisão, mas queria selar logo o acordo e depois tirar um cochilo. Eu estava tão cansada que minhas mãos formigavam. Olhei para cima para ver o que Deming estava olhando. Teias de aranha.

Deming finalmente limpou a garganta.

— Acho que eu gostaria de perguntar a você por que, sabendo de tudo isso, eu deveria fazer seu filme, Taylor. Eu li o roteiro ontem à noite. E, sim, consigo ver o que você pode pensar que eu poderia... acrescentar à história. Mas acho que a minha pergunta a você seria: por que eu? — disse ele, tirando o olhar das teias de aranha e direcionando os olhos desconcertantes para mim. — Por que eu seria a sua primeira opção?

Porque venho escrevendo para você uma vez por semana há sete anos e você é o responsável por eu estar aqui, em primeiro lugar, quis dizer.

Mas eu não podia falar aquilo. Em primeiro lugar, a ideia de ele ter ao menos recebido minhas cartas parecia muito distante, agora que eu sabia o quão longe da civilização ele vivia. Ele provavelmente se comunicava com as pessoas por sinais de fumaça e *didgeridoo*. E, em segundo lugar, eu não estava aqui como uma fã. Eu estava aqui como uma executiva de criação. E executivos de criação não tietavam. Eles apresentavam projetos.

— Você deveria fazer esse filme porque filmes são a sua paixão, Sr. Deming — disse eu confiante, inclinando-me para a frente em minha cadeira e olhando fixamente para ele com o mesmo olhar franco que eu havia usado com o agente dele, o Bala Prateada. — Isso é o que você devia estar fazendo. Não escondendo seu talento em uma cabana. Mas, sim, trazer outra história comovente e verdadeira para as telas.

Ele concordou timidamente com a cabeça, mas eu não conseguia ler sua expressão. Ele se abaixou e pegou um cachimbo de uma pequena gaveta, que botou na boca, apagado. *Um cachimbo*? Ele realmente estava levando essa coisa de morar na floresta a sério. Quando fechasse o negócio, eu teria que apresentá-lo às vitaminas supersaudáveis e superestilo, L.A. do Tom Scheffer — aquilo daria um jeito nele.

— Nós vamos respeitar a sua visão — continuei. Eu podia sentir minha voz juntando força. Sabia que estava certa e queria que ele soubesse disso também; ele *precisava* fazer esse filme. — Nós vamos deixá-lo fazer este filme da forma que quiser. Todas as pessoas envolvidas neste projeto têm o maior respeito pelo seu talento. E um dos maiores e mais brilhantes astros do planeta quer trabalhar com você.

Ele parou de balançar a cabeça e tirou o cachimbo da boca.

— Quem é esse?

— Holden MacIntee. A *Vanity Fair* acabou de proclamá-lo o novo It Boy.

A testa dele se enrugou mostrando concentração. Por um momento eu fiquei pensando se Deming não sabia quem era Holden MacIntee. Mas não; aquilo era impossível. Qualquer criança sabia quem Holden MacIntee era. Criadores de iaques da Sibéria sabiam quem Holden MacIntee era.

— Ele adora o seu trabalho — continuei. Eu tinha afastado o meu sanduíche, apesar de estar faminta. — Adora. Ele disse isso para mim, pessoalmente. E colocá-lo nesse filme garante um fim de semana de lançamento enorme. Pelo menos vinte milhões, dependendo da época. E isso é uma estimativa conservadora.

Deming balançava a cabeça lentamente para mim, agora com um leve sorriso nos lábios. Do lado de fora, tinha começado a chover, e eu podia ver os pequenos flocos de neve descendo em espiral pela janela da cozinha. Eu pensei em L.A., com seu sol a pino o ano todo, seu brilho sem remorso e seu caos estonteante, desde os vales verdes de Topanga Canyon até as pistas sinuosas e desgastadas da Fairfax Avenue e até as luzes do píer de Santa Mônica. Senti uma breve pontada de saudade de casa. Quem não amava L.A.? A vida era tão solitária aqui no meio do fim do mundo. Não havia como Deming aguentar isso por muito mais tempo.

Deming ainda me observava, balançando a cabeça e sorrindo timidamente. Ele estava começando a ficar animado, dava para notar. Só precisava de mais um empurrãozinho.

— E, bem, além disso, nós vamos lhe dar mais dinheiro do que você já foi pago na vida. — Não pude evitar olhar em volta daquela cabana em ruínas, com seus aparelhos de décadas atrás e mobília de segunda mão. — Eu garanto isso.

Houve uma pequena pausa enquanto Deming me estudava. Ele certamente não era muito de falar.

— Bem, obrigado por vir — disse ele, ao se levantar. — Eu entrarei em contato.

— Sabe, eu ficaria feliz em falar em números agora — insisti. — Quero dizer, tenho certeza de que estou autorizada a fazer isso.

Ele sorriu e fez sinal para que eu parasse.

— Isso não vai ser necessário. Eu entrarei em contato.

Enquanto ele me acompanhava através do tapete de lã desbotado, pensei em falar para ele sobre as cartas. *Sou eu*, quis dizer. *A menina que vem perseguindo você!* A menina que é sua maior e mais louca fã. Mas aquilo simplesmente não soaria profissional. E, além disso, eu sempre poderia dizer isso a ele num jantar quando visitasse o set de filmagem. Aí ele realmente ficaria feliz em saber.

— Obrigada mais uma vez, Sr. Deming — disse eu à porta, colocando meu cartão de visitas na mão dele.

— Não, não — disse ele. — Obrigado a você.

Ele botou o cachimbo de volta na boca e, juro, os olhos dele estavam quase brilhando. Talvez ele estivesse pensando em todas as reformas que poderia fazer. Aquele cubículo poderia ser um lugar legal, na verdade, se alguém gastasse uns cem mil dólares nele. Então ele fechou a porta.

— Só me leve de volta ao aeroporto, por favor — pedi ao motorista.

Minha mão já estava na minha bolsa antes de eu ter colocado o cinto de segurança. Milagre dos milagres, meu iPhone pegava aqui. Procurei o e-mail da Quinn.

ACHO QUE ACABEI DE FECHAR MEU PRIMEIRO CONTRATO!

Fiquei com o telefone na mão, esperando pela resposta normalmente rápida da Quinn, mas não houve resposta. Estranho, pensei, colocando-o de volta em minha bolsa. Mas, de todo modo, nosso pequeno acordo estava encerrado.

Enquanto o táxi se arrastava de volta pela estrada esburacada e coberta de neve, eu me recostei no banco de vinil macio e rapidamente caí num sono fácil e conveniente.

CAPÍTULO TRINTA

— A mobília dela vai ser retirada, a não ser, claro, que você goste — disse Amanda, oferecendo um sorriso forçado enquanto destrancava a porta do que um dia tinha sido a sala de Melinda Darling.

Entrei e não pude evitar soltar um pequeno suspiro de satisfação. Havia estantes vermelhas laqueadas em uma parede e um sofá comprido de camurça cinza com almofadas de pele de carneiro. Eu levantei as cortinas, e o sol do inverno foi entrando aos poucos, iluminando tudo como um holofote.

— É bonito. Mas acho que prefiro branco — disse eu, colocando minha bolsa na mesa de acrílico transparente e reluzente.

A *minha* mesa reluzente.

— Sua agenda está no computador — continuou Amanda, ajeitando o cabelo preto na altura do queixo atrás de uma delicada orelha. — E me avise sobre obras de arte e as plantas, embora talvez seja um pouco difícil deixar tudo pronto antes do Natal — disse ela, jogando o peso de uma bota de couro com salto alto para a outra. — Mais alguma coisa?

— Sim — disse eu. — Eu adoraria um cappuccino.

Eu nem queria tanto, mas não pude evitar: a emoção de ter alguém para buscar um para mim era demais.

Amanda pareceu quase surpresa. Mas isso não era parte do trabalho dela também?

— Sem problemas — disse ela, depois de um instante. — Vou deixar você se ajeitar.

Ela fechou a porta suavemente atrás de si. Em toda a minha animação sobre a promoção, eu nunca tinha parado para pensar em quem se tornaria a *minha* assistente. Fiquei com um pouco de pena da Amanda — ela havia se sentido tão superior a mim no meu primeiro dia, quando quebrei a copiadora com o roteiro do Paul Haggis, e agora era forçada a trazer o meu café. Bem, pelo menos não era o Wyman. Eu não seria capaz de suportá-lo falando de cinema neorrealista italiano do pós-guerra o dia inteiro. *Sim, eu vi* Umberto D., eu teria que gritar, *e é o filme mais deprimente de todos os tempos! Agora vai fazer uma droga de uma vitamina para mim!*

Eu me sentei em minha cadeira Aeron e olhei satisfeita em volta da sala. Ela era maior do que o meu quarto em West Hollywood, e muito, muito mais limpa. Meu primeiro dia, quando Kylie me levou para conhecer a Metronome, parecia ter sido em outra vida. Se alguém me dissesse que eu teria a minha sala com a minha própria plaquinha na porta (TAYLOR HENNING — EXECUTIVA DE CRIAÇÃO!) apenas quatro meses depois, e com um projeto de primeira para começar, eu nunca teria acreditado neles. Nunca, nunca mesmo.

Liguei meu Mac Pro. Eu tinha feito planos para encontrar Luke na hora do almoço na Larchmont, mas talvez mandasse um e-mail rápido para ele. Meu computador novo era lindo — brilhante e branco, com um lindo monitor de tela plana de

24 polegadas e um teclado ergonômico que prometia fazer o trabalho de digitação ser tão agradável quanto uma massagem na mão.

Ouvi uma batida na porta.

— Entre — disse eu, recostando-me na cadeira de seiscentos dólares da Melinda, minha lombar praticamente cantando de felicidade.

Julissa entrou, olhando com aprovação para o que via à sua volta. Ela estava usando marias-chiquinhas e parecia ter 12 anos.

— Que lindo! — exclamou ela. — Você conseguiu. Parabéns.

— Obrigada.

Sorri gentilmente, tentando não parecer animada demais com a minha nova sala. Eu não queria ser uma daquelas deslumbradas.

— Iris quer vê-la — disse ela, levantando um pouco as sobrancelhas.

Certamente Iris estava me chamando apenas para me parabenizar. Talvez ela tivesse comprado uma planta para o meu escritório, para que eu pudesse transformá-lo em uma floresta também.

— Agora?

— É — disse Julissa, balançando a cabeça e saindo pela porta.

Andando pelo corredor na direção da sala da Iris em meu elegante vestido preto, eu me sentia uma pessoa totalmente diferente do que era em setembro. Eu me sentia mais esperta, mais confiante — caramba, até me sentia mais alta, mas isso provavelmente era por causa do salto de dez centímetros. Entrei na sala externa, onde minha antiga mesa parecia pequena e abandonada.

Kylie estava sentada digitando, usando um estonteante vestido transpassado de seda chocolate, a vela acesa sobre a mesa dela. As costas dela estavam talvez um pouco mais retas que de costume, e seu nariz alguns centímetros mais empinado. Claramente era importante para ela não mostrar sua derrota de maneira muito óbvia.

— Bom dia, Kylie.

Eu achei que devia ser amigável com ela. Qual, afinal de contas, era a razão para não ser civilizada com alguém abaixo de mim?

— Bom dia — respondeu ela friamente, sem parar de digitar.

Foi uma resposta tão amigável quanto eu podia esperar. Achei que, com o tempo, poderia deixar de lado todo esse ressentimento, mas eu não ia me preocupar com isso agora.

Passei por uma miniatura de laranjeira para entrar na sala da Iris.

— Você queria me ver?

Iris estava sentada com as costas arqueadas sobre a mesa, a cabeça nas mãos e os dedos massageando lentamente as têmporas.

— Feche a porta, Taylor — disse ela sem olhar para cima.

Fechei a porta, hesitante. Pela janela atrás dela, eu podia ver uma árvore de Natal gigante, cheia de presentes falsos, em frente ao estúdio 6.

— Como foi Nova York? Aconteceu alguma coisa?

Talvez ela tivesse pegado um voo turbulento ou tivesse sido tirada da primeira classe e precisado sentar ao lado de um cara muito gordo na econômica. E se Holden tivesse agradecido a ela por marcar a reunião? Afinal de contas, eu havia dito a Iris que a ideia do encontro pessoal fora dele. Não que esses fossem problemas de verdade, no entanto — as boas notícias do projeto de Deming iam ofuscar qualquer uma dessas.

Iris finalmente olhou para cima. Sua boca estava franzida como se ela tivesse comido algo amargo, e seu rosto mostrava uma estranha cor cinza que a fazia parecer doente.

— Quantas vezes você se encontrou com minha filha? — perguntou ela.

Um nó se formou em minha garganta. Quinn. O que ela tinha feito?

— Sua filha? O que você quer dizer?

— Não se finja de boba comigo — disse Iris friamente, tirando os óculos e jogando-os sobre a mesa. — Quantas vezes? Uma vez? Duas vezes?

A voz dela era fria e dura.

Eu tentei despistar no começo.

— Aonde você quer chegar?

— Vou mostrar a você o que aconteceu. Depois que você me mandou para Nova York.

Ela virou a tela de plasma de 22 polegadas para que eu pudesse ver o site do TMZ. E a sua manchete.

Quando o gato está longe, a filhote brinca

Alguém pode dizer *reabilitação*? Quinn Whitaker, a filha de 16 anos da executiva da Metronome, Iris Whitaker, deixou tudo à mostra no sábado à noite (pense em usar um sutiã na próxima vez, Quinn!), dando a festa do ano enquanto a mamãe estava fora da cidade. Rumer Willis, Vanessa Hudgens, Hania Barton e o namoradinho de Quinn, o ator e DJ Blake Miller, se juntaram a Quinn para entornar garrafas de Southern Comfort e tirar a roupa na hidromassagem. Quem é a menina mais problemática de Hollywood agora, Jamie Lynn?

Engoli em seco.

— Oh, meu Deus — disse eu.

Eu sabia que Quinn não era nenhum anjinho, mas não imaginava que ela fosse capaz daquilo.

— Você sabia que eu nunca, nem uma vez, a tinha deixado ficar sozinha em casa durante um fim de semana? O pai dela estava em uma locação em Vancouver. E, quando *você* ligou e disse que essa era a última vez que eu poderia encontrar Holden para esse grande filme, eu pensei: tudo bem, ela é uma menina crescida. Posso confiar nela. — Iris batia com suas unhas em seu BlackBerry e, sob a mesa, eu podia ouvi-la chutando algo com o pé. Ela estava tão agitada que, literalmente, não conseguia ficar parada. — Em uma noite, todo o trabalho duro... de ficar em casa com ela, de jantar com ela todas as noites, de me assegurar de que ela não se tornasse outra vítima de Hollywood... tudo isso se foi — disse ela, levantando-se da sua cadeira e se virando para mim. — O que você fez foi inescrupuloso.

Eu me sentia muito mal por Iris, mas eu conseguia ver como isso havia sido minha culpa. Quinn dera uma festa, o que aquilo tinha a ver comigo?

— Eu não entendo — disse eu.

— O que você achou que fosse acontecer? Que Quinn só queria um pouco de tempo para *ela mesma*?

Repentinamente, tive vontade de me sentar, mas eu estava estranhamente com medo disso. Eu não estava gostando do rumo que aquilo estava tomando.

— Ela me contou tudo, sabe? Tudo sobre o seu pequeno acordo — disse Iris, virando-se e balançando a cabeça como se não acreditasse. — O fato de você usar uma adolescente dessa forma... — Ela fez uma pausa. — Sabe, em todos os meus anos de Hollywood, essa foi a coisa mais *baixa* que já vi alguém fazer.

Eu não conseguia olhar para ela; apenas olhei para o chão. Senti náusea tomando conta de mim, assim como o começo de uma compreensão do tipo de problema em que eu podia ter me metido. Eu não podia acreditar que a Quinn havia contado tudo a ela. Nós não tínhamos combinado que isso era um segredo?

— E esta é a melhor parte. Recebi uma ligação de Michael Deming esta manhã.

Eu olhei com esperança. As coisas estavam ruins, eu entendia aquilo — mas o projeto de Deming ia melhorar tudo, não ia?

— Ele odiou você — disse Iris.

Demorei um minuto para que a ficha caísse, e, quando caiu, eu me senti como se tivesse tomado um soco no estômago.

— O quê? — disse eu, tentando buscar ar.

Iris levantou a mão.

— Deixe-me ver se consigo lembrar. Ele disse que você era presunçosa. Arrogante. O símbolo de por que ele largou a indústria, nas palavras dele. Aparentemente, você ficou se gabando da quantidade de dinheiro que ele receberia. É exatamente assim que a Metronome gosta de atrair talento, por falar nisso. Apelando para seus bolsos.

Ainda assim, eu estava esperando pela parte boa. Deming não precisava gostar de mim, ele só tinha que gostar do filme que eu havia oferecido a ele.

— Mas ele vai fazer o *Evolução*, não vai?

— Não, Taylor, ele não vai. E agora Bob Glazer está ameaçando um boicote contra o estúdio inteiro — disse ela, com um pequeno sorriso. — Holden nunca vai trabalhar conosco novamente. Não depois de recusar um contrato de 12 milhões de dólares com Judd Apatow para fazer um filme que nunca existiu, antes de qualquer coisa. — Iris estreitou os olhos e eu vi com quem Quinn tinha aprendido o olhar mortal. — Então você não apenas arruinou o projeto e me constrangeu, como constrangeu a empresa inteira.

Quando consegui respirar novamente, simplesmente comecei a chorar. Fiquei de pé ali em frente à mesa da Iris e senti as lágrimas rolarem quentes em minhas bochechas.

— Por sorte, o projeto da Kylie com Troy Vaughn está por um fio, mas pode acabar dando certo — disse ela friamente. — Se não fosse por isso, tudo seria um completo desastre. Então você pode pedir para ela entrar quando você sair?

— Claro — concordei, com dificuldade.

Nunca tinha me sentido tão mal na minha vida. Mas disse a mim mesma, enquanto limpava meu nariz na manga do meu lindo vestido Rebecca Beeson, que isso era parte de estar em Hollywood; a vida de um executivo de criação tinha altos e baixos.

— Ah, e você está despedida, Taylor. Saia das dependências da Metronome imediatamente.

Com aquele choque final, abri a porta e só percebi brevemente Kylie olhando para mim antes de eu abaixar minha cabeça e passar por ela. Apontei para a sala da Iris enquanto saía.

— Ela quer falar com você — sussurrei.

Então andei pelo corredor de paredes pulsantes até o escritório que tinha sido, por cinco minutos, meu. Amanda olhou para mim de sua mesa, pronta para me entregar meu cappuccino, mas, ao me ver, congelou. Ela abriu a boca e então a fechou novamente, e achei que vi compreensão piscar em seu rosto. Eu não poderia dizer que ela parecia triste ao me ver acabada.

Ela não sabia os detalhes, mas saberia em um minuto. Na verdade, ouvi o barulho de uma mensagem em seu computador que eu poderia apostar qualquer coisa que era da Kylie. Em mais dois minutos, Cici, Wyman, Tom Scheffer e todas as outras pessoas saberiam, e eu queria estar longe quando isso acontecesse. Peguei minha bolsa e meu casaco na minha mesa. Vi um segurança descendo o corredor, mas não precisava dele para me acompanhar até a rua.

CAPÍTULO TRINTA E UM

Três horas depois, eu guiava meu carro para uma vaga em diagonal na Larchmont Boulevard, bem perto de onde eu tinha encontrado Quinn no Pinkberry, há tanto tempo atrás. Tirei a chave da ignição e olhei, exausta e enjoada, pelo vidro. Desde que saí do meu antigo escritório, dirigi sem destino, tentando entender como tudo dera errado tão rapidamente. Agora minha mente tinha finalmente sofrido uma sobrecarga, e eu não conseguia nem mais chorar.

Olhei para o espelho retrovisor e me encolhi. Meus olhos estavam vermelhos e inchados, e minhas bochechas estavam manchadas. Meu nariz, de alguma forma, parecia maior, e até mesmo os meus lábios pareciam inchados e terríveis. Se Luke não saísse correndo assim que me visse, eu teria que dar a ele uma explicação para o estado em que me encontrava. E o que eu ia dizer? Eu deveria dizer a verdade e enfrentar sua raiva e decepção inevitáveis? Ou deveria fingir uma reação alérgica horrível a um sheepdog que havia levado para passear? Era um sinal do meu óbvio sofrimento ter considerado seriamente a segunda opção. Mas percebi que era a hora de dizer a verdade. Eu teria que enquadrar a história de uma forma que não me fizesse parecer uma psicopata e uma sedutora diabólica, e então, depois de explicar isso, eu seria capaz de contar a Luke sobre o meu dia. Ele me ajudaria, eu tinha certeza disso. Ele saberia como fazer tudo dar certo novamente.

Passei um pouco de pó no nariz e um pouco de gloss da MAC nos lábios e saí do carro para o ar frio, indo em direção ao Le Petit Greek. A Larchmont Boulevard não me parecia tão apelativa como tinha parecido naquele dia em que eu fiz meu acordo com a filha traidora da Iris. Sob um céu cor de aço, as miniaturas de Papai Noel e as renas sobre a faixa de pedestre pareciam espalhafatosas e cafonas. Luke dissera a coisa certa: L.A. não tinha sido feita para o Natal.

Passei por uma loja de lingerie e por uma de sapatos e, finalmente, entrei no salão verde e branco do restaurante. Havia cestas de limões colocadas decorativamente aqui e ali, e as paredes eram cobertas de grandes fotografias do interior da Grécia. A maioria das mesas estava cheia, e garçons passavam por mim, entregando pratos de souvlaki e gyros. Eu estava tendo dificuldade em achar Luke; então, esticava o pescoço e apertava meus olhos inchados. Um garçom pigarreou e eu saí da frente dele. Então o vi, em uma mesa para duas pessoas encostada na parede. Mas ele não estava sozinho. Havia uma mulher com ele, e só precisei de mais um segundo para descobrir quem ela era e o que estava fazendo ali.

Corri até a mesa com o coração na boca.

— Ele está acompanhado — disse eu, com raiva.

Kylie se virou e sorriu docemente, como se estivesse me esperando.

— Aí está você. Nós estávamos falando de você agora mesmo. — O sorriso dela se transformou em uma risada maliciosa; certamente ela não estava falando coisas boas. — Eu estava explicando para o Luke que nós trabalhamos juntas. Ou melhor, trabalhávamos.

Olhei desesperada para o Luke. Ele olhou para mim sem nenhuma expressão e virou o rosto. Kylie devia ter dito tudo a ele. Mas como ela sabia que ele estava aqui? E como sabia que eu, sequer, o conhecia? Quando descobri, eu me senti a pessoa mais burra do universo outra vez. Mark Lyder. *Nunca queime etapas, Taylor*, ele contara. *Especialmente não em Hollywood*. Ele contara a Kylie sobre mim e Luke, e Kylie obviamente tinha convencido Luke a se encontrar com ela.

Eu não achava que era possível me sentir pior, mas era.

— Por favor, saia — disse eu, baixando o tom da minha voz. — Luke não tem nada a ver com isso.

— É claro que ele tem — retrucou ela, com seu tom de falsa inocência. — Ele foi só outra forma de você me atingir. Admita.

Luke olhou para seu prato.

— Chega, Kylie — murmurou ele.

Mas Kylie não tinha acabado comigo ainda. Ela parecia poder ficar e esfregar tudo isso na minha cara para sempre.

— E eu imagino que foi você que armou tudo aquilo no Chateau? — disse ela, balançando a cabeça sem esperar uma resposta. — Eu descobri tudo. Muito classudo.

Escutar ela falar estava me matando, mas o que eu poderia dizer? Tudo de que ela me acusara era verdade. Fiquei ali, fechando e abrindo os punhos. Eu não podia chorar, não podia — não na frente da Kylie, apesar de isso ser a única coisa que eu queria fazer. Luke se inquietou na cadeira. Ele ainda não olhava para mim.

— Certo, Kylie — disse eu —, o estrago está feito. Você está feliz? Pode ir agora.

Kylie se levantou e ajeitou o vestido sedoso cor de chocolate.

— Durante esse tempo todo você achou que era melhor que eu — disse ela, quase alegremente, mexendo na bolsa. — Bem, dê uma longa olhada no espelho. Porque *você* me dá nojo.

Ela deu mais um sorriso triunfante; então, jogou a bolsa Kooba sobre o ombro e saiu andando entre as mesas circulares até a porta.

— Luke, por favor, deixe-me explicar — comecei, logo me sentando.

Eu podia sentir as lágrimas começando a sair novamente, e pisquei para segurá-las.

— É verdade? — perguntou ele olhando para a mesa, com a voz áspera.

Eu respirei fundo. Não podia haver mais mentiras agora.

— Eu nunca fui depiladora ou passeei com cachorros, é verdade. Eu vim para L.A. porque queria fazer filmes. Nunca houve outra coisa que eu quisesse fazer mais na minha vida.

Luke roncou:

— Você sabe que não é isso o que estou perguntando.

Eu queria esticar a mão e tocar a mão dele, mas tinha medo de que ele a afastasse. Então, em vez disso, peguei um guardanapo na mesa e fiz uma bola com as mãos. Eu odiava ter que dizer o que ia dizer.

— Eu fiz aquela primeira aula com você porque, sim, eu queria magoar Kylie. — Luke começou a balançar a cabeça, ainda olhando para a toalha de mesa. Eu queria parar ali; odiava o quanto o estava magoando. Ter que dizer isso me fez perceber como eu havia sido horrível e o quão perto eu estava de perder algo que tinha realmente começado a importar. Respirei fundo. — E então eu meio que arranjei para que você a pegasse com Mark Lyder, mas isso foi antes de eu realmente começar a conhecer você e...

Luke finalmente olhou para mim com aqueles lindos olhos tristes. Mas a voz dele não estava nem um pouco triste: estava dura, como a voz de Iris de manhã.

— Eu não quero ouvir mais nada. Não posso confiar em você. Eu pensei que você fosse de verdade.

Joguei o guardanapo no chão e tentei pegar a mão dele. Mas ele a tirou antes que eu pudesse tocá-la. Eu podia sentir o desespero tomando conta de mim em ondas.

— Eu sou de verdade. Aquela noite com você em Venice... aquilo foi *completamente* de verdade para mim.

Luke roncou.

— Tirando o fato de que eu passei aquela noite com uma pessoa diferente da que está sentada aqui agora — disse ele, empurrando a cadeira e se levantando. — Eu tenho que ir.

Tentei segurar o casaco de cotelê de Luke, mas ele o afastou de mim também.

— Luke, eu não sou a Kylie. Eu sei que eu fiz algumas coisas erradas, mas... — Eu estava implorando, mas a essa altura não me importava mais. — Eu *sou* aquela garota da outra noite. Por favor.

— Neste momento, eu não sei quem você é — disse ele, com o rosto sério e resoluto — e não sei se quero saber.

Então ele se virou e foi embora.

Eu mergulhei o rosto nas mãos e, quando olhei para cima, alguns minutos depois, estava olhando para um prato de lulas fritas, os pequenos corpos das pobres coitadas cobertos de azeite e sumo de limão.

— O cavalheiro pediu isso — disse o garçom. — A senhora vai querer mais alguma coisa?

— Só a conta — sussurrei.

Só a conta e uma vida totalmente nova.

✻

— Com licença, onde fica o refeitório?

A jovem menina que eu tinha parado vestia um kilt cinza manchado e meias; ela olhou curiosamente para mim e então apontou para o final do corredor.

— Lá no fim, à esquerda — disse ela, ajeitando sua grossa faixa de pano na cabeça. — E não é um refeitório; é um *restaurante*.

— Que se dane — murmurei, virando-me para fazer o caminho que ela indicara.

Confirmando sua fama de elegante, Carleton me lembrava uma mansão gigante em vez de uma escola para meninas. Colunas brancas cobertas de hera marcavam o perímetro do prédio principal, e até mesmo as portas pareciam ser de mármore. Eu me senti um pouco culpada de invadir a escola de Quinn, mas, por sorte, ninguém me impediu. Eu provavelmente me parecia com uma professora de escola particular estilosa.

Desci o corredor e vi uma porta de madeira trabalhada aberta. Uma cacofonia de vozes de adolescentes fofocando saía de lá. Hesitante, passei pelo portal e já estava dentro do refeitório — desculpe, *restaurante* — que deixava o refeitório da Metronome no chinelo. Não havia nenhuma televisão de tela plana, mas o que faltava de entretenimento tecnológico, compensava com a decoração. A luz do sol entrava por janelões de vidro que iam até o teto, e as meninas podiam escolher entre mesas com pedestais dourados ou sofás de veludo macio para comer seus sushis ou saladas.

Finalmente, avistei Quinn, montando guarda em um sofá, tomando um iogurte grego com as escudeiras de kilt à sua volta. Simplesmente ver o rosto convencido e satisfeito dela fez uma onda de raiva varrer meu corpo. Enquanto eu estava sentada na mesa do Le Petit Greek, olhando para os cadáveres de lula, logo depois da saída de Luke, ir vê-la pareceu a única coisa racional a fazer. Eu queria ouvi-la explicar por que tinha me entregado.

Ajeitei um pouco a minha postura e me aproximei do sofá vermelho onde Quinn estava sentada como um paxá. Umas das meninas notou minha aproximação, mas não disse nada. Ela apenas olhou para mim até que eu estivesse bem na frente delas — até que eu falasse.

— Preciso falar com você — disse eu.

Quinn sorriu com desdém.

— Para quê?

Uma das meninas no chão riu, e eu podia ver outras se virando para olhar. Eu estava obviamente deslocada nessa sala cheia de adolescentes uniformizadas, e, repentinamente, chamava muita atenção.

Tentei manter minha voz baixa.

— Eu fiz o que você queria. Arrisquei meu emprego por você, e então você me entregou para sua mãe? Como pôde fazer aquilo?

Minha voz tremeu, apesar de eu estar tentando desesperadamente parecer tranquila.

— Fácil — disse Quinn, levantando-se e jogando seu iogurte no lixo. — *Nunca é sua culpa. Eu não ensinei nada a você?* — perguntou ela, com um sorriso irônico. — Eu faço o que quero fazer. Você sabe disso. Então por que esperar que eu fosse diferente por *você*?

Eu não tinha uma resposta para aquilo. Porque Quinn estava certa. Todo esse tempo, Quinn nunca mudou quem ela realmente era: uma menina que usaria, enganaria e trairia qualquer um em seu caminho. Foi por isso que eu pedi a ajuda dela em primeiro lugar.

Pelo menos ela sabia quem era, eu pensei. Luke tinha dito que não sabia quem eu era. Mas a verdade era que nem eu mesmo sabia.

— Acabamos aqui? — perguntou Quinn, e, antes que eu pudesse responder, ela já tinha ido.

Sua revoada de amigas permaneceu por mais um momento no sofá, cada uma delas olhando para mim — algumas com pena, outras com escárnio —, e, então, uma a uma, elas se levantaram com suas saias curtas e passaram por mim também, deixando-me sozinha no meio do restaurante de uma escola.

Hollywood é como a escola, Mark Lyder havia dito. E ele estava certo. Mas qual dos dois era pior, isso eu não sabia dizer.

CAPÍTULO TRINTA E DOIS

Feliz Natal, Emporium! Feliz Natal, velha e maravilhosa Construções & Empréstimos!

Pela primeira vez em que podia me lembrar, a corrida final de Jimmy Stewart pela rua principal de Bedford Falls não conseguiu me fazer chorar. Na verdade, eu não senti praticamente nada. Dei pause no DVD e voltei a cena.

Eu me estiquei no sofá, onde tinha ficado deitada nos últimos seis dias, e peguei outro Hot Pocket de filé com queijo do prato que estava no chão. Comi deitada mesmo; havia aperfeiçoado a técnica de digestão de bruços.

Também aperfeiçoara a técnica de ficar acordada sem pensar em nada. A chave era a televisão. Eu tinha lido em algum lugar que o cérebro ficava mais ativo dormindo do que vendo TV, e, depois de uma semana prazerosamente anestesiada, eu estava aqui para dizer que sim, TV era a segunda melhor coisa, depois de lobotomia. E era certamente mais barato e mais fácil. Contanto que eu ficasse no sofá, em frente à tela pulsante, podia passar um dia inteiro sem ver o olhar frio da Iris, o doce sorriso do Luke ou a risada triunfante da Kylie. Eu também podia fazer desaparecer a memória da voz cortante de Quinn e a humilhação de um dia que começou com a minha demissão e terminou com a escolta para fora do refeitório — não, *restaurante* — feita por uma mulher robusta usando rede no cabelo, que me disse que eu devia achar meninas da minha idade para brincar.

Era só quando eu ia para a cama que essas imagens inundavam o meu cérebro. Então, para a hora de dormir, eu tinha sorvete anestesiando minha mente junto com minhas papilas gustativas e me levando a um estupor causado por excesso de açúcar.

Magnolia estava de pé ao meu lado, com sua bela testa franzida e aquele horrível Repolho em seus braços.

— Você tem certeza de que está bem? Precisa de alguma coisa?

Nós tínhamos feito as pazes depois daquela briga — ela se ofereceu para mandar meu vestido da Calypso para a lavanderia e eu me desculpei por sugerir que ela estava a um passo de tricotar suéteres de pelos de cachorro. Nós tínhamos concordado que ambas estávamos sob muito estresse (Magnolia, por exemplo, havia tido uma série de clientes particularmente peludos naquele dia) e tínhamos selado nossa amizade com uma refeição obrigatória de Poquito Mas.

Jimmy Stewart estava começando sua corrida quando a cena congelou. Com o controle remoto na mão, Magnolia se empoleirou no braço do sofá.

— Taylor? Você está aí? — disse ela, balançando alguns dedos com unhas pintadas na minha frente.

— Eu estou bem — falei para a TV.

— Você está recebendo respostas? — perguntou ela, apontando para o laptop que estava ao lado dos Hot Pockets. — Alguma entrevista?

— Ah — disse eu ao me sentar. — Tenho certeza de que sim. Eu só não checo faz tempo.

Magnolia limpou a garganta e disse gentilmente:

— Eu não quero soar como sua mãe nem nada, mas você não vai arrumar um emprego se não tentar de verdade.

Virei a cabeça para que ela pudesse ver minha expressão de tédio.

— Não consigo entender o que há de tão maravilhoso em ter um emprego. Quero dizer, você não aguenta o seu. Eu não consegui manter o meu. Não consigo entender por que não posso ficar aqui deitada por mais um mês. Aprendi muito sobre limpar calhas no canal de decoração, por exemplo. Além disso, agora sei muito sobre moluscos graças à PBS. Você sabia que alguns deles podem mudar para qualquer cor do arco-íris?

Magnolia suspirou:

— Você está parecendo uma pessoa maluca, Taylor.

Eu não respondi. Eu me sentia como uma maluca. Cruzei as pernas e, naquele momento, percebi que não apenas estava usando duas meias diferentes, mas sapatos diferentes também. Tirei os sapatos com os pés — para que precisava deles? Eu nunca mais levantaria desse sofá.

— Nós podemos tomar um drinque em algum lugar — ofereceu Magnolia. — Posso comprar um bloody bishop ou algo assim para você.

Eu ri sem nenhum prazer.

— Eu odeio essas coisas — disse eu —, mas obrigada. E, sério, eu sinto muito por ter sido uma escrota antes. Sei que estou um saco agora. Eu queria que as coisas tivessem acontecido de forma diferente. Isso é tudo. Agora que toda a minha vida virou pó.

Magnolia colocou o Repolho no chão e segurou minha mão.

— Ei, deixa de drama. As coisas não estão tão ruins assim.

— Não, elas estão, sim — disse eu. — O que aconteceu no trabalho correu a cidade toda, não tem como isso não ter acontecido. Então eu posso esquecer a possibilidade de achar outro emprego. Minha chefe acha que eu sou a escória do mundo. Até o meu amigo gay me deu um pé na bunda. — Era verdade; eu não ouvia falar do Brett desde que tinha dado o bolo nele no nosso fim de semana em Sonoma com tão pouca explicação. Aparentemente, o inferno não tinha fúria maior que um amigo gay deixado de lado. — Ah, e quase esqueci — continuei, levantando os dedos para terminar a minha lista imaginária. — O cara com quem eu estava saindo... ou começando a sair... o cara de quem eu realmente gostava... acha que eu sou uma pessoa horrível.

Eu estava deprimida demais para chorar.

— Ei, as coisas vão dar certo para você. Eu sei disso. Você é boa, Taylor, e boas coisas vão acontecer para você. Só tem que pensar positivo.

Balancei minha mão com desdém.

— Promessas vazias — disse eu. — Eles dão conselhos melhores em *Days of Our Lives*.

Magnolia riu.

— Viu? — falou ela. — Você ainda consegue ser engraçada. Isso é alguma coisa.

Ela se levantou e pegou Repolho no colo novamente. Então chamou Woodstock e Lucius, que vieram correndo de sei lá onde numa nuvem de pelos esvoaçantes e hálito de carne. Deus, aqueles animais eram nojentos. Mas eu também não estava muito melhor.

— Nós vamos dar um passeio — disse Magnolia. — Você precisa de algo?

Rolei no sofá e botei a metade não comida do meu Hot Pocket no prato.

— Não, obrigada, querida — disse eu. — Vejo você mais tarde.

Agora que Magnolia tinha saído, eu podia voltar ao meu filme sentimental do Frank Capra. Com um suspiro de satisfação, apertei play.

Nada aconteceu. Jimmy Stewart permaneceu congelado no meio de um passo. Apertei play novamente, e, de repente, ele estava dentro de sua casa, cercado de pessoas, e eu podia ouvir a música do final do filme crescendo.

— Merda — disse eu.

Será que eu tinha assistido àquele DVD tantas vezes que o havia destruído? Era possível.

Como um velho com artrite, meio aleijado, eu me levantei do sofá e fui em busca de outro DVD (é impressionante como coordenação motora e tônus muscular desaparecem rápido). Como Magnolia só tinha filmes de cachorro, fui até a minha pilha confiável de cinco. E lá estava ele: *Journal Girl*. O meu favorito.

Eu não o escolhi, no entanto. Em vez disso, fui até a estante, onde peguei uma cópia do roteiro de Dana. Esse era o único papel à minha volta e, a essa altura, eu não tinha mais uso para ele.

Tirei os grampos do roteiro e virei as páginas ao contrário. Pegando uma caneta ao lado da minha cama, comecei a escrever.

Querido Michael,
Eu sinto muito.

CAPÍTULO TRINTA E TRÊS

— Certo, isso é para o Bolas de Pelo ou para o Bumbum de Nenê?

O homem do outro lado da linha engoliu em seco.

— Você disse Bolas de Pelo? — perguntou ele, com uma voz hesitante.

— Ah, é só o nome — disse eu alegremente. — Não fique com medo. E, só para você saber, o Mamute Cabeludo está em promoção esta semana. Então, se for depilar a bunda, pode querer depilar as costas.

Essas eram palavras que eu realmente nunca pensei que fosse dizer a um estranho, mas, como a nova recepcionista do Joylie, essa incitação deselegante era parte do meu trabalho.

— Certo, eu vou fazer tudo — disse o homem, tentando abafar a voz.

Ele devia estar no trabalho. E, sério, quem gostaria que seus colegas o escutassem marcando hora para ter todos os seus pelos de áreas particulares arrancados pela raiz? Eu anotei o horário dele no caderno gigante, peguei outro punhado de balas de caramelo no prato em minha mesa e tentei sintonizar "Last Christmas" do Wham! no rádio, que parecia estar em todas as estações. Faltava apenas uma semana para o Natal.

Pelo menos eu tinha um emprego. Magnolia fora muito legal em oferecer o cargo depois que Kitty, a antiga recepcionista, fugiu para Vegas para se casar com um dos clientes peludos do Joylie. (Havia sido um pedido e tanto. O homem — um banqueiro que dirigia um Ducati e que Magnolia chamava de Homem Tapete Peludo — pedira para Magnolia depilar seu peito na forma de um coração e, depois disso, ele foi até a recepção com um anel de diamantes colado com fita a um de seus mamilos e se ajoelhou em frente a Kitty. "E ela disse *sim*!", gritou Magnolia, claramente escandalizada com a escolha ruim de Kitty.)

Então aqui estava eu, com um jaleco rosa, atendendo telefones exatamente como fazia na Metronome, mas por metade do salário e nenhum glamour. Eu ainda não tinha sido capaz de contar aos meus pais sobre meus miseráveis fracassos — queria adiar desapontá-los para depois do Natal. Também não havia ligado para nenhum dos meus amigos da faculdade — não que eu falasse muito com eles ultimamente. Eu nem mesmo entrava na internet para mandar mensagens, porque tinha medo de Brandon querer falar comigo de novo e eu precisar dizer para ele o que tinha acontecido. Eu não podia permitir que Brandon soubesse; eu já podia ouvir o alegre "eu te disse" vindo do outro lado do país.

Olhei para os carros passando pelo vidro da frente da loja e mergulhei a cabeça nas mãos. Do lado de fora, um cara com calças de linho fora da estação e uma camisa Oxford amarrotada andava apressado pela calçada, obviamente suplicante em seu celular. Ele tinha o olhar que se vê nas salas de espera e corredores de testes de elenco — aquele desespero simpático e ansioso. Como um cachorro que tinha tomado um chute, Magnolia diria, mas que fica esperando que alguém acabe fazendo carinho nele.

Eu sentia que o fracasso era contagioso e que uma epidemia dele estava assolando West Hollywood. Todos à minha volta eram atores, roteiristas, diretores e todo o resto das pessoas que, como eu, não tinham caído nas graças dos deuses de Hollywood. Eles se tornavam visíveis no momento em que você fracassava — estavam nos cafés, nas esteiras da academia ou nas trilhas de caminhada no Runyon Canyon. O marco zero era o Whole Foods de Santa Mônica e o Fairfax, onde eles pareciam ficar o dia todo, comendo saladas para viagem com uma cópia da *L.A. Weekly* na frente. Eu estava começando a perceber que pessoas podiam viver a vida inteira nesta cidade *esperando* — esperando por trabalho, esperando por amor, esperando por aquela famosa oportunidade que tinha a mesma chance de aparecer do que a de um raio cair na sua cabeça. Era o suficiente para impedir alguém de sair da cama de manhã, caso pensasse muito nisso.

— Como estamos? — perguntou Magnolia, vindo da sua cabine de depilação para olhar o caderno por cima do meu ombro. — Ah, não. Esse cara, não. Ele não toma banho.

Eu sorri amarelo.

— Posso ligar para ele e dizer que banho é um pré-requisito para o serviço.

Tomei um gole de café: café grátis da sala de espera do Joylie. Chega de mocaccinos de cinco dólares para mim.

— Ei, você acha que George Michael, de alguma forma, subornou os DJ americanos? Quero dizer, essa música não para de tocar. Por quê? É assim todo ano?

— No ano passado foi "Grandma got run over by a reindeer". Por algum motivo, todo mundo na KISS FM achou que seria hilário — disse Magnolia, olhando para o relógio. — Você pode sair para almoçar se quiser. Meia hora.

Eu me levantei e peguei a minha bolsa. Não tinha percebido que estava faminta

— Obrigada. Você quer alguma coisa?

— Além de um pregador para o nariz? Não, estou bem.

Ela ocupou meu lugar e eu alonguei o músculo da perna, que estava tenso.

— Mais uma semana sem Buddha Ball e vou ficar completamente em frangalhos.

Magnolia botou um lápis na boca e olhou para mim, pensativa.

— Você está fazendo um trabalho muito bom aqui, sabe. Eles ensinaram você direitinho no campo de concentração — disse ela, sorrindo. — Já pensou em tirar a licença de esteticista? Eu ficaria feliz de treiná-la. Você pode assistir quando quiser.

Engoli e dei meu melhor sorriso falso. Era muito doce da parte dela se oferecer, mas não existia a mínima chance de eu aplicar cera quente na genitália de Hollywood.

— Vou pensar sobre isso. Volto em vinte minutos.

As coisas não haviam ficado tão desesperadoras ainda, por sorte. Eu tinha um pouco de dinheiro na minha conta e um armário cheio de roupas de marca que podia, se as coisas ficassem realmente feias, vender no eBay, ou algo assim. Quinn pode ter se virado contra mim, mas nunca pediria para eu devolver suas roupas.

Estava ensolarado e frio lá fora. Um dia de inverno anormal e muito agradável. Fechei o zíper da minha jaqueta de cotelê para conter o vento. A pessoa que disse que nunca faz frio em L.A. era uma mentirosa: nos últimos dias, eu estava sempre congelando. Mas também devia ser menos por causa do tempo do que por causa do fato de eu ter perdido cinco quilos nas últimas três semanas. Minha dieta de Hot Pockets e sorvete do começo da minha fase pós-Metronome tirara toda a minha vontade de comer por um tempo, e agora eu cabia no mais apertado dos jeans. Pelo menos estar em frangalhos tinha suas vantagens.

Desci o quarteirão na direção da loja de kebab afegã. O especial de falafel por cinco dólares era a melhor promoção da cidade. Depois disso, eu ia procurar produtos de beleza na farmácia da esquina, como se ainda tivesse motivo para usar maquiagem. Não tinha carreira. Não tinha namorado. Para quê?

Pensei no Luke e senti meu peito apertar. Toda vez que um Jeep Wrangler branco passava na rua, toda vez que via meu lindo vestidinho de jogar tênis no armário, toda vez que eu passava por um maldito restaurante japonês, a tristeza vinha em ondas, como algum tipo terrível de maré. Eu tinha achado o cara perfeito e, de uma hora para outra, o deixei escapar. Não existia nada que pudesse fazer para convencê-lo de que eu não era uma pessoa falsa horrível, apesar de eu ter tentado. Eu liguei, enviei e-mail, mandei mensagem, mas nunca recebi uma resposta. Passei perto de espioná-lo no trabalho, mas, pode acreditar, desconsiderei a ideia.

Quando um pouco mais de tempo tivesse se passado, eu escreveria uma carta me explicando e a deixaria na casa dele. Dessa forma, ele saberia o meu lado da história e também como eu estava arrependida. Eu ainda ligaria para Iris. Não apenas por causa da minha carreira, mas porque ela havia sido a melhor e mais justa chefe que eu provavelmente teria na minha vida, e eu devia muito a ela.

Eu ia comendo meu falafel enquanto descia a rua. A única pessoa para quem eu tinha conseguido abrir meu coração fora Michael Deming, apesar de imaginar que ele nunca receberia aquela carta também. (*Eu fui uma idiota*, escrevi. *Eu queria tanto dizer para você o que seus filmes significam para mim. Mas estava muito envergonhada...*) Balancei a cabeça, pensando na minha incrível estupidez, e disse: "idiota, idiota, idiota" para mim mesma. Um mendigo de colete vermelho e um chapéu roxo sujo olhou para mim com simpatia, provavelmente pensando que eu era maluca, e me perguntou se eu era famosa. Por esse pequeno e nada sincero elogio, dei a ele um dólar.

E, é claro, ainda havia Dana McCafferty, a inocente espectadora disso tudo. Depois de uma conversa meio hesitante no telefone, eu finalmente tinha conseguido que ela concordasse em me encontrar no Urth Caffe três dias antes. Ela apareceu sem mochila, mas o visual de menino da quinta série era praticamente o mesmo. O encontro foi, naturalmente, constrangedor. Dessa vez, Dana fez pouco mais que olhar para o chão e balançar a cabeça, e eu certamente não podia culpá-la. Ela estava prestes a assinar com a Ingenuity quando o projeto desmoronou. Agora não conseguia que ninguém retornasse suas ligações.

Eu me sentia tão mal que não conseguia tomar o latte de chá-verde que estava na minha frente.

— Eu nunca pretendi ferrar você desse jeito — disse a ela.

Dana apenas balançava a cabeça e brincava com um saquinho de adoçante.

— Pelo menos eu cheguei perto — comentou ela, com a voz baixa.

— Você vai conseguir um agente, eu garanto.

As palavras pareciam vazias, apesar de eu ter sido sincera. Porque, sério, o que eu sabia?

A única coisa boa tinha sido fazer as pazes com Brett. Inspirada nas minhas confissões para Deming e Dana, liguei para ele aos prantos, quase sem ar de tanto me desculpar por ter dado um bolo nele, ter sido uma pessoa tão horrível e todas essas coisas.

— Pode parar com isso, rainha do drama — gritou ele. — Sim, você mandou mal, mas aceito suas desculpas. Por mim, nós já nos beijamos e fizemos as pazes.

Ele até me convidou para ir ao El Guapo algumas noites atrás, mas eu não podia lidar com a possibilidade de encontrar com pessoas da Metronome. Mas foi bom ter tido esse choque de realidade. Brett Duncan havia sido o único amigo que eu tinha feito em L.A., e eu pretendia mantê-lo.

Continuei descendo a avenida, mastigando o almoço quase sem sentir o sabor. Eu deveria ter dado meu almoço ao mendigo também, porque pensar na loucura em que a minha vida havia se transformado tirara meu apetite.

— Taylor?

Eu me virei e derrubei meu falafel na calçada.

Iris Whitaker tirou os óculos de sol Chanel — eu tinha quase certeza de que eram os mesmos que Quinn estava usando quando nos encontramos no Malibu Coountry Mart — e olhou para mim. Nos olhos dela, não estava o escárnio que eu esperava, mas um tipo amável de confusão. Limpei os farelos de grão de bico da minha bochecha e dei um sorriso muito hesitante.

— Para onde você está indo? — perguntou ela gentilmente.

Gentilmente. O que estava acontecendo?

Eu pensei em oferecer uma resposta que não envolvesse remoção de pelos: *Eu estava apenas indo à farmácia,* poderia ser uma. Ou: *Eu tenho um amigo no bairro.* E, de certa forma, essa última desculpa era verdade — aquele mendigo realmente gostava de mim, desde que dei dinheiro a ele. Mas algo na expressão das Iris — intrigada, amistosa — me fez decidir ser honesta. Isso e o fato de eu ter aprendido o que mentir pode fazer a uma garota.

— Estava apenas almoçando — disse eu, mostrando meu falafel e apontando para o Joylie, no final da rua. — Eu trabalho ali.

Iris olhou para a vitrine.

— Era para lá que eu estava indo.

— Ah, é?

Nervosamente, joguei meu falafel numa lata de lixo próxima. Não havia como eu me empanturrar na frente da sétima pessoa mais poderosa de Hollywood.

— Posso conseguir um desconto.

Eu me encolhi de vergonha quando disse aquilo. Iris certamente podia pagar por uma depilação cavada ou o que quer que estivesse procurando.

Iris riu.

— Eu não ia até lá para me depilar. Eu queria ver você — disse ela, fechando seu casaco de lã bege.

Olhei para ela com olhos arregalados, sem acreditar.

— Sério?

— Eu recebi uma ligação do agente de Michael Deming hoje de manhã. Aquele com quem você se encontrou... Arnie?

— Arnie Brotman.

Eu me encolhi, lembrando-me de como tinha forçado a barra com ele, como eu havia sido convencida. Eu imaginava o que ele pensava de mim agora. Não que isso importasse.

— Cara estranho — comentou Iris, sorrindo um pouco. — De qualquer forma, Deming reconsiderou. Ele quer fazer o projeto.

— O quê?

Eu cheguei mais perto dela como alguém com dificuldade de escutar. Ela não podia ter dito o que eu pensei ter escutado.

Iris riu.

— Ele quer fazer o projeto — repetiu ela.

— Quer?

O choque deixou meus joelhos bambos e olhei em volta, procurando um banco onde pudesse me sentar. Não havia nenhum, então eu me encostei no lado grudento da lata de lixo. *Nojento* — mas eu realmente não me importava.

— Sim, ele quer. Aparentemente, algo o fez mudar de ideia — disse Iris, olhando para mim com cuidado, como se suspeitasse de que eu havia feito algo para me redimir, apesar de isso ser difícil de imaginar. — Você tem alguma ideia do que pode ter sido?

Balancei a cabeça. Isso ia muito além da minha compreensão, de verdade.

— Não, eu não tenho ideia — disse eu, pensando no cubículo de Deming, seus sanduíches de atum, seu hábito de filmar esquilos e raposas e em como eu nunca entenderia aquele cara. — Ele parece ser imprevisível.

— Sim — concordou Iris, balançando a cabeça. — Bem, eu dei uma ligada para Bob Glazer para dar as boas-novas e... — disse ela, fazendo uma pausa dramática — Holden ainda está dentro.

O mendigo para quem eu tinha dado dinheiro passou por nós, sorrindo — se era para mim ou para as vozes na cabeça dele, era impossível dizer.

— Você está brincando!

Iris sorriu carinhosamente.

— A agenda dele ainda está livre, graças a Deus.

Eu poderia ter chorado de prazer, poderia ter me jogado nos braços da Iris, poderia ter beijado o mendigo na boca. O grande fardo de culpa que vinha repousando sobre os meus ombros desde que eu ferrei Iris, a Metronome, e praticamente todo mundo envolvido parecia ter sido erguido instantaneamente. Tudo tinha dado certo. Eu não causara nenhum estrago permanente. Eu estava *livre*.

— Iris, isso é incrível! — disse eu, abrindo os braços como se pudesse abraçar toda a West Hollywood. — Estou tão feliz por você!

Iris levantou uma das mãos com as unhas feitas.

— Há uma pegadinha.

Os olhos dela pareciam me atravessar, e o vento soprava o cabelo castanho sobre suas bochechas.

— Uma pegadinha?

— Deming só vai fazê-lo se você estiver trabalhando nele também.

Isso era outra coisa que eu não sabia se tinha ouvido corretamente.

— Eu? — perguntei estupidamente.

Iris mexeu em seus óculos de sol e sorriu.

— Ele disse para o Arnie que quer a garota que vem escrevendo para ele há todos esses anos... e eu imagino que essa seja você, não?

Surpresa, surpresa: o correio dos Estados Unidos tinha feito o seu trabalho. Eu mal podia acreditar nisso. Balancei a cabeça.

— Era eu mesma.

— Então vocês têm sido correspondentes? — perguntou Iris, com a testa franzida.

Senti meu rosto corar. Sete anos de cartões-postais. Como os primeiros eram empolgados e vergonhosos — como eu era boba e ingênua. Eu sentia pena da velha Taylor; queria poder voltar no tempo e dizer a ela para ser menos inocente e deslumbrada.

— Mais ou menos. Quero dizer, eu escrevia para ele e... bem, é um pouco difícil explicar.

Não era nada difícil explicar, claro, mas eu não queria que Iris sentisse uma vibe psicopata na minha história.

Iris balançou a cabeça.

— Bem, o que quer que vocês sejam, teve algum tipo de impacto.

Então o sorriso dela se apagou por um momento e eu me lembrei do olhar fatal que ela havia mandado em minha direção na sua sala. Mais uma vez, senti os meus nervos à flor da pele. Mordi meu lábio e esperei que ela continuasse.

— Só para ficar bem claro, Taylor, eu ainda não gosto do que você fez.

Abaixei a cabeça — não conseguia olhar para ela.

— Eu sei.

— Ou como você envolveu minha filha em tudo isso. Vai ter que me fazer esquecer isso. *Mas* — disse ela, levantando um dedo — você é esperta. É ambiciosa. Você tem um gosto excelente. E nós precisamos de um sucesso.

Eu ainda estava olhando para a calçada e esperando que ela chegasse aonde queria. Fiquei feliz de saber que ela me achava esperta e ambiciosa, mas ser esperta e ambiciosa não ajudava muito a pagar o aluguel nos dias de hoje — marcar depilação cavada e Bumbum de Nenê é que pagavam. Por falar nisso, eu ia me atrasar para voltar à minha mesa. Olhei na direção do Joylie de forma nervosa.

Iris ajeitou a postura e pôs as mãos na cintura.

— Você tem o seu emprego de volta. Começa depois das festas — disse ela bruscamente, botando os óculos de sol de volta sobre o rosto e se virando. — E eu quase me esqueci. Feliz Natal.

— Para você também, Iris.

Percebi que, repentinamente, eu estava sorrindo como uma idiota. Esse era o melhor presente de Natal que eu poderia ter desejado.

Observei Iris andar contra o vento, seu cabelo voando sobre os ombros, na direção de sua Mercedes F700. Então talvez os filmes não fossem todos mentirosos no final das contas, pensei comigo mesma. Algumas vezes, na vida real, finais felizes aconteciam. Peguei meu iPhone na bolsa e, um momento depois, uma voz familiar atendeu.

— Alô?

— Dana? *Adivinha*?

CAPÍTULO TRINTA E QUATRO

Shara, a recepcionista de cabelos negros que nunca, nem uma vez, tinha sido simpática comigo, sorriu inexplicavelmente quando entrei pela recepção que mais parecia um spa, da Metronome, e passei meu crachá na máquina. Do outro lado das grandes portas de vidro, passei pelos escritórios dos EC que tinham me impressionado tanto no meu primeiro dia. Todos estavam ocupados em seus telefones e BlackBerries. Como Kylie diria, *quel surprise*. Cici jogou o cabelo sobre o ombro quando passei pela mesa dela; Wyman olhou fixamente para mim através das lentes de seus óculos de armação preta de cinéfilo. Ergui minha cabeça e olhei para a frente. Se eles estavam felizes com a minha volta ou não, era algo em que eu não me interessava em saber. Passei por Lisa Amorosi no corredor. No mês que fiquei fora, ela havia, aparentemente, descoberto as maravilhas da chapinha, e seu cabelo normalmente crespo estava brilhante e preso em um rabo de cavalo. Ela demorou a me reconhecer quando me viu, e então me ofereceu um sorriso tímido.

Parte de mim imaginava se era por causa das minhas roupas: uma camisa de manga comprida cor de ameixa com uma flor bordada da Forever 21 e uma calça de lã preta da Banana Republic, que havia comprado na promoção. Nada no meu corpo custara mais de quarenta dólares, o que era totalmente diferente das tendências da Metronome. Mas eu não queria nem saber, disse a mim mesma. Eu tinha mesmo que usar uma roupa que custava o mesmo que a entrada de um carro?

Continuei andando pelo corredor, passando pelas bocas abertas, na direção da sala da Iris. Pelo menos agora eu teria a mesa da Kylie e Kylie estaria do outro lado do prédio, na sala de Melinda Darling. Eu não fazia ideia do que devia dizer à Kylie. Tinha passado metade da noite em claro tentando formular o olá mais civilizado que pudesse, mas, no final, o que eu ia dizer não era tão importante quanto como eu ia dizer. Quinn tinha me ensinado aquilo. E, de qualquer forma, a partir de agora, eu não pensaria tanto em como agir com as pessoas. Ia apenas ser eu mesma. Talvez essa fosse uma filosofia brega — certamente Quinn não aprovaria —, mas era a melhor que eu tinha. E, depois de ficar de bem com Kylie, eu apenas me preocuparia em fazer o meu trabalho. Eu seria a melhor primeira assistente que Iris já havia tido.

Mas, quando entrei na pequena área externa do escritório da Iris, alguém já estava sentado na mesa da Kylie, atendendo os telefones. Limpei a garganta e a cadeira rodou.

— Taylor? — gritou Julissa, levantando-se.

— Julissa!

Corri até ela para abraçá-la. Com o cabelo preso em um nó chique e sombra em volta dos olhos, Julissa parecia dez anos mais velha do que da última vez em que eu a tinha visto.

— Uau, você está linda! — disse eu, olhando para sua linda bata e suas botinhas de camurça. — Bem Metronome.

— Obrigada — agradeceu ela, enrubescendo e se sentando, repentinamente quase tímida. — Bem-vinda de volta.

— É bom estar de volta.

Olhei para a mesa da Kylie. Porta-retratos baratos com fotos de Julissa e seus amigos se divertindo tinham substituído as molduras de metal precioso e um boneco bobblehead de Dwight Schrute havia substituído a vela de aromaterapia. Pilhas de roteiros estavam por toda parte.

— Espere um minuto. Você...

— Sim — disse Julissa, sorrindo. — Desde a semana passada.

— Oh, meu Deus, Julissa, que ótimo! — falei, dando uns pequenos pulinhos de alegria que a fizeram rir. — Parabéns!

— Acredite, eu fiquei totalmente surpresa — confessou Julissa, esticando a mão para brincar com o cabelo e então parando —, mas quando Kylie foi promovida e você foi embora... — disse ela, com a voz sumindo.

— Bem, você merece — afirmei, pegando meu casaco azul-marinho comprado há quatro anos na J. Crew e me virando para olhar para minha antiga mesa, vazia mais uma vez. — Acho que vou chamar o pessoal da informática para me ajudar aqui.

Julissa franziu a testa para mim. Se o olhar no rosto dela não tivesse sido tão amável e perplexo, eu diria que ela estava me lembrando Kylie naquele momento.

— O quê? — disse ela.

— Para me ajudar a ligar meu computador aqui.

— Espera, a Iris não contou para você?

— Contou o quê?

Senti uma onda crescente de pânico — será que a Iris havia mudado de ideia? Será que eu tinha andado por aquele corredor que parecia um protetor de tela com minha cabeça erguida só para me dizerem para ir embora novamente?

— Você não vai ficar aqui.

Como se estivesse esperando a deixa, Iris entrou no escritório, com seu casaco Burberry no braço, um mocha gigante na mão e a bolsa de médico da Louis Vuitton balançando.

— Bom dia, Taylor.

— Iris — disse eu, apertando a mão dela, sem saber muito mais o que fazer. — Eu estava me preparando para me sentar aqui.

Iris deu um sorriso caloroso que mostrava as rugas em seus olhos.

— Bem, eu adoraria tê-la como assistente, mas não é aqui que você vai ficar. Você vai ficar lá — disse ela, apontando na direção do escritório da Melinda.

— Mas e a...

Iris se virou para entrar em sua sala.

— Julissa, você pode acompanhar a Taylor até a nova sala dela?

Julissa saltou da cadeira.

— Venha, Henning. Siga-me.

Enquanto descíamos o corredor, passando pela sala do cochilo, por Cici desenhando em sua mesa (e ela também olhou para mim com uma expressão estranha e incompreensível), pela sala de cópias e a cozinha, cheguei mais perto e sussurrei:

— O que aconteceu com Kylie?

Julissa deu um sorriso levemente maldoso.

— Vamos dizer que a Kylie não aguentou o tranco.

Parei de andar. Wyman passou serelepe por nós, deixando um rastro de desodorante Axe.

— O que você quer dizer?

— *Diferenças criativas* foi a expressão que usaram. Tradução: ela fez caquinha. Achou que tinha um compromisso com a Ingenuity, quando eles nunca concordaram que Troy Vaugh participaria do projeto. Eles o convenceram a fazer outro filme com Owen Wilson — explicou ela, puxando meu braço impacientemente. — Vamos logo, vamos ver o seu escritório.

Enquanto seguia Julissa para o escritório que eu tinha ocupado por tão pouco tempo antes, tomei um gole do meu café, pensativa. Não era tão difícil imaginar o que acontecera: como vingança pelo fiasco do Chateau, Mark Lyder e seus comparsas acabaram ferrando Kylie. Pensei nisso por um momento e decidi que sim, eu quase fiquei com pena dela.

Quando chegamos ao escritório que eu ocuparia em breve, uma menina olhou de sua mesa.

— Sheila — disse Julissa —, esta é a Taylor, sua EC. Taylor, esta é a Sheila, sua nova assistente. Ela acabou de sair de Grinnell e, claro, adora cinema.

Sheila tinha cabelo curto escuro e enormes olhos castanhos. Brincos dourados compridos encostaram nos ombros dela quando se levantou e apertou a minha mão.

— É um grande prazer conhecê-la.

— Para mim também — disse eu.

E, para Julissa, eu sussurrei:

— O que aconteceu com a Amanda?

Julissa disse baixinho que Amanda tinha pedido para passar a ser a assistente de Lisa Amorosi. Essa era uma notícia muito boa. Eu queria, como Quinn havia sugerido, uma assistente fiel, e não uma que fosse capaz de me sabotar.

Sheila abriu uma gaveta em sua mesa, pegou uma chave e a entregou a mim.

— É a chave da sua sala — disse ela, sorrindo.

Peguei a chave da mão dela como se não fosse nada — como se não fosse o resultado de meses de sangue, suor e lágrimas. Eu a apertei em minha mão. Se algum dia me mudasse para outro escritório, mandaria emoldurar essa chave.

— Há uma reunião da equipe às 10 horas — começou Sheila. — E então você tem uma reunião no almoço com Bob Glazer e Holden MacIntee. No Ivy está bom?

— Claro — concordei eu, tentando parecer blasé, como se almoçasse todos os dias em um lugar onde a salada Ceasar fosse de morrer e onde todo mundo que fosse importante bebesse água Pellegrino e trocasse fofocas de Hollywood.

Então abri a porta da minha sala. A mesa de acrílico transparente e a cadeira Herman Miller ainda estavam lá, e alguém tinha colocado um vaso de gladíolos rosa na estante. Havia um lindo computador Macintosh e a minha própria vista do estacionamento com suas palmeiras alinhadas.

— Nós acabamos de pintá-la para você. E vou trazer alguns catálogos para você escolher mais móveis depois. Seu orçamento é de três mil dólares, mas vou ver se consigo arrumar mais.

Três mil??

— Hum, está ótimo.

Sheila saiu e eu coloquei a minha bolsa sobre a mesa e liguei o computador. Ele acordou graciosamente com uma piscadela. Então me afundei em minha cadeira e pensei em botar os pés sobre a mesa, mas decidi que era muito clichê, como a cena final de *Uma Secretária de Futuro*.

Sheila botou a cabeça de volta na sala.

— Você quer algo para beber?

Eu sorri para a animação dela — eu me lembrava exatamente de como era aquilo.

— Não precisa, Sheila. Depois eu mesma pego.

Ela sorriu de volta e desapareceu. Do outro lado da sala, ouvi Julissa suspirar.

— Taylor, você tem que usar o seu poder — disse ela, fingindo impaciência. — Faça a menina pegar uma vitamina para você. Uma daquelas com cor de lodo que Tom Scheffer gosta tanto. — Então ela riu. — Ou não.

Abri meus braços como se pudesse abraçar o meu novo escritório. Pensei em beijar a mesa, mas não tinha certeza de se aquilo pareceria certo.

— Eu realmente não sei o que dizer — comentei. — Olhe para este lugar!

— Ah, Taylor — disse Sheila, voltando à sala e segurando algo grande e retangular, coberto em papel pardo —, alguém mandou uma decoração para o seu escritório.

— Quem?

Ela colocou o embrulho encostado na parede.

— Não sei. Mas já veio emoldurado e tudo o mais.

Ela saiu da sala.

Julissa levantou as sobrancelhas.

— Já está recebendo presentes! Mas, ei, eu preciso voltar para a minha mesa. Parabéns de novo — disse Julissa, dando-me outro abraço. — E sinta-se à vontade para mandar em mim, já que agora você é uma EC.

— Até parece...

Quando Julissa fechou a porta, eu me abaixei em frente ao pacote. Quando tirei o papel, sentei sobre os meus calcanhares e senti as lágrimas correrem.

Era o pôster original de *Journal Girl*. E, na parte de baixo, havia uma dedicatória. *Para Taylor, minha escritora favorita. Com amor, Michael Deming.*

Eu me levantei e olhei pela janela de vidro.

— Obrigada — disse eu suavemente para as montanhas de Hollywood ao longe.

CAPÍTULO TRINTA E CINCO

— Corta!

Michael Deming tirou o headfone e pôs outro chiclete de hortelã na boca.

— Dana? — chamou Michael, esticando o pescoço na direção do monte de cadeiras atrás dele. — Dana? Preciso de você.

— Estou aqui — disse ela, com sua voz fina.

Sentada ao meu lado numa cadeira de pano dobrável três vezes maior que ela, Dana McCafferty se levantou sobre seus Keds.

— Taylor, você pode segurar isto para mim? — perguntou ela, me entregando seu headfone.

— Sem problemas.

Eu peguei o headfone, pendurei-o no pescoço e tomei mais um gole de café.

Dana fez uma expressão impaciente.

— Ele é tão carente — disse ela.

No entanto, ela estava sorrindo enquanto ia na direção de Deming, que andava de um lado para o outro atrás das câmeras, com as mãos enfiadas nos bolsos de trás dos jeans.

Era o terceiro dia no set de *A Evolução de Evan* e eu ainda estava um pouco insegura sobre o que se esperava de mim como executiva de supervisão do estúdio. Pelo que eu podia perceber, tudo parecia correr bem: eles ainda estavam seguindo o cronograma, estavam dentro do orçamento e, fora talvez as muitas conferências com Dana McCafferty, tudo parecia estar andando. Tapei o sol poente com a mão e fechei a minha jaqueta de pele de carneiro falsa da Old Navy. Era quase maio, mas, aqui em cima, no norte de San Francisco, no bucólico Marin County, ainda era inverno. Abaixo de mim, ouvi um pequeno ganido.

— Jerry, shh — repreendi, abaixando-me para pegar o meu novo filhote no colo.

O abrigo dissera que ele era uma mistura de pastor, o que basicamente significava que não tinham a menor ideia. Eu o peguei para substituir Lucius, Repolho e Woodstock, que foram todos miraculosamente adotados. Ele se contorceu um pouco — ainda estávamos nos conhecendo —, mas fiz carinho nas costas dele, como já tinha visto Magnolia fazer um milhão de vezes.

— Jerry Maguire, quero que você seja um bom menino — disse eu, baixinho, na orelha dele.

Jerry olhou para mim com seus olhos castanhos pedintes e ganiu.

— Sim, sei que é difícil ser um cãozinho — falei, daquele modo como quem fala com um bebê que não consigo controlar.

Nunca achei que seria uma dessas pessoas que fala com um cachorro desse jeito, mas já tinha parado de lutar contra isso. E Jerry parecia gostar, apesar de ser difícil saber o que estava acontecendo naquele cérebro dele, do tamanho de uma ervilha. Assim que voltasse a L.A., assistiria ao *O Encantador de Cães* com Magnolia e começaria um treinamento com ele. Noite dessas, ele teve um incidente com meus sapatos. Graças a Deus, eram apenas sapatos velhos.

— Taylor! — chamou Michael Deming, fazendo um gesto para que eu me aproximasse.

Ele estava de pé ao lado de Dana e Holden, a alguns passos das câmeras. Atrás dele, estava um pequeno parque que tínhamos povoado com figurantes sortidos — um homem passeando com um galgo de suéter, uma mulher lendo jornal — e iluminado artificialmente. No centro da cena, estava o banco onde Holden e seu par romântico, representado por uma jovem desconhecida com cabelos naturalmente dourados e lábios carnudos tinham que partir o coração um do outro para a câmera. Eu vinha prestando atenção à filmagem, mas assistir tomada atrás de tomada era um pouco monótono; então, voltei minha atenção para a mesa do bufê, montada com uma vasta seleção de deliciosos sanduíches e biscoitos para o elenco e a equipe. Eu estava refletindo se devia me servir, mas eram apenas 11 horas — muito cedo, na verdade, para começar a beliscar antes do almoço.

Carreguei Jerry comigo até o trio.

— O que está havendo, gente?

— Eu imagino que Evan estaria chorando nesta cena, sabe? — disse Holden, que parecia extremamente bonito com um suéter de caxemira e barba por fazer. — É um rompimento. E ele é um cara sensível.

— Não, não, não — disse Michael, balançando a cabeça. — Sem lágrimas. Absolutamente.

Eu tinha dito para Michael que ele poderia fazer o filme que quisesse e era verdade, mas achei que deveríamos ter uma terceira opinião.

— O que você acha, Dana?

Dana fez uma careta.

— Sem choro — disse ela. — Eu não acho que o personagem é assim.

Virei-me para o Holden, que parecia um pouco aborrecido.

— Vamos tentar sem lágrimas — disse eu. — Algumas vezes, sutileza é a arma mais forte no arsenal de um ator.

Sorri. Quase parecia que eu sabia do que estava falando.

Holden chutou o chão e balançou a cabeça; ele podia ser derrotado com graça (algumas vezes).

— Tudo bem — concordou ele, arrumando o cabelo. — Acho que pode funcionar.

Enquanto andávamos de volta para nossas cadeiras, Dana sussurrou:

— Ele é meio estrelinha.

— Pelo menos escuta a voz da razão — disse eu, enquanto Dana se sentava em sua cadeira novamente.

Ela pegou seu caderno — já estava trabalhando em outro roteiro — e olhou para mim.

— E Deming ama você — disse Dana. — Quero dizer, você não precisa estar aqui todo dia, mas, quando não está, ele parece perdido.

Eu olhei de volta para ele, andando para um lado e para o outro com o diretor de fotografia, discutindo uma tomada. Era estranho, mas eu sentia orgulho dele, na verdade. Durante a pré-produção, enquanto escalávamos o elenco, procurávamos locações e trabalhávamos no orçamento, Deming era paciente, modesto e até mesmo instrutivo, apesar de estar totalmente claro que eu não sabia o que estava fazendo. Saímos para jantar diversas vezes, rindo, fazendo piada, comparando opiniões sobre novos lançamentos — ele admitiu, com alguma vergonha, que havia adorado o último filme do Will Smith —, e tínhamos nos tornado, achei, amigos de verdade. Uma vez ele me recebeu no apartamento que alugara do outro lado da rua onde estávamos filmando e me fez um sanduíche de atum "pelos velhos tempos". Ele até queria me apresentar para um roteirista que conhecia no Oregon.

Nesse caso, declinei. Eu ainda não conseguia evitar pensar no Luke, apesar de não ter sabido mais dele, nem mesmo depois que mandei a longa e esperançosa carta, que esperava que não fosse muito suplicante, explicando o meu lado da história. Mas disse a mim mesma que isso tudo era parte do processo de crescer e ser quem se é. No caminho da nossa vida, algumas pessoas simplesmente escapam das nossas mãos.

Claro, só tinha saído com ele uma vez então, não devia ficar tão triste, mas me deixei levar pela nostalgia. Afinal de contas, qual era o objetivo de fingir ser diferente do que se é ou fingir sentir algo diferente do que realmente se sente?

De qualquer forma, na maior parte do tempo eu me sentia ótima. Os últimos meses, preparando o filme, tinham ocupado todo o meu tempo, e era tão louco e maravilhoso e frustrante e satisfatório quanto esperava que fosse. Durante todo o processo, segui apenas uma regra: *não finja nada*. Até agora tinha sido bom para mim. Descobri que fazer perguntas não era tão terrível assim, no fim das contas.

Aos meus pés, Jerry começou a ganir e a mexer em sua coleira, lembrando-me de que eu não o tinha levado para passear desde antes do café da manhã.

— Está bem, coisinha mais linda — sussurrei.

Coisinha mais linda? Sério, eu estava passando vergonha.

— Já volto — disse a Dana, pegando a ponta da coleira de Jerry. — Vou levar o monstro para um passeio rápido.

Antes que Dana pudesse responder, um dos assistentes de câmera, um cara robusto com cabelo louro-avermelhado e um jeito sincero e bobalhão, se aproximou.

— Você é Taylor Henning? — perguntou ele. — Tem alguém aqui que quer vê-la.

Ele fez um gesto com o polegar sobre o ombro na direção do estacionamento.

— Quem?

Ele deu de ombros.

— Um cara.

Prendi meu cabelo, que voava por causa do vento, com um elástico que estava no meu pulso, e peguei o protetor labial no bolso. Provavelmente era o executivo de produção, chegando para trocar de turno comigo. Passei por um grupo de trailers, depois pela mesa do bufê, de onde peguei um cookie de chocolate. A menina do figurino, Heather, acenou para mim e eu acenei de volta.

Dobrei a esquina ao lado do trailer de áudio e então fiz Jerry parar com a coleira. Na minha frente estava Luke Hansen, vestindo jeans e uma jaqueta da Carhartt e botas de couro, parecendo mais um caminhoneiro lindo do que um instrutor de tênis profissional. O cookie quase caiu da minha boca aberta.

— Oh, meu Deus — disse eu, engolindo.

— Oi — falou ele, colocando as mãos nos bolsos e sorrindo para mim timidamente.

— O que você está fazendo aqui? — comecei de uma vez.

Aos meus pés, Jerry latiu uma vez e então se sentou sobre as patas traseiras, choramingando.

Luke olhou para baixo para ver Jerry e depois de volta para mim, curioso.

— Bonito cachorro — disse ele, sorrindo novamente. — Eu tenho um casamento aqui amanhã, em San Rafael. Um dos amigos de Tom e da Julia. E quando fiquei sabendo que estavam rodando seu filme na área pensei, sabe, que talvez houvesse uma chance de você estar por aqui. — Ele olhou para Jerry novamente. — Ele é seu?

— É — disse eu. — A obsessão da minha colega de apartamento por cachorros passou para mim. Bem, não a parte da obsessão, na verdade. Não é como se eu tivesse uma caneca com a frase "Eu amo o meu vira-lata" ou algo assim, mas gosto de cachorros agora, e então eu...

Deixei o resto da frase para a imaginação. Não queria começar a tagarelar naquele momento, simplesmente porque Luke tinha aparecido do nada e, ao que parecia, não me odiava mais.

Luke riu.

— Qual é o nome dele?

— Jerry. Por causa de *Jerry Maguire: A Grande Virada* — disse eu.

Era meio que um nome vergonhoso, na verdade, mas era melhor que a ideia da Magnolia, que tinha sido chamá-lo de John, por causa do John Cusak.

Luke se abaixou e fez carinho nele, e Jerry rolou de costas no chão, com a língua pendurada de felicidade.

— Então Magnolia finalmente falou com você?

— Hein?

Luke se levantou.

— Eu acabei indo naquele salão que você mencionou. Joylie. E descobri que você trabalhou lá mesmo.

Sorri, desconfortável.

— Por pouco tempo.

— De qualquer forma, eu conheci a sua antiga companheira de apartamento e ela meio que me fez entender algumas coisas. Foi ela quem me disse que você estaria aqui.

Olhei para ele com esperança. Será que a Magnolia tinha conseguido o que a minha carta não tinha? Será que ela havia sido capaz de convencer Luke de que eu não era a pessoa mais diabólica do mundo? Mags possuía ótimas técnicas de comunicação com criaturas da família dos caninos, isso era verdade, mas eu não tinha certeza de como isso se aplicava a instrutores de tênis altos e bonitos.

— Você aproveitou para experimentar o serviço de lá? — brinquei, porque brincar me fazia sentir que eu ainda estava controlando meu coração palpitante, quando, na verdade, eu certamente não estava.

Luke riu.

— Eu cuido da minha aparência sozinho, obrigado — disse ele. — Então, como está indo o filme?

Olhei de volta para o set. Michael Deming estava dirigindo o movimento de uma grua para um longo plano-sequência.

— Está indo muito bem — disse eu honestamente. — Ainda não consigo acreditar que ele está acontecendo depois... depois de tudo.

Eu não queria lembrá-lo dos meus fracassos, mas parecia que não tinha outro jeito. De qualquer forma, era importante deixar tudo às claras.

— Você recebeu a minha carta?

Luke olhou para o outro lado.

— Recebi — disse ele —, mas não li. Eu a joguei fora. Desculpe.

Eu balancei a cabeça. Aquilo fazia sentido para mim.

— Entendo — disse eu, pegando Jerry no colo antes de ele lamber o meu rosto. — Eu fui meio que uma escrota.

Uma brisa passou e pétalas de uma macieira próxima flutuaram sobre nós, como flocos de neve. Os olhos de Luke estavam da cor do céu.

— Você foi uma escrota — disse ele —, mas eu entendo. Quero dizer, eu sei que você não é aquela pessoa. Só ficou um pouco confusa.

Sim, pensei, eu tinha ficado confusa. Mas eu não estava confusa agora — eu sabia o que queria, e o que queria estava de pé bem na minha frente.

— É a mais pura verdade.

Luke esticou o braço e fez carinho na cabeça de Jerry. Senti uma prova do cheiro caloroso de garoto limpo da mão dele.

— Bem, eu acabei de chegar e estou hospedado em uma casa a vinte minutos daqui com Tom e Julia, se você estiver a fim de fazer uma pausa. E... estou meio sem companhia para o casamento. Mas, se você tiver trabalho para fazer, entendo perfeitamente.

Cheguei mais perto dele. No sistema de som, eu conseguia ouvir o assistente de direção pedir para todos ficarem em silêncio no set.

Olhei em volta para os membros da equipe espalhados se preparando para mais uma tomada e para Deming sentado em sua cadeira. Dana estava ao lado dele, o pequeno corpo quicando de animação. Sério, nunca tinha conhecido alguém mais esperançosa e entusiasmada. Holden alongou a perna enquanto esperava sua deixa. Ele tinha me contado o quanto sentia falta das aulas de Buddha Ball e falamos sobre ir a uma aula de ioga aqui em Marin juntos. Ele era mesmo ótimo, para falar a verdade. Tudo e todos eram ótimos.

— Eu acho que isso pode continuar sem mim — disse eu.

A mão que estava acariciando Jerry desceu e tocou o meu pulso.

— Tem certeza? Porque você é uma executiva de cinema importante agora.

Eu ri e dei de ombros. Minha pele se arrepiou onde ele a tocou.

— É só um emprego.

Então botei Jerry no chão, peguei a mão de Luke e saímos juntos, o vento da primavera soprando e um pequeno cachorro ganindo aos nossos pés. Atrás de nós, o filme rodava nas câmeras.

Este livro foi composto na tipologia Palatino LT Std,
em corpo 10/15,5, e impresso em papel off-white,
no Sistema Cameron da Divisão Gráfica
da Distribuidora Record.